SÉRIE NOIRE

Collection créée par Marcel Duhamel

DROR MISHANI

UN SIMPLE ENQUÊTEUR

TRADUIT DE L'HÉBREU
PAR LAURENCE SENDROWICZ

nrf

GALLIMARD

Cet ouvrage a été publié avec le concours
de Marie-Caroline Aubert

Titre original :
EMUNA

Translated from the Hebrew language:.3.
First published by: Ahuzat Bayit, 2021.

À Marika Moisseeff
et Michael Houseman
pour m'avoir ainsi adopté.

Éloigne-toi de ton pays, de ton lieu natal et de la maison paternelle.

GENÈSE, XII, 1.

PREMIÈRE PARTIE

LA DISPARITION

1

Le commissaire divisionnaire Benny Seban, chef du secteur Ayalon, n'essaya pas de masquer sa stupéfaction. D'un geste nerveux, il ouvrit le tiroir de son bureau et en sortit un étui de velours bleu d'où il extirpa un objet en verre opaque de la forme d'un stylo.

« Je ne vous crois pas, Avi. Vous ne parlez pas sérieusement », dit-il.

Or le commissaire Avraham Avraham était justement très sérieux. Bien que cet entretien n'ait été décidé que le matin même, il s'y était préparé dès le début de l'été et l'attendait depuis son retour de vacances.

« Ça ne vous dérange pas, n'est-ce pas ? Le cigare ? »

Il fit non de la tête.

Ilana Liss, qui avait précédé Seban à la direction du secteur, tirait de ce même tiroir un gobelet en plastique transparent, y versait un peu d'eau, le posait sur le bureau et lui demandait d'allumer deux cigarettes – une pour elle, une pour lui –, malgré l'interdiction de fumer dans les locaux. Il s'exécutait, lui tendait la première, puis allumait la sienne. Il y avait même eu une époque, ils étaient alors jeunes et commençaient juste à travailler ensemble, où il mettait les deux cigarettes en même temps dans sa bouche et les allumait d'une seule grande flamme.

Le vapoteur dégagea un nuage rose autour du chef qui continua à parler dans ce halo : « Mais ça fait à peine deux ans, Avi ! Je ne vous comprends pas. Quel âge avez-vous ? Quarante-six ? Quarante-sept ?

— Quarante-trois.

— Vraiment ? N'empêche. Où pensez-vous pouvoir aller à votre âge ? »

Avraham ne le savait pas précisément, mais il espérait intégrer un service central tourné vers l'international, comme celui de la lutte contre le crime organisé ou la corruption. Et pourquoi pas une agence de renseignements ?

En fait, il avait presque quarante-quatre ans.

« Enfin franchement, de quoi parlez-vous ? Vous vous voyez tout à coup devenir espion ? »

Comme chaque fois qu'il était ému, Seban se mit à cligner des paupières. Avraham constata qu'il avait appris à l'apprécier, que leur relation avait évolué dans le bon sens depuis leur première entrevue, ici même, dans ce bureau-là précisément, lorsqu'il ne considérait cet homme que comme celui qui s'installait dans le fauteuil d'Ilana Liss, obligée de se mettre en arrêt maladie. Sans surprise, il s'était révélé beaucoup moins inspirant qu'elle – sa principale préoccupation étant de ne pas dépasser le budget et « d'améliorer nos chiffres » – mais il ne lui avait jamais menti, et son incapacité à masquer une trop grande émotivité, couplée à une fâcheuse tendance au stress, avait réussi à éveiller la confiance de son commissaire. Lequel, cependant, n'avait aucune envie de discuter avec lui des raisons qui le poussaient à demander sa mutation. D'ailleurs, qu'aurait-il bien pu lui dire ? Évoquer cet instant, en forêt, où, de l'eau limpide du lac, avait jailli une certitude : il ne voulait plus enquêter sur les dossiers que lui proposait son poste ?

« Je ne comprends vraiment pas votre problème, insista Seban. Ça fait à peine deux ans que vous dirigez le service d'investigation et de renseignement du secteur, vous faites plutôt du bon, du très bon boulot. Donnez-vous encore un an, un an et demi… Je serai peut-être promu, qui sait, ce qui vous fera, vous aussi, grimper dans la hiérarchie. Pourquoi tout bazarder maintenant ? En plus, vous venez de vous marier, non ? Vous avez besoin de changements supplémentaires ? »

Si Ilana avait été assise dans ce fauteuil, ils auraient longuement discuté de ce qu'Avraham avait ressenti durant l'été. Mais elle n'était pas dans le bureau, du moins pas comme avant, même si, l'espace d'un instant, il la vit se lever de son siège pour aller ouvrir la fenêtre, présence diaphane, évanescente. Il ferma les yeux, comme pour retenir cette image sous ses paupières avant qu'elle ne se dissipe.

~

Ilana était morte au début de l'été. Au profond chagrin causé par ce décès venaient s'ajouter deux sentiments pesants : la colère de ce que, au cours des derniers mois de sa vie, elle avait refusé de le voir, et la culpabilité de ne pas avoir assisté à son enterrement.

Elle s'était murée chez elle depuis la Pâque, ne voyait

personne à l'exception de sa famille proche et de quelques rares amis – dont il ne faisait apparemment pas partie. Obligé d'accepter qu'il ne comptait pas parmi ceux dont elle avait toléré la présence durant sa maladie et jusqu'à sa mort, il avait renoncé à lui téléphoner ou à lui envoyer des messages et s'était contenté d'appeler Gary de temps en temps pour prendre de ses nouvelles.

Il n'avait cessé de répéter à Marianka qu'il comprenait cette attitude, mais la vérité était que non. Pourquoi le punissait-elle ? Pourquoi certains collègues, qui la connaissaient beaucoup moins bien, avaient-ils été autorisés à lui rendre visite, alors qu'on lui avait obstinément dénié ce droit ? De plus, il avait beau savoir, bien sûr, qu'elle n'avait pas choisi le jour où son cœur cesserait de battre, ni décidé de partir à un moment où il ne pourrait pas assister à son enterrement, cette coïncidence lui restait tout de même en travers de la gorge... Ilana était morte chez elle, à Ramat-haSharon, pendant qu'il se trouvait en voyage de noces avec Marianka en Slovénie. Comment ne pas y voir une tentative supplémentaire pour lui faire du mal ?

Exactement comme sa lettre d'adieu.

C'était Eliyahou Maaloul qui lui avait annoncé la mort de leur cheffe. Avraham avait aussitôt appelé Gary pour lui transmettre ses condoléances et s'excuser de ne pas pouvoir être présent à l'enterrement. C'est là que celui-ci lui avait appris qu'une lettre d'adieu rédigée par sa femme l'attendait chez eux et qu'il pourrait venir la chercher à son retour.

Durant la suite de son voyage, il s'était beaucoup interrogé sur ce qu'elle avait bien pu lui écrire.

Ils s'étaient mariés deux fois, d'abord à la mairie de Koper, la ville natale de Marianka, ensuite dans la petite église qui se dressait au bord de l'Adriatique. Assistaient à la cérémonie les parents de la mariée, Bojan et Annika Milanič – lesquels n'avaient pas caché leur affliction chaque fois qu'ils devaient étreindre celui qui avait emmené leur fille loin d'eux –, quelques membres de leur famille, dont Avraham n'arrivait pas à mémoriser les noms, et deux amies d'enfance de Marianka, Eva et Monika, qui s'étaient extasiées devant sa grande ressemblance avec le héros de la série *Fauda*. Au cours du déjeuner qui avait suivi, elles lui avaient demandé si, dans le cadre de son travail, il se déguisait aussi en Arabe pour combattre les organisations terroristes. Cette nuit-là, ses deux admiratrices s'étaient obstinément immiscées dans son sommeil et, comme il n'avait pas réussi à les chasser, il avait dû subir leur présence survoltée dans un rêve qui, heureusement, fut vite remplacé par un autre : il se vit, adolescent, rouler dans une Subaru avec son père qui n'avait pas encore dépassé la quarantaine, fumait à la chaîne et s'était mis à lui raconter une longue histoire qu'au matin il n'arriva pas à reconstituer. Il se dit que c'était sa manière de partager la fête avec le vieil homme qui n'avait pas pu prendre l'avion pour des raisons de santé.

Se marier à des milliers de kilomètres de son pays natal, loin de ses parents et de ses amis, n'avait posé aucun problème à Avraham : cet événement était le leur, n'appartenait à personne d'autre qu'à eux. Durant la cérémonie dirigée en anglais par un prêtre local, chaque fois que Marianka avait senti qu'il hésitait, elle l'avait guidé en lui chuchotant les instructions dans le creux de l'oreille.

Ils restèrent cinq nuits à Koper puis prirent la route en direction des forêts, dans une vieille Fiat sans clim qu'un oncle avait tenu à leur prêter. Le temps passa en lectures et promenades d'où Marianka revenait avec des paniers remplis de myrtilles et de champignons humides. Il avait encore du mal, de temps en temps, à se convaincre que cette femme vivait et allait continuer à vivre avec lui à Holon. Elle avait déjà été embauchée en Israël par une agence de détectives privés spécialisée dans les enquêtes et les filatures au service de femmes en instance de divorce, et parfois la police faisait appel à ses services d'interprète pour des interrogatoires de touristes ou d'étrangers en visioconférence.

Ils s'installaient au crépuscule sur le banc en bois devant la cabane qu'ils avaient louée. Elle s'asseyait en tailleur, face au lac dont l'eau repeignait en couleurs sombres le sommet des arbres qui s'y reflétaient, et, sur les feuilles d'un cahier rouge, écrivait au crayon des mots dans une langue qu'il ne comprenait pas. Pendant ce temps, il lisait le dernier Mankell, une enquête où Kurt Wallander, ce policier qu'il appréciait tant, se retrouvait pris dans les méandres des services secrets suédois et des sous-marins nucléaires afin de tirer au clair d'obscurs dossiers remontant à la guerre froide. Lorsque Marianka lui demandait : « À quoi tu penses ? », il répondait : « À rien », parce que c'est ce qu'il avait l'habitude de répondre. Jusqu'au moment où il changea d'avis : « Je ne sais pas si je serai capable d'y retourner.

— Où ça ? À Holon ?

— Au travail. À mes enquêtes habituelles. »

Bien sûr, ce n'était pas sans rapport avec Ilana – et elle s'en douta –, mais il avait aussi d'autres raisons.

La plupart des dossiers dont il s'était occupé au cours des dernières années étaient de terribles drames dont la résolution n'avait aidé personne. À quoi bon avoir révélé que Raphaël Sharabi avait tué son fils Ofer ? Ou que Haïm Sara avait étranglé sa femme Jennifer avant de l'enterrer dans une cour ?

« J'ai l'impression de ne mener que des combats sans importance et surtout sans vainqueurs. Dans lesquels il n'y a que des perdants.

— Comment peux-tu dire que ce sont des affaires sans importance ? s'étonna Marianka.

— Elles comptent bien sûr pour ceux qui sont concernés, mais leur résolution n'a rien changé sur un plan plus global. D'ailleurs, ça n'a même pas été bénéfique aux victimes et à leur famille. »

Évidemment, qu'il ait trouvé l'assassin d'Ofer Sharabi ou celui de Jennifer Salazar n'avait rien changé pour les deux défunts, mais ça n'avait pas non plus aidé leurs proches. Non seulement Hannah Sharabi avait perdu son fils, mais elle se retrouvait sans mari. Quant aux enfants de Jennifer Salazar, ils vivaient à présent non seulement sans mère, mais aussi sans père.

« Je pense que la chose la plus importante que j'aie faite ces dernières années, c'est d'avoir réussi à capturer le chimpanzé, tu ne crois pas ? »

Marianka rectifia : il s'agissait d'un orang-outan.

D'ailleurs, même là, Avraham n'avait pas vraiment capturé l'animal, il avait simplement repéré la bête accroupie sur un mur de pierre dans le quartier résidentiel qui longeait la plage de Rishon-leZion et avait transmis sa localisation au service concerné. Il rentrait au commissariat après un déplacement au port d'Ashdod dans le cadre d'une enquête sur un trafic de contrefaçon de Viagra quand on avait annoncé par radio qu'un singe très dangereux venait de s'échapper du zoo. Avraham avait aussitôt quitté l'autoroute pour prêter main-forte à ses collègues. Le lendemain, sa photo s'affichait en dernière page du *Israel haYom*, et la porte-parole de la police l'avait obligé à participer à une matinale aux côtés d'une des responsables du zoo où logeait le bébé singe. Le présentateur lui avait demandé : « Et vous n'avez pas eu peur ? L'animal aurait pu vous attaquer. » Il avait répondu que non.

En fait, ce petit orang-outan n'avait opposé aucune résistance : il avait compris que sa tentative d'évasion avait échoué et, submergé de désespoir, n'avait pas bronché quand la vétérinaire s'était approchée. Il était descendu du mur, avait atterri droit dans les bras de la femme en blouse blanche et s'était laissé porter jusqu'à la camionnette. Ces précisions n'avaient pas évité à Avraham un au revoir chaleureux de son interlocuteur qui l'avait remercié pour sa bravoure.

~

Après avoir essayé en vain d'éteindre son cigare électronique, Seban le reposa sur l'étui ouvert, tout en fredonnant au milieu des vapeurs froides qu'il exhalait.

« Écoutez, Avi, soupira-t-il, je vais transmettre votre requête à qui de droit, je n'ai pas le choix, mais vous comprenez que ça peut prendre des semaines, voire des mois, n'est-ce pas ? À part ça, avez-vous pensé à quelqu'un pour vous remplacer ? Devrons-nous recruter en dehors du commissariat ou jugez-vous que Wahaba est assez mûre pour reprendre le poste ? »

Avraham répondit qu'à son avis elle ferait un excellent travail. Seban lui demanda ensuite s'il connaissait Orna Benhamou, une inspectrice qui venait de démasquer un avocat de Guivataïm suspecté d'avoir assassiné deux femmes en maquillant leur mort en suicide*.

« Je ne l'ai jamais rencontrée, mais Ilana Liss m'en a dit le plus grand bien. »

En le raccompagnant à la porte de son bureau, le chef lui posa sur l'épaule une main aux ongles brillants, coupés net, et déclara : « Il me semble que je comprends ce qui vous motive, même si vous êtes persuadé du contraire. Vous vous sentez à l'étroit ici, vous pensez valoir mieux que notre secteur et ses petites enquêtes, n'est-ce pas, Avi ? Vous ne faites pas de vagues, mais sous vos airs modestes vous êtes convaincu de pouvoir jouer dans la cour des grands. Il paraît aussi qu'un de vos passe-temps favoris consiste à trouver les failles des détectives au cinéma ou dans les séries. Ne serait-ce pas pour prouver que vous êtes le seul capable de concevoir la bonne solution ? Je me trompe ? »

Avraham sourit et répondit que non. Et soudain, Seban referma la porte, comme s'il allait lui dévoiler quelque chose qui devait rester secret : « Eh bien, vous méjugez totalement ce que nous faisons ici. Pour preuve, sachez que l'appellation de notre ministère de tutelle a changé, nous ne dépendons

* Cf. *Une deux trois*, Gallimard, 2020. (*Toutes les notes sont de la traductrice.*)

plus du ministère de la Police, mais du ministère de la Sécurité intérieure. Eh oui, nous aussi, nous appartenons au système de défense de ce pays, et nos enquêtes ne sont pas moins importantes que celles des autres organismes de sécurité. De plus, n'oubliez pas qu'ici, c'est votre maison. Depuis combien de temps travaillez-vous dans ce commissariat ? Au moins quinze ans, non ? »

En regagnant son bureau, Avraham aperçut Eliyahou Maaloul dans le coin cuisine au bout du couloir, en train de se préparer son quatrième ou cinquième café noir de la journée. N'aurait-il pas dû demander à Seban de rester discret sur sa volonté de changement ? Sa nouvelle collaboratrice, Liz, n'était pas à son poste, sans doute partie en pause-déjeuner. Il lui téléphona tout de même pour savoir s'il y avait du nouveau.

« Non. Rien de neuf à part ce qu'on nous a signalé ce matin », répondit-elle.

« Ce qu'on nous a signalé ce matin », c'était exactement le genre de dossiers dont il s'occupait depuis une dizaine d'années. Depuis qu'il avait pris ses fonctions dans le secteur.

Avi,

9:07 – reçu un message de l'hôpital Wolfson pour nous informer qu'un nouveau-né de sexe féminin a été retrouvé devant l'entrée des urgences. Aucun signe distinctif. Envoyer Wahaba sur place ?

9:53 – un déficient mental âgé de trente-six ans a essayé de brûler sa mère au domicile de celle-ci, rue Aharonovich. Il a ensuite agressé son travailleur social avec un couteau de cuisine.

10:37 – l'avocate du suspect pour contrefaçon de Viagra vous cherche de toute urgence. Quand la recontacterez-vous ?

11:19 – le directeur d'un hôtel à Bat-Yam a signalé la disparition d'un touriste parti sans régler sa note.

11:22 – un enfant de trois ans a été oublié dans une voiture sur le parking du centre commercial Le-Doré. Arrivé aux urgences en état de déshydratation critique, il est décédé une heure après son admission. Voulez-vous que nous convoquions les parents aujourd'hui ou après l'enterrement ?

Loin de ce que Seban qualifiait de sa « maison » se déroulaient des tas d'opérations complexes dont le but était de stopper la course iranienne au nucléaire. Des équipes héroïques déjouaient des attentats terroristes, menaient des enquêtes sur des présidents, des chefs de gouvernement ou des ministres. Oui, quelque part, il y avait des gens dont le travail servait vraiment à quelque chose. Qui participaient à des combats réellement importants et réellement gagnables. Qui menaient des batailles où il n'y avait pas uniquement des perdants, mais aussi des vainqueurs et des justiciers. Tandis que lui… quoi ? Il devait à présent convoquer des parents inconsolables d'avoir oublié leur fils dans la voiture pendant qu'ils allaient acheter un lave-vaisselle ? Essayer de faire parler un malade mental pour comprendre pourquoi il avait tenté d'assassiner sa mère dans une crise de rage ? Non, Seban se trompait. Il ne pensait pas valoir mieux que de telles enquêtes. Mais il voulait réaliser le rêve qui l'avait poussé à s'engager dans la police, et dont il n'avait parlé qu'à Ilana, lors de son entretien d'embauche (en fait lors de leur première rencontre) : il voulait sauver des vies, lutter contre la cruauté, la violence et le mal.

Ilana lui avait alors demandé, avec un sourire qu'il apprendrait à connaître au fil du temps : « Vous pensez vraiment que la police est le bon endroit pour ça ? » Et lorsqu'il avait répondu que oui, elle avait répliqué : « Si seulement je pouvais affirmer que vous avez raison. »

Il appela une nouvelle fois Liz et la pria de lui rapporter de la cafétéria un plat de riz avec des haricots verts. Il envoya ensuite un message à Marianka : il avait l'intention de rentrer tôt et lui demandait si elle voulait qu'ils aillent courir ensemble sur la plage. Quarante minutes plus tard, elle répondit qu'elle avait un entraînement de karaté et ne serait pas à la maison avant 21 heures. Liz arriva avec une salade de crudités, thon et œuf dur parce qu'il n'y avait plus de haricots verts. Elle en profita pour lui transmettre la demande de l'avocate du suspect pour contrefaçon de Viagra : repousser l'audition de son client qui devait se faire opérer de l'appendicite.

Il pouvait rentrer chez lui.

De son côté, Esthy Wahaba s'était rendue à Wolfson. Elle avait collecté un maximum de renseignements sur le bébé trouvé à l'entrée de l'hôpital et recueilli le témoignage des médecins qui s'étaient occupés du garçon oublié dans la voiture et décédé. Quant à Eliyahou Maaloul, il attendait le travailleur social qui avait été attaqué par le déficient mental coupable de la tentative d'assassinat sur sa mère. Entre-temps, il allait procéder à un interrogatoire téléphonique de son psychiatre.

Avraham appela Gary pour lui demander s'il pouvait passer prendre la lettre d'adieu d'Ilana, mais, comme toutes les fois précédentes, il n'obtint aucune réponse. Assis dans sa Hyundai blanche, il se rendit compte qu'il n'avait pas encore décidé où aller. Finalement, il prit la direction de l'hôtel de Bat-Yam parce qu'il n'avait plus personne à envoyer là-bas. Aux infos, il entendit qu'on parlait d'un opposant russe qui venait d'être victime d'un mystérieux empoisonnement – apparemment un nouveau coup des services secrets de Vladimir Poutine. Il ne put s'empêcher d'imaginer que la CIA ou le MI6 l'envoyait résoudre cette enquête : *Superintendant Avraham ? This is Langley calling. We know you expected our call.*

L'aspect de la façade de l'hôtel Palace lui rappela qu'il roulait sur le boulevard Ben-Gourion de Bat-Yam.

Bien que la pancarte affichât : « Établissement de luxe – chambres et suites », le lieu ressemblait plutôt à un immeuble d'habitation en piteux état : des années de négligence avaient laissé les murs de plâtre rongés par la salinité, arraché la plupart des volets et délavé ceux qui restaient encore accrochés. Seul avantage – son emplacement. Ses balcons donnaient sur la promenade du bord de mer, cette mer qui était partout la même et le mettait en joie chaque fois qu'il la voyait. Sur l'un des balcons, il aperçut d'ailleurs trois jeunes hommes torse nu qui fumaient. Ils s'éclipsèrent à l'intérieur dès qu'ils comprirent qu'Avraham s'apprêtait à entrer dans le bâtiment.

Je connais peu d'endroit où l'écart entre les éléments et leur appellation est tellement flagrant, se dit-il. Car outre ce « Palace », il y avait encore, le long de la promenade, un restaurant dont les tables en plastique couvertes d'une toile cirée avaient envahi le trottoir et qui s'appelait « Élégance », un autre spécialisé dans le poisson, qui était fermé et se prenait pour « Venise ». Un peu plus loin, la pâtisserie « De Luxe » s'était reconvertie en épicerie qui vendait surtout des cigarettes, de l'alcool bon marché et toutes sortes de graines, cacahuètes, pistaches, etc. Quant à l'hôtel mitoyen du Palace, il était encore plus délabré mais le concurrençait en se prétendant : « Hôtel Monaco, *sea shore, luxury and more* ».

Mais n'est-ce pas exactement ton histoire ? Sur la porte de ton bureau, n'est-il pas indiqué : « Chef du service d'investigation et de renseignement » ? Sur ta table de travail qui trône au milieu de la pièce n'y a-t-il pas, posée bien en vue, la pipe en bois brun que Marianka t'a achetée au marché arménien dans la vieille ville de Jérusalem ?

Tu es un « enquêteur ».

Comme Kurt Wallander... mais avec façade écaillée, toiles cirées tachées et volets cassés. Un type qui traque des parents éplorés, des enfants meurtris ; qui mène de petites investigations tristes dont la résolution ne fait qu'ajouter encore un peu de souffrance en ce monde.

Le hall d'accueil du Palace donnait directement sur la rue et réussit tout de même à le surprendre par sa décoration cent pour cent asiatique. Sur le sol de marbre étaient posées deux immenses amphores en porcelaine ornées de dessins de femmes en kimono et d'inscriptions japonaises ou chinoises, qui dépassaient Avraham d'une tête. À côté, il y avait plusieurs vases où s'épanouissaient des fleurs en plastique multicolores au bout de longues tiges, et un cerisier – peut-être un vrai – dans un pot. Derrière le haut comptoir en bois pointait la tignasse blonde d'un réceptionniste penché sur un livre. L'homme eut besoin d'un certain temps pour comprendre la raison de la venue d'Avraham mais, dès que les choses se clarifièrent, un large sourire s'étira sur son visage : « Ah, ça y est, tout est arrangé. On n'a plus de problèmes avec ce touriste. » En effet, au cours de l'après-midi, deux membres de sa famille s'étaient présentés à l'hôtel, avaient expliqué que désormais leur parent logerait chez eux, avaient pris ses affaires et réglé la note. Et si Oleg n'avait pas prévenu la police, c'était uniquement parce qu'il était persuadé que personne ne viendrait enquêter sur leur plainte.

Ainsi devait apparemment s'achever cette journée.

Avraham pouvait s'installer à la terrasse de l'Élégance, commander des spécialités géorgiennes comme ces *khinkalis* ou ces *khatchapouris* à l'aspect bien gras et bien calorique sur les photos exposées en vitrine, et attendre que Marianka termine son entraînement de karaté.

« Comment savez-vous que c'était de la famille de votre homme ? demanda-t-il au réceptionniste.

— C'est ce qu'ils ont dit. Et ils ont payé pour lui.

— Et alors ?

— Comment ça, et alors ? Pourquoi quelqu'un aurait-il réglé sa note, s'il n'était pas de sa famille ?

— Donc, en fait, vous avez laissé des gens que vous ne connaissez pas prendre les bagages d'un de vos clients, uniquement parce qu'ils vous l'ont demandé ? »

Oleg parut embarrassé : « C'est que... Ça fait deux jours qu'il s'est volatilisé. Il est ressorti deux ou trois heures après son arrivée et n'est pas revenu depuis. De toute façon, ses valises étaient vides.

— Comment le savez-vous ? »

L'homme s'empourpra : « D'après ce que j'ai vu, elles avaient l'air totalement vides.

— Vous les avez ouvertes dans la chambre ?

— Bien sûr que non. Je n'ouvre jamais les valises de nos hôtes », dit-il en se levant.

Avraham comprit alors pourquoi Oleg avait été embauché à la réception. Très grand et bien baraqué, il était la personne idéale en cas de problèmes avec un client – ce qui, Avraham en avait bien l'impression, devait leur arriver de temps en temps.

« Ils vous ont laissé un nom ? Vous avez un numéro de téléphone ? insista-t-il.

— De qui ? demanda l'employé, de plus en plus mal à l'aise.

— Des parents de votre touriste. C'est bien ce qu'ils ont dit, qu'ils étaient de la famille ?

— Oui. Mais ils n'ont pas laissé de numéro de téléphone.

— Et son numéro à lui, vous l'avez ?

— Non plus. Il ne me l'a pas donné.

— Comment ont-ils payé ?

— En liquide. Six cents shekels, en billets de deux cents. Quatre cents pour les deux nuits déjà passées, et deux cents pour la troisième. Il avait réservé trois nuitées.

— Vous avez des caméras ici ? On peut les voir ?

— Oui, on en a une juste là, au plafond.

— Je ne parlais pas de la caméra, mais des deux inconnus. Ils ont été filmés ?

— Bien sûr. Vous voulez visionner la vidéo maintenant ? »

Pas encore. Il voulait d'abord monter dans la chambre.

« Vous souvenez-vous de ce qu'ils savaient de lui ? demanda-t-il au réceptionniste.

— Ce qu'ils savaient de lui ? Ils ont dit qu'ils étaient de la famille du monsieur qui était descendu ici et qu'ils venaient payer. C'est tout.

— Donc ils ne vous ont pas donné son nom ? Est-ce qu'ils vous ont montré son passeport ou un autre document d'identité ?

— Vous pensez que ces types n'ont rien à voir avec lui ? s'inquiéta Oleg qui sembla soudain penaud. Que le touriste risque de rentrer et de ne plus trouver ses bagages ?

— Je n'en ai pas la moindre idée. Venez, allons inspecter la chambre. »

Ils montèrent au deuxième. Parce que l'immeuble n'avait sans doute pas été construit pour devenir un hôtel, la pièce était vaste et sombre : la grande fenêtre, fermée quand ils entrèrent, ne donnait pas sur la promenade, mais sur une arrière-cour et un bâtiment décrépi qui masquait la lumière du soleil. Avraham tira un rideau qui avait été de couleur crème, ouvrit un volet qui n'avait pas été lavé depuis des années et regarda à l'extérieur. La vitre sale avait gardé une ancienne inscription tracée au doigt sur la poussière : « *Yaacov Ben-Hayat* ». Quant à la personne qui avait décoré la chambre, elle avait apparemment tout de même songé à un palace : au plafond, une fresque en plâtre représentait des bouquets de fleurs et aux murs étaient accrochés d'immenses tableaux dans des cadres dorés dignes d'un musée florentin. Deux détails attirèrent aussitôt l'attention du commissaire : le minibar et une tasse en grès dans le lavabo de la salle de bains.

« Quelqu'un a nettoyé cette chambre depuis leur passage ? » demanda-t-il.

Oleg secoua la tête : « Non, la femme de ménage ne vient qu'une fois par semaine. Elle sera là demain matin.

— C'est vous qui avez rempli le minibar ou bien il était plein ?

— Ça aussi, c'est la femme de ménage qui s'en charge. »

Durant les quelques heures que le touriste avait passées entre ces murs, il n'avait apparemment pas bu d'alcool, mais s'était préparé un café en utilisant la bouilloire électrique. Au cas où ils auraient besoin de ses empreintes, peut-être pourraient-ils en relever dessus.

« Vous êtes monté avec eux dans la chambre ? »

Oleg secoua la tête : il était seul dans l'hôtel et ne pouvait pas quitter la réception.

« À propos, comment savez-vous que c'était un touriste ?

— Qui ?

— L'homme qui a pris la chambre. Et qui a disparu. Quelle langue parlait-il ?

— Anglais, mais il avait un accent. Français, je pense. Et il m'a aussi montré son passeport. Je peux vérifier, si vous voulez.

— Vous étiez là le jour de son arrivée ?

— La nuit. Je fais les après-midi et les nuits.

— Et qu'a-t-il dit ?

— Rien. Mais il parlait anglais avec un accent et il est sorti d'un taxi de la station de l'aéroport. Je l'ai vu. »

Avraham lui demanda alors de verrouiller la chambre et de n'y laisser entrer personne. En redescendant, il voulut aussi savoir combien de clients séjournaient en ce moment à l'hôtel. Oleg lui répondit que pour l'instant seules deux chambres étaient occupées, mais qu'une partie de leur clientèle réservait à l'heure : « Bon, vous savez, des couples, des personnes mariées, toutes sortes de gens. On a un seul couple de vacanciers, ils occupent la suite. Sinon, on a des Chinois au quatrième, qui travaillent sur le chantier du tramway. Des ingénieurs. »

Pourquoi, dans ce cas, avoir attribué à ce monsieur – dont Avraham ignorait encore tout, y compris le patronyme – une chambre sur l'arrière-cour et non avec vue sur la mer ? Le client avait demandé à ne pas être sur rue, se défendit le réceptionniste qui, de retour derrière son comptoir, donna enfin un nom au commissaire : Jacques Bertoldi. Interrogé sur la manière dont la réservation avait été effectuée, il alluma son vieil ordinateur de bureau, dut attendre presque cinq minutes avant de pouvoir s'en servir et découvrit que l'homme n'en avait pas fait à l'avance. Il était simplement entré dans l'hôtel et avait demandé une chambre pour trois nuits. Il n'avait pas non plus laissé son numéro de téléphone, uniquement celui de son passeport suisse, qu'Avraham, après avoir sorti un stylo bleu de la poche de sa chemise, nota dans le cahier à couverture noire que Marianka lui avait acheté en Slovénie. En attendant de pouvoir visualiser ce Bertoldi grâce à la vidéosurveillance, il décida de consigner aussi ce dont Oleg se souvenait de son aspect : *la soixantaine, plutôt grand – au moins 1,85 m –, très maigre, peau assez mate, chevelure argentée, relativement fournie pour un homme de son âge. La nuit de son arrivée, il portait un costume marron et le même le lendemain, lorsqu'il était parti, vers les 5 ou 6 heures du matin.*

« En sortant, il vous a dit quelque chose ? reprit Avraham.

— En fait, oui, dit l'autre après un instant à fouiller dans sa mémoire : C'est aussi pour ça qu'on vous a appelés. Il m'a demandé si je pouvais lui recommander un bon restaurant, je lui ai dit que oui, et du coup il a voulu savoir si je serais là le soir pour lui donner l'adresse. Et il a ajouté en anglais : "Super, alors, on se voit tout à l'heure, sans faute !" Vous comprenez maintenant pourquoi j'étais certain de le revoir ? »

Sur le chemin du retour, Avraham n'alluma pas sa radio. La caméra de surveillance du Palace était posée sur le siège passager à côté de lui, mais il se représentait déjà l'inconnu, la soixantaine, grand et mince, l'imaginait sortir d'un taxi au milieu de la nuit devant l'hôtel du bord de mer à Bat-Yam, demander en anglais avec un accent français une chambre ne donnant pas sur la rue puis, au lieu d'aller dormir ou au moins de s'allonger pour récupérer – comme on aurait pu s'y attendre –, se préparer un café. Au petit matin, il quittait sa chambre en assurant revenir le soir, mais ne réapparaissait pas.

Deux hommes avaient récupéré ses affaires avant que le commissariat n'ait envoyé un policier sur place pour se renseigner et vérifier la plainte. Pourquoi sentait-il déjà qu'il regretterait de ne pas être allé plus tôt s'enquérir du sort de ce touriste ? À ce stade pourtant, rien ne laissait penser que celui-ci courait un quelconque danger... sauf, peut-être, cette promesse de revenir le soir même et la réponse du réceptionniste à la dernière question qu'Avraham lui posa : « Est-ce que les deux hommes qui sont venus prendre les bagages lui ressemblaient ?

— Je ne me souviens plus trop de leur aspect, bredouilla Oleg en rougissant. L'un d'eux était petit. Et blond. On peut le voir à la caméra. Mais les gens d'une même famille ne se ressemblent pas forcément, n'est-ce pas ? »

2

Les policiers arrivèrent le matin, à 5 h 15.

Ils pensaient sans doute la réveiller, mais elle était déjà sur le petit balcon de sa cuisine, en train de fourrer des vêtements dans la machine à laver. C'est d'ailleurs pour ça qu'elle ne les avait pas entendus monter l'escalier jusqu'au quatrième. Les coups frappés à sa porte et les cris de « Police, ouvrez ! » la firent sursauter – mais elle savait qu'ils ne risquaient pas de trouver chez elle ce qu'ils étaient venus chercher.

Elle s'était parfaitement préparée, et son appartement reluisait autant qu'après le nettoyage en profondeur qu'elle organisait avant la Pâque. Trente et quelques années de ménage avaient fait d'elle une experte en brouillage de pistes.

Le policier était gros, il transpirait et puait le thon en conserve. Il fit le tour de l'appartement, lui demanda si elle était seule et, lorsqu'il aperçut le panier à linge à côté de la machine, la pria de vider le tambour. Il inspecta les vêtements sales un par un, puis il appela sa collègue, une Falacha, et lui chuchota quelque chose à l'oreille. Elle se mit alors en devoir de palper les petites culottes et les soutiens-gorge – alla jusqu'à les renifler, on aurait dit un chien affamé. Dans la chambre des filles, ils vidèrent armoires et tiroirs, continuèrent dans la salle de bains et les toilettes, grimpèrent sur l'échelle pour atteindre la niche de rangement du faux plafond – ce *boïdem* était le seul endroit que Liora ne nettoyait jamais parce que tous les outils et les matériaux de construction ayant appartenu à David y étaient entreposés.

« Vous pouvez m'expliquer ce que vous voulez ? demanda-t-elle au policier. Qu'est-ce que vous cherchez chez moi ? »

Au lieu de répondre, il voulut savoir où étaient ses filles et elle lui dit qu'elles dormaient chez quelqu'un, puis ajouta : « Pourquoi, elles vous ont fait quelque chose ? Vous êtes venus les arrêter ? »

À l'évidence, ils étaient de plus en plus frustrés.

Elle envisagea d'appeler Edry, puis décida que non. À la place, elle sortit son portable et commença à prendre des photos : les vêtements éparpillés sur les matelas, les coussins du canapé arrachés, les tiroirs retournés et tout leur contenu répandu sur le sol. Dans la chambre de Danielle, la Falacha prit une torche pour éclairer sous le lit, retira de là un drap de couleur bordeaux qui inquiéta Liora un court instant, mais la poussière accumulée dessus indiquait clairement qu'il était là depuis des semaines.

« J'exige que vous remettiez en place tout ce que vous avez dérangé, dit-elle.

— Aucun problème, on le fera. »

Liora dirigea l'appareil photo vers celui qui venait de parler et constata qu'il était de ceux qui n'appréciaient pas qu'on les filme.

« Pouvez-vous me donner votre nom ? le défia-t-elle. Je ne

le vois inscrit nulle part. Et dites aussi à la caméra ce que vous cherchez, je n'ai pas compris. »

Lorsque enfin le policier parut prêt à s'en aller, sa collègue fouillait encore dans la cuisine : le frigo, le congélateur, les placards de boîtes de conserve, les tiroirs à vaisselle, on aurait dit deux cambrioleurs dépités qui s'étaient introduits dans un appartement où il y avait un coffre-fort et le découvraient vide. En désespoir de cause, ils mirent quelques serviettes de toilette et des vêtements d'enfant dans un carton. Elle continua à les filmer, même quand ils lui annoncèrent qu'elle devait les suivre au commissariat.

« Pourquoi je vous suivrais ? demanda-t-elle. Qu'est-ce que vous avez à me reprocher ?

— Pour l'instant, vous êtes soupçonnée de mauvais traitements sur mineur vulnérable que vous avez, en plus, laissé sans surveillance. La suite, on vous en informera au poste.

— Mes filles dorment chez leur grande sœur, on peut l'appeler tout de suite. Comment pouvez-vous m'accuser de les avoir laissées sans surveillance ? »

Tout cela faisait partie du plan qu'elle avait imaginé au cas où elle aurait la visite des flics. Cela dit, elle ne s'attendait pas à ce qu'ils débarquent si vite.

La rue était vide et sombre au moment où on la poussa à l'intérieur du véhicule à gyrophare.

Aucun voisin ne pointa le nez à la fenêtre, bien qu'ils aient assurément tous entendu les coups frappés à sa porte et les cris des policiers. Mais ce genre de choses n'était pas exceptionnel dans le quartier et ceux que le bruit avait réveillés s'étaient sans doute déjà rendormis.

Elle ignorait comment elle avait été identifiée – elle avait des hypothèses –, mais ne ressentit aucune peur, pas même lorsque, par hasard ou dans le but de la déstabiliser, ils passèrent devant l'hôpital. La Falacha conduisait tandis que son collègue, assis sur le siège passager, serrait d'une main son sandwich au thon à moitié mangé – à croire qu'il craignait qu'on le lui pique – et, de l'autre, pianotait sur une tablette. À cause des vitres teintées, Liora ne distingua pas qui, de la femme ou du vieux vigile, fouillait les sacs à l'entrée du centre commercial devant l'hôpital, ni s'il y avait des voitures de police ou des policiers à proximité.

Si tu me voyais maintenant, tu ne me reconnaîtrais pas, dit-elle intérieurement à David, et tu serais étonné parce que je ne me laisse pas du tout impressionner. Tu es avec moi, Dieu est avec moi, et cette fois, je sais exactement ce que j'ai à faire.

~

Dès l'instant où le médecin avait quitté son appartement, elle avait su. Et avait tout planifié.

Pour l'hôpital, elle avait procédé à une reconnaissance en règle. Il y avait deux entrées – l'une par le parking pour ceux qui venaient en voiture et l'autre par le centre commercial, destinée aux piétons. Elle avait tout de suite compris qu'utiliser sa voiture serait compliqué, d'une part parce que les vigiles du parking fouillaient tous les véhicules à l'entrée, d'autre part parce qu'elle ne voulait pas prendre de risques en repartant : si, pour n'importe quelle raison, un automobiliste s'arrêtait à la sortie, elle serait coincée derrière lui. Or elle devait absolument s'éloigner de la zone aussi vite que possible. De plus, il y avait davantage de caméras de surveillance autour du parking, sans compter des paires d'yeux qu'elle sentait, mais n'arrivait pas à localiser. À l'entrée piétons en revanche, il n'y avait qu'une seule caméra à côté du poste de garde, donc si elle venait la tête couverte ou veillait à masquer son visage au bon moment, on ne pourrait pas l'identifier. Et puis, le vieux vigile du centre commercial ne demandait jamais à ouvrir les sacs, il se contentait, sans même les regarder, de les effleurer avec son détecteur de métaux qui certainement ne marchait pas. C'était le plus important, mais au cas où il ferait du zèle et lui demanderait d'ouvrir son sac, elle aurait le temps de reculer sous prétexte qu'elle avait oublié quelque chose.

Le café Roladin était tout près de la porte du centre commercial. Elle avait commandé un grand crème avec un chausson aux raisins secs et au fromage qui sortait du four, puis s'était installée bien en face de la sortie.

Des bus passaient toutes les minutes. Le 140, le 26, le 12. Et encore le 140. Parfois, deux ou trois bus arrivaient en même temps. Elle estima la distance entre sa table et l'arrêt le plus proche à une cinquantaine de mètres, qu'elle pourrait parcourir en trente ou quarante secondes. Bref, en un peu plus de soixante secondes, elle pouvait se retrouver dans un bus qui s'éloignait, sans que personne ait prêté attention au sac qu'elle laisserait sous la table. Et si quelqu'un le remarquait et lui lançait : « Hé, madame, vous avez oublié votre sac ! », elle pourrait toujours revenir sur ses pas, le remercier et refaire une tentative plus tard.

Au début, elle avait pensé que le moment idéal serait tôt le matin, ou tard le soir, juste avant la fin du service des transports publics, sauf que c'était à ces heures-là qu'il y avait le moins de monde dans le centre commercial et que la fréquence des bus baissait. Or, mieux valait que le café soit bondé et le vigile à l'entrée débordé. D'ailleurs, n'était-ce pas la meilleure manière de commettre un délit dans ce pays : en plein jour et devant un maximum de gens ? Car s'il arrive encore que ceux qui s'introduisent la nuit par effraction dans des appartements soient arrêtés et punis, ceux qui commettent des crimes vraiment graves, parfois au vu et au su de tous, ceux-là ne sont jamais pris, et s'ils le sont, ils ont des avocats qui leur évitent toute sanction.

Pour la première fois, elle entrait dans le commissariat de Holon par la porte de derrière, celle du parking. Elle n'était pas menottée. Le gros policier monta avec elle jusqu'au deuxième et lui indiqua une petite salle d'interrogatoire sans fenêtre. La clim n'était pas allumée, elle sentit son tee-shirt se coller à sa poitrine et à son cou. Pas de quoi l'ébranler. Elle attendit une heure avant qu'il se passe quelque chose. Tant mieux, la lecture de la bible qu'elle avait mise dans son sac la réconforta, comme si les mots sacrés lestaient son corps, la stabilisant de l'intérieur.

Une enquêtrice entra enfin, mais commença par se comporter comme s'il n'y avait personne dans la pièce : elle s'assit devant l'ordinateur et pianota sur le clavier, les yeux trop proches de l'écran. Ce n'est qu'au moment où elle se présenta et fut donc obligée de lui faire face que Liora comprit pourquoi elle n'avait jusque-là pas eu droit au moindre regard : cette femme avait des problèmes de vue, une sorte de strabisme peut-être, si bien que, lorsqu'elle fixait un objet, ses yeux, rouges et larmoyants, comme recouverts d'une pellicule humide, ne convergeaient pas à la bonne distance.

Esthy Wahaba lui demanda de décliner son nom et son numéro d'identité, ce que Liora fit d'une voix forte qui, espéra-t-elle, reflétait bien à quel point elle n'avait pas peur : « Liora Talias. Numéro d'identité : 35655131. »

Une caméra, posée dans un coin de la pièce, les filmait.

« Date de naissance ?

— Le 3 du mois de Teveth. »

L'enquêtrice releva ses yeux malades, et ce handicap renforça encore l'assurance de Liora.

« Ce qui correspond à quelle date dans le calendrier utilisé par la majeure partie du monde ?

— Donc le calendrier hébraïque ne vous convient pas ? susurra-t-elle avant d'ajouter : Le 23 décembre 1979. » Et lorsque la policière lui demanda son adresse, elle poursuivit sur le même ton : « Vous la connaissez, non ? C'est bien vous qui avez envoyé vos deux collègues pour me cueillir chez moi. Franchement, c'était indispensable qu'ils viennent frapper à ma porte en hurlant à 5 heures du matin comme si nous étions des gangsters ? Et qu'est-ce qu'ils ont trouvé ? *Nada !* »

L'autre essaya de la toiser aussi fermement qu'elle le put : « Votre adresse ? répéta-t-elle.

— 2, rue HaGuiborim, Bat-Yam.

— Je vous remercie. Je commence l'interrogatoire. Je vous informe qu'il est filmé et enregistré. Nous sommes le mardi 26 août, il est 8 h 40. Début de l'audition du témoin en vue d'une possible mise en examen. Pouvez-vous m'expliquer pourquoi vous avez abandonné votre bébé ?

— Je n'ai abandonné aucun bébé, s'empressa de rétorquer Liora. Je ne sais pas de quoi vous parlez.

— Hier, lundi 25 août, vous avez abandonné un bébé de sexe féminin dans un sac noir devant l'hôpital Wolfson. En fait, pas exactement devant l'hôpital, mais dans le centre commercial attenant. Vous êtes arrivée avec un sac noir et en êtes repartie sans. »

Un court instant, elle se retrouva à nouveau devant l'entrée du centre commercial. De loin, elle avait remarqué que le vieux vigile avait été remplacé par une nouvelle qui elle, justement, demandait aux gens d'ouvrir leur sac. Elle avait hésité une ou deux secondes, pas plus. En fait, la nana n'embêtait pas tout le monde et, même, ne fouillait pas vraiment. Elle se contentait de jeter un coup d'œil à l'intérieur et de passer son détecteur de métaux à l'extérieur.

« Je ne comprends pas du tout de quoi vous parlez, répéta Liora. Il faudrait que j'aie un bébé pour pouvoir l'abandonner, non ? Si j'avais accouché d'une petite fille, pourquoi est-ce que je l'aurais mise dans un sac ?

— Je pense que vous venez d'accoucher et que vous avez abandonné votre bébé.

— Eh bien, vous vous trompez. »

Soudain, elle sentit à quel point l'heure qu'elle avait passée seule entre ces quatre murs, loin de la stresser, lui avait été bénéfique. Elle s'était habituée à cette pièce et surtout à y être enfermée. Elle retirait aussi de la force des fois précédentes où elle s'était retrouvée en salle d'interrogatoire – peut-être ici d'ailleurs. Si seulement tu étais là avec moi maintenant, dit-elle intérieurement à David.

« La caméra de surveillance placée à l'entrée du centre

commercial vous a filmée. On vous voit arriver avec le sac dans lequel a été retrouvée la petite, puis ressortir sans. On voit clairement le sac et on vous voit, vous, le tenir. Je ne dis pas que vous l'avez fait intentionnellement. Vous l'avez peut-être oublié sans faire exprès et ne vous en êtes rendu compte qu'au bout de quelques heures, ce qui vous aura affolée. Se peut-il que les choses se soient passées ainsi ? » Le regard de la policière ne se focalisa pas correctement.

Liora sourit : à l'évidence, on la prenait pour une imbécile. Quoi, on pensait vraiment la faire avouer au premier bobard qu'on lui servirait ?

« Vous croyez qu'il vous suffit de me dire que je l'ai oublié par erreur pour me faire cracher que ce bébé est à moi ?

— Voulez-vous le voir ? Ça vous rafraîchira peut-être la mémoire. »

À ces mots, Liora explosa : « Franchement, vous êtes sérieuse, là ? Vous pensez que si vous me montrez n'importe quel môme, je vous dirai que je l'ai abandonné ? Deux flics débarquent à 5 heures du matin au domicile d'une famille totalement normale, avec un mandat de perquisition et un mandat d'amener sous prétexte d'abandon d'une petite fille qui n'existe pas, et maintenant, vous voulez que j'aille la voir ? Je n'arrive juste pas à décider si vous êtes sérieuse ou si vous faites semblant. »

Elle eut l'impression d'avoir effrayé la policière, peut-être moins à cause du contenu de ses propos que du ton adopté. En tout cas, maintenant, elle savait que la petite était vivante. Non qu'elle ait eu des doutes – elle s'attendait à ce qu'on la retrouve au bout de quelques minutes et qu'on s'en occupe immédiatement –, mais comme les infos sur Internet ne donnaient pas d'indications sur l'état de santé du bébé retrouvé à l'entrée de Wolfson, ce n'est qu'à cet instant qu'elle eut la confirmation d'avoir bien agi.

Plus le temps passait, plus elle se sentait sûre de sa force, même face au mépris affiché par l'enquêtrice, qui tenta de la remettre à sa place : « Le ton sur lequel vous me parlez ne me fait pas peur. J'ai croisé dans cette salle des individus autrement plus dangereux que vous. Je vous conseille donc de changer de disque et de comprendre que je suis là pour vous aider. Enfin, que, pour l'instant, je suis disposée à vous aider, parce que ça ne va peut-être pas durer. Nous savons que vous avez abandonné cette petite fille, pas seulement à cause du sac et de la caméra qui vous a filmée. Croyez bien que je ne serais pas là en train de vous dire que c'est votre bébé uniquement à cause d'une vidéo. Pour l'instant, je vous offre la possibilité de vous justifier en invoquant une erreur, une déprime post-partum ou que sais-je encore. Si vous me dites, là, tout de suite : "Maintenant je me suis ressaisie, rendez-moi mon enfant et qu'on n'en parle plus", ça ne sera pas simple, les services sociaux enquêteront, le dossier pour négligence ne sera pas facilement clos, mais peut-être que ça n'ira pas plus loin. Tout dépend de l'état de santé de la petite. Si vous vous obstinez à vous comporter comme vous l'avez fait jusqu'à présent, vous allez au-devant de graves ennuis. Pour rien. »

Tu saisis à quel point elle est aveugle, David ? Comment peut-elle croire à ce qu'elle se raconte ?

Elle fit comprendre à la policière qu'elle ne lui répondrait pas, ce qui n'empêcha pas celle-ci de tenter une dernière approche : « Écoutez-moi, je ne suis pas votre ennemie. Vous n'avez sans doute pas agi avec intention de nuire. Vous vous êtes réveillée hier matin, peut-être même n'aviez-vous pas dormi de la nuit, la petite hurlait, a vomi ou refusé de manger, et vous étiez à bout. Ou alors, vous avez eu peur parce que vous avez pensé qu'elle était malade, que vous ne vous en étiez pas occupée correctement et... vous n'avez personne pour vous aider. Ce sont des choses qui peuvent arriver à tout le monde, on ne vous jettera pas la pierre pour ça. »

Liora mesura la portée du sourire qui monta sur son visage dans le regard désespéré qu'elle lui renvoya avant de renoncer enfin et de demander : « Bon, je peux savoir avec quel avocat vous vous êtes entretenue avant d'entrer ici ?

— Avec maître Edry.

— Et c'est lui qui vous a conseillé de tout nier en bloc ?

— Il ne m'a rien conseillé parce que je n'ai besoin d'aucun conseil. Quand on dit la vérité, un avocat ne sert à rien. Les avocats, c'est pour les menteurs.

— Votre mari est au courant ? Mais peut-être est-ce la raison de votre acte ? Vous vouliez lui cacher cette naissance ? »

Ce fut la seule question qui l'étonna, et la réponse lui échappa avec une colère non préméditée : « Si vous aviez fait correctement votre boulot, vous sauriez que mon mari, David, est mort. Non, non, pas mort, pardon. Il a été assassiné. Vous ne vous renseignez pas sur les gens que vous interrogez ? Alors maintenant, dites-moi, d'où j'aurais pu avoir un bébé ? »

La policière se leva.

« Je veux partir maintenant. Je dois aller travailler.

— Je vais me renseigner sur la suite de la procédure et je

vous en informerai. Pour l'instant, vous restez avec nous. Voulez-vous que je transmette quelque chose à maître Edry ? »

~

Étrangement, ce fut lorsqu'elle se retrouva seule que Liora sentit au fond d'elle-même, pour la première fois de la journée, un reste de peur. S'en débarrasser d'urgence. Le bras de fer avec l'enquêtrice l'avait peut-être épuisée, à moins que ce soit l'évocation de l'assassinat de David qui, chaque fois, lui sapait toute son énergie ? Elle pensa au bébé et aux hypothèses ridicules qui avaient été émises à son sujet. La petite n'avait ni hurlé ni vomi, elle mangeait bien et, malgré tout ce qu'elle avait subi, dormait mieux que la plupart des nouveau-nés. Sans doute parce que Dieu avait décidé qu'elle vivrait.

Elle sortit sa bible de son sac et relut les passages qui l'avaient soutenue dès qu'elle avait compris ce qu'elle devait faire : *Cette femme conçut et enfanta un fils. Elle considéra qu'il était beau et le tint caché pendant trois mois. Ne pouvant le cacher plus longtemps, elle lui prépara un berceau de papyrus qu'elle enduisit de bitume et de poix, elle y plaça l'enfant et le déposa dans les roseaux sur la rive du fleuve*[*]. Ce passage-là, elle l'avait aussi lu dans le bus 140 qu'elle avait réussi à attraper au moment où le conducteur démarrait. À la différence de Myriam, qui était restée à regarder la corbeille jusqu'à ce que la fille de Pharaon la tire du fleuve, Liora

---

* Exode, II, 2, 3.

n'avait pu s'attarder. Elle était allée s'asseoir à l'arrière, près d'une fenêtre, avait prévu de descendre au bout d'un ou deux arrêts, mais finalement avait roulé de longues minutes encore dans ce bus qui s'était petit à petit rempli, avait emprunté la voie rapide Ayalon nord, bifurqué sur la voie Menahem-Begin en direction des tours Azriéli, avant de prendre vers l'est et le quartier de la Bourse aux diamants. Un grand Soudanais tout maigre s'était assis à côté d'elle, puis une femme, tête couverte, qui devait avoir dans les soixante-cinq, soixante-dix ans et lisait un journal. Personne ne la remarqua et le chauffeur ne nota ni où ni quand elle était descendue.

Qui aurait prétendu que Myriam faisait une erreur en envoyant Moïse sur l'eau pour le sauver, même si, par ce geste, elle enfreignait la loi ? Et aurait-on dû punir les deux accoucheuses qui avaient désobéi et *ne firent point ce que leur avait dit le roi d'Égypte, elles laissèrent vivre les garçons**?

Mordekhaï pensait comme elle : elle n'avait pas agi d'une manière répréhensible.

« C'est exactement comme l'histoire de Moïse, lui avait-il dit. Le criminel est celui qui a édicté la loi. »

Oui, le vrai criminel était celui qui sévissait en plein jour, sans se cacher, parce qu'il avait le pouvoir de décider tout seul ce qui était permis et ce qui ne l'était pas. *Lorsque vous accoucherez les femmes des Hébreux, vous examinerez les attributs du sexe : si c'est un garçon, faites-le périr; une fille, qu'elle vive***. Telle était la loi de l'époque.

* Exode, I, 17.
** Exode, I, 16.

L'enquêtrice revint dans la salle deux heures plus tard, avec une bouteille d'eau. Elle était accompagnée d'un autre policier qui paraissait être son supérieur hiérarchique et qui alla se placer dans un coin de la pièce d'où il les observa en silence.

« Votre avocat est en route, dit Esthy Wahaba qui, voyant Liora esquisser un geste pour se lever, lui demanda de rester à sa place. On vous libérera peut-être aujourd'hui. On verra.

— Comment ça, "on verra" ? Je dois aller travailler et je veux parler à mes filles. »

La policière hocha la tête puis lui posa la question qu'elle attendait et à laquelle elle avait une réponse toute prête : « Nous voudrions prélever un échantillon de votre salive pour un test ADN. Si vous nous donnez votre accord, nous pourrons sans doute vous libérer dès l'obtention des résultats. Nous cherchons à confirmer que ce bébé n'est pas le vôtre, puisque c'est ce que vous prétendez. »

3

Le lendemain matin, Avraham trouva Liz à son poste, dans la salle d'attente de son bureau – chose qui n'était pas dans les habitudes de sa collaboratrice. Il n'avait aucune raison officielle de continuer à enquêter sur Jacques Bertoldi, pourtant il lui demanda si elle avait un moyen ultrarapide de récupérer le numéro de téléphone d'un touriste qui n'avait pas rempli de fiche de renseignements dans son hôtel.

« C'est très simple, il suffit de contacter la compagnie aérienne qu'il a empruntée. Savez-vous s'il a pris un vol El-Al ?

— Aucune idée. »

Une des grandes qualités de la seule et unique secrétaire qu'Avraham ait jamais eue était que, si elle voulait obtenir quelque chose, elle y arrivait.

« Donc vous pensez pouvoir me dégoter ces deux infos ? lui demanda-t-il.

— C'est comme si c'était fait. »

Ensuite, il appela le Palace et tomba sur le directeur de l'établissement, Simha Hozez. Il se présenta et voulut savoir si par hasard son homme avait réapparu.

« De qui parlez-vous ? Qui a réapparu ?

— Le touriste qui s'est volatilisé sans payer. Jacques Bertoldi. C'est bien vous qui nous avez informés de sa disparition, non ?

— Oui, mais hier, vous nous avez envoyé un policier à qui on a expliqué que le problème était résolu, vous n'êtes pas au courant ? D'ailleurs, il nous a pris la caméra de surveillance et on en a besoin d'urgence ! »

Hozez fut étonné d'apprendre que le policier en question n'était autre que son interlocuteur.

« Alors dans ce cas, dit-il, je ne comprends pas. Pourquoi pensez-vous qu'il va revenir ? »

Ce n'était pas ce que pensait Avraham. En revanche, la promesse faite à Oleg, ajoutée aux étranges circonstances qui entouraient la visite de ses deux parents, l'interpellait. Il se demandait même si quelqu'un ne retenait pas Jacques Bertoldi contre son gré, l'empêchant de revenir au Palace.

Sur la liste des cadavres non identifiés depuis le début de la semaine, aucun ne semblait lui correspondre. Dans un bois entre Tel-Aviv et Ramat-Gan, on avait retrouvé le corps d'une femme âgée d'une trentaine d'années, la tête recouverte d'un sac plastique. Au cours de la nuit, on avait surtout enregistré des plaintes pour tapage nocturne, rixes, cambriolages et vols de voitures. Sur son bureau l'attendait le rapport d'Eliyahou Maaloul qui était allé enquêter sur le malade mental et sa tentative d'homicide par le feu sur sa mère, laquelle, « *d'après la déposition du psychiatre, est aussi un peu dérangée. Quant au père, il n'en a pas. L'agresseur est âgé de trente-six ans, il a déjà fait de longs séjours en hôpital psychiatrique, et ce dès ses quatorze ans* ». C'était aussi Maaloul qui avait recueilli les dépositions du père et de la mère du garçon mort déshydraté, un rapport qu'Avraham parcourut en diagonale : chacun des deux parents s'accusait de l'oubli de l'enfant dans la voiture et essayait de disculper l'autre. En marge, il nota au stylo : *merci de vérifier qu'ils sont bien sous surveillance tous les deux, car d'après leur déposition, du moins celle de la mère, il y a un risque de tentative de suicide, non ?*

Dans la salle d'interrogatoire du deuxième étage, Esthy Wahaba s'apprêtait à mettre en examen la suspecte d'abandon de bébé. Il lui demanda si elle avait besoin de son aide, elle répondit qu'elle s'en sortirait toute seule. Du coup, il brancha la caméra de surveillance du Palace à l'ordinateur de son bureau et vit apparaître sur son écran le décor asiatique de l'hôtel qui lui sembla déjà familier.

Une date s'afficha : 22 août, et, à côté, l'heure où débutait l'enregistrement : 21:50.

La majeure partie de la soirée, il ne s'était rien passé susceptible d'interrompre la lecture d'Oleg. À 22:13 était entrée dans l'hôtel une femme très chic, la cinquantaine, accompagnée d'un homme de petite taille, bien plus jeune qu'elle. D'après le simple bonsoir du réceptionniste, Avraham déduisit qu'il s'agissait des vacanciers logés dans la suite et non d'un couple venu réserver une chambre à l'heure. Deux Chinois étaient rentrés à 22:47, suivis de peu par un troisième, sans doute leur collègue. Celui-ci avait pris le temps de discuter une dizaine de minutes avec Oleg qui, à la fin de la conversation, lui avait montré quelque chose sur son téléphone. Lorsque le dernier Chinois s'était engouffré dans l'escalier, le réceptionniste avait repris sa lecture à un rythme plus soutenu, la date de la caméra était passée au 23 août et Jacques Bertoldi était entré dans l'hôtel.

01:52.

Avraham constata que le costume marron qu'il portait était très usé, voire élimé, peut-être le vestige d'une brillante carrière d'homme d'affaires qui n'avait à présent plus les moyens de s'offrir de telles tenues ? Le touriste paraissait aussi plus âgé que ce qu'il s'était imaginé. Entre soixante-trois et soixante-cinq ans. Après un bref échange, il avait présenté son passeport à Oleg, qui en avait recopié le numéro avant de lui tendre une clé, mais ne l'avait pas photocopié. Impossible d'entendre ce qui s'était dit, ni même de deviner dans quelle langue et avec quel accent il avait parlé. Lors de sa visite sur place, Avraham s'était aussi étonné en comprenant que le réceptionniste n'avait pas pris de numéro de carte bleue. Il avait reçu comme explication que, depuis un certain temps, l'hôtel se montrait « plus discret » : Simha Hozez lui avait donné pour consigne de relever le numéro du passeport, mais de ne demander ni carte de crédit ni règlement à l'avance par crainte de décourager certains clients.

Bertoldi était monté dans sa chambre à 01:59. Au moment où il sortait du cadre de la vidéo, il portait lui-même ses deux valises, sans le moindre effort, comme si effectivement elles étaient vides, ce qui confirmait les dires d'Oleg. Avraham l'imagina s'arrêter devant la porte de la chambre 203, l'ouvrir avec la clé, allumer la lumière, balayer du regard le couvre-lit en tissu vieillot, la lampe de chevet, le vieux réfrigérateur placé sous le petit bureau, écarter les rideaux qui avaient un jour été de couleur crème et regarder l'immeuble d'en face :

un bâtiment déprimant, plongé dans l'obscurité – telle était la vue qu'il avait demandée –, à moins qu'ici ou là une lumière ne fût allumée, indiquant la présence de quelque insomniaque. Peut-être une fenêtre était-elle ouverte à cause de la chaleur et de l'humidité des derniers jours d'été ? Au cas où il trouverait un motif valable de pousser plus loin ses investigations, il pourrait aller questionner les voisins, peut-être l'un d'eux était-il éveillé et avait-il vu Bertoldi de sa fenêtre. *Et s'il avait demandé une chambre donnant sur l'arrière du bâtiment justement pour entrer en contact avec une personne qui l'attendait en face ?* nota Avraham dans son cahier noir.

Bertoldi n'était pas allé dormir, comme on aurait pu s'y attendre compte tenu de son âge et de son arrivée en Israël par un vol de nuit. Il n'avait pas touché au lit, sauf si Oleg s'était trompé ou avait menti et que la chambre avait été faite après son passage. Comment avait-il occupé son temps jusqu'à 05:12, heure à laquelle il avait de nouveau été capté par l'objectif de la caméra ? Sans entendre ce qui se disait, Avraham comprit que c'était là qu'il avait demandé au réceptionniste de lui recommander un restaurant puis promis de le revoir le soir même. Ensuite il était sorti de l'hôtel d'un pas rapide et on le voyait encore tourner à droite, comme quelqu'un qui sait où il va.

Si Avraham avait été convaincu du bien-fondé de plus amples vérifications, il aurait pu ordonner la réquisition des caméras de surveillance des commerçants et des feux rouges balisant les rues que Bertoldi aurait éventuellement empruntées en ce petit matin, puis essayer de reconstituer son trajet. Mais à part la sourde inquiétude qu'éveillait en lui la question du restaurant pour le soir, il n'avait aucune raison de creuser davantage. D'autant qu'il devait s'occuper d'autres affaires.

Il arrêta la vidéo pour prendre l'appel de l'avocat des parents qui avaient oublié leur fils dans la voiture. En fin de matinée, Esthy Wahaba lui demanda par téléphone de venir la rejoindre. Lorsqu'il la retrouva dans le couloir, devant la salle d'interrogatoire, il la sentit mal à l'aise. Elle insista pour obtenir une autorisation de prélèvement pour un test ADN sur la suspecte afin de déterminer si elle était, oui ou non, la mère du bébé abandonné.

« Aucun problème. Dommage que tu ne sois pas arrivée à la convaincre de nous donner un échantillon de son plein gré, ça nous aurait évité de courir après le parquet. Cela dit, as-tu vérifié auprès de ses voisins ou de ses proches si elle était enceinte ? Ce serait peut-être un moyen d'éviter le test ? »

Il la vit rougir et comprit qu'elle n'y avait pas pensé. La veille déjà, avant qu'il n'entre avec elle en salle d'interrogatoire, il l'avait sentie fragilisée. Elle lui avait communiqué les résultats de la perquisition au domicile de la suspecte : ils n'avaient pas trouvé d'indices témoignant de la présence récente d'un bébé. Pas de lait maternisé, pas de couches ni de draps, pas de vêtements tachés de lait ou de vomi, comme elle l'avait escompté. D'un autre côté, c'était le coup de téléphone d'une voisine, à la suite de la publication dans les médias de l'affaire du bébé, qui les avait mis sur la bonne voie : cette femme assurait en effet que des pleurs et des hurlements de nouveau-né s'étaient échappés de l'appartement mitoyen et avaient étrangement cessé deux jours auparavant : « C'est grâce à cette voisine qu'on a identifié la suspecte, avait-elle continué. Elle ressemble trait pour trait à la femme qu'on voit sur la vidéo entrer dans le centre commercial avec un sac et en ressortir sans.

— Ça va, Esthy ? lui avait alors demandé Avraham, toujours avec cette impression qu'elle perdait un peu pied.

— Oui, oui, très bien. Très bien. C'est juste que cette femme dégage une espèce de violence étrange, mais je vais réussir à la calmer. »

Lorsqu'il avait réitéré sa proposition de l'accompagner en salle d'interrogatoire, elle avait enfin accepté : « Vous savez quoi, d'accord, venez, juste pour un instant. J'aimerais savoir si vous l'avez déjà croisée à l'occasion d'une enquête sur un accident de travail dont aurait été victime son mari. Je viens de le découvrir. Il est mort sur un chantier de construction, pas loin d'ici, il y a cinq ans. Une grue qui s'est effondrée sur lui. Ça vous dit quelque chose ? Il s'appelait David Talias. Vous vous souvenez d'un tel dossier ? »

~

Liz l'appela alors qu'il avait déjà regagné son bureau et se trouvait à quatre pas d'elle, juste de l'autre côté de la cloison : « Vous avez déjeuné ? »

Il avoua que oui... sans se douter que ce serait le moment qui allait changer la nature de ses questionnements au sujet du touriste disparu.

« C'est déjà ça ! s'exclama-t-elle. Et que dites-vous de la suspecte d'Esthy ? C'est elle ou pas elle, à votre avis ? »

Il n'avait aucun doute sur le fait que la personne qui se trouvait en salle d'interrogatoire était celle qui avait été filmée aux abords de l'hôpital. Elle était reconnaissable à ses cheveux raides, teints ou peroxydés, retenus en queue-de-cheval par un élastique, à ses mains épaisses et à ses bras courts, musclés, soulignés par son débardeur noir – les mêmes que sur la vidéo. Avraham ne l'avait pas vue debout, mais à l'évidence Liora Talias était très petite – moins de 1 m 50 –, exactement comme celle qui portait le sac.

Liz déclara qu'elle partageait son avis puis enchaîna : « Bon, alors, maintenant écoutez, parce que je vous cherchais au sujet du touriste dont vous voulez le numéro de téléphone. Vous vous souvenez ? Eh bien, il ne figure nulle part. Personne de ce nom-là n'est entré dans le pays. On a même essayé avec son numéro de passeport, rien. Est-ce qu'il en aurait un autre ? Vous avez peut-être les coordonnées de son vol ? »

Il lui rappela que ça aussi, elle était censée le lui trouver, puis il réfléchit un instant avec un intérêt redoublé et lui suggéra de se procurer la liste de tous les passagers des vols en provenance de Suisse arrivés la nuit du 22 au 23 août.

« Et si ça ne donne toujours rien, continua-t-il, eh bien on devra vérifier tous les vols arrivés à l'aéroport Ben-Gourion entre 23 heures et 1 heure du matin cette nuit-là. Peu importe leur provenance.

— Aucun problème, Avi. Mais du coup, quel nom chercher sur les listes de passagers ? »

Excellente question, pour laquelle il n'avait pas de réponse. À l'hôtel, l'homme s'était présenté et inscrit à la réception avec un passeport suisse au nom de Jacques Bertoldi, mais il était apparemment entré en Israël sous une autre identité. Sauf s'il n'avait pas atterri cette nuit-là et qu'Oleg s'était trompé en disant qu'il était arrivé avec un taxi de la station de l'aéroport.

« Y aurait-il un moyen de visionner tous les passagers qui ont débarqué cette nuit-là, disons entre 23 heures et 1 heure du matin ? Combien de personnes ça ferait ? En ne ciblant que les hommes d'un certain âge. »

Il n'était pas certain que ce soit possible, mais Liz affirma que si. Elle avait fait son service militaire dans une unité de gardes-frontières, dont une partie à l'aéroport, si bien qu'en quelques minutes la vidéo de Jacques Bertoldi prise à l'hôtel et la demande de chercher cette personne parmi les passagers entrant sur le territoire furent transmises à une des responsables sûreté de la police aux frontières.

Avraham se prépara un quatrième café, mangea trop de biscuits à la confiture tirés d'un paquet déjà ouvert, oublié dans le coin cuisine, et regagna son bureau. Face à l'ordinateur, il continua à visionner la vidéo du Palace, cette fois avec un intérêt redoublé.

On était à présent le 25 août, et il était 14:42. Trois heures auparavant, Simha Hozez avait informé la police qu'un client était parti de l'hôtel sans payer et sans prendre ses bagages – signalement consigné dans la liste des événements de la nuit que lui avait donnée Liz et qu'il avait lue après son rendez-vous avec Benny Seban. Sauf qu'à ce moment-là, il devait s'occuper d'un tas de choses et n'avait pas jugé cette plainte prioritaire. Était-ce une erreur ? S'il avait immédiatement envoyé au Palace un îlotier, il aurait récupéré les valises et en aurait certainement appris davantage sur la raison de la venue et les circonstances de la disparition de ce Bertoldi.

Les deux hommes qu'il voyait à présent sur l'écran de son ordinateur l'avaient devancé.

Un seul d'entre eux – un petit blond râblé, la trentaine peut-être, vêtu d'un tee-shirt blanc moulant fourré dans un jean clair – avait parlé à Oleg. L'autre – un homme plus âgé et plus grand, chauve, qui portait une chemise à fleurs – était resté en retrait et n'avait rien dit. Mais c'était lui qui avait sorti un portefeuille de la poche arrière de son pantalon pour payer – en liquide. Oleg leur avait alors tendu la clé de la chambre 203 et les avait accompagnés du regard jusqu'à ce qu'ils s'engouffrent dans la cage d'escalier pour atteindre le deuxième étage du Palace. La fois suivante où ils apparaissaient sur la vidéo, l'heure affichée indiquait 15:02, ce qui signifiait qu'ils étaient restés là-haut une bonne quinzaine de minutes.

Ce que le réceptionniste avait omis de préciser.

Aucune raison pour qu'ils passent autant de temps dans la chambre, sauf s'ils cherchaient quelque chose à part les valises.

En haut de la page de son cahier noir, il y avait toujours écrit « *Jacques Bertoldi* », bien qu'Avraham fût déjà quasi certain qu'il s'agissait d'un faux nom. En dessous, il ajouta deux nouvelles questions : *qu'y avait-il dans ces valises ? Que cherchaient les deux hommes dans la chambre ?* À côté, il écrivit en caractères plus gros : *retourner au plus vite à l'hôtel et faire une nouvelle inspection de la 203. Peut-être sont-ils repartis bredouilles.*

Esthy Wahaba frappa à sa porte. Elle voulait l'informer des constatations des médecins qui avaient examiné le bébé. D'après eux, cette petite fille était née une dizaine de jours plus tôt, avant terme, vers la trentième ou la trente et unième semaine d'aménorrhée. Elle avait été nourrie, mais aurait eu besoin de soins médicaux immédiats qu'elle n'avait pas reçus. À présent placée en couveuse à l'hôpital Wolfson, elle souffrait de problèmes respiratoires et n'était pas tirée d'affaire. « Mais je me demande, poursuivit l'inspectrice, si c'est la bonne personne. D'une part, Liora Talias a fini par accepter le test ADN, d'autre part la directrice de la crèche où elle travaille a assuré qu'elle n'était pas enceinte. Mais bon, j'ai aussi trouvé un voisin qui, lui, pense l'avoir vue avec un gros ventre. Bref, je ne sais plus trop. »

Elle lui dit aussi que Marianka l'avait invitée à dîner et qu'elle se rendrait chez eux directement du commissariat. Il faillit lui demander de l'attendre pour qu'il se joigne à elles, mais finalement décida de rester au bureau : il sentait qu'il ne pouvait pas prendre davantage de retard dans le dossier Bertoldi.

Et il avait raison.

Une demi-heure plus tard, Liz l'appela de chez elle : « Vous notez ? » En fond sonore, il entendit la télévision et fut perturbé par des voix d'enfants, mais il arriva tout de même à suivre ce qu'elle disait : « L'homme que vous cherchez ne s'appelle pas Jacques Bertoli. Ou, du moins, ce n'est pas sous ce nom qu'il est entré en Israël, mais sous celui de Raphaël Chouchani. Et il a montré un passeport français, pas suisse. D'ailleurs, qui vous a dit qu'il était suisse ? »

Il écrivit « *Raphaël Chouchani* » en haut de la première page de son cahier. À côté de « *Jacques Bertoldi* », pas à la place.

« Vous êtes sûre qu'il s'agit bien du même homme ? Parce que c'est Bertoldi, pas Bertoli.

– Sûre. Shelly a comparé la vidéo qu'on lui a envoyée avec leurs propres enregistrements et elle est formelle : mêmes vêtements, même taille. Impossible de se tromper. À part ça, il a papoté avec la douanière qui tamponnait son passeport. Shelly l'a appelée, et elle s'est souvenue de lui presque immédiatement, parce qu'elle s'appelle Afflelou et que Chouchani lui a demandé si elle connaissait l'origine de son nom et si elle était déjà allée au Maroc. Il a terminé leur conversation en disant un truc comme : "Merci, je vous promets que je me souviendrai de vous, madame Noa Afflelou, pensez-vous que vous aussi, vous vous souviendrez de moi ?" Très sympa, pas le genre vieux dragueur dégoûtant. Bref, elle peut nous envoyer une photocopie de son passeport. Et écoutez ça, Avi : il est arrivé de Paris sur un vol Air France. On pourra appeler la compagnie demain matin et obtenir ses coordonnées. »

Comme il s'en voulait de ne pas avoir envoyé assez vite de policier à l'hôtel, ce qui lui avait coûté la perte des valises, Avraham ne tarda pas, cette fois. Il n'attendit même pas jusqu'au lendemain matin. Il était 19 heures passées de quelques minutes, donc une heure de moins à Paris. Pourtant, au standard d'Air France, il n'y avait plus personne : un message en anglais lui demanda de renouveler son appel entre 9 heures et 17 heures. Il appela alors la directrice de la division des relations internationales de la police, s'excusa de l'heure tardive et lui expliqua qu'il avait besoin de l'intervention de quelqu'un de son service pour effectuer une vérification auprès de leurs collègues français.

« Pourquoi ne pas vous adresser directement à notre

représentante à Paris ? lui suggéra celle-ci. Je vous envoie son numéro. Vous ne la connaissez pas ? »

Non, il ne la connaissait pas, en revanche la divisionnaire Idith Guerti, elle, le connaissait : « Vous êtes l'Avraham Avraham qui a travaillé pendant des années avec Ilana Liss, n'est-ce pas ? » lui demanda-t-elle.

Il confirma, d'abord parce que c'était vrai, et ensuite parce qu'il sentit que cela la mettrait dans de bonnes dispositions à son égard. Elle promit de faire de son mieux, et lorsqu'elle le rappela, quelques minutes plus tard, elle l'informa que, grâce à ses contacts, elle s'était arrangée pour qu'il reçoive un appel téléphonique du représentant du service d'information et de communication de la police française. L'homme l'aiderait dans toutes ses démarches. Avraham la remercia chaleureusement, non seulement pour son intervention rapide, mais aussi parce qu'elle ajouta avant de raccrocher : « Ilana vous aimait tellement ! Elle parlait tout le temps de vous. »

Il faisait déjà nuit. La clim refroidissait son bureau depuis le matin, il l'éteignit et ouvrit la fenêtre sur la forêt de tours sorties de terre en face du commissariat. Marianka, qui parlait français, aurait pu l'aider, mais elle dînait avec Esthy Wahaba dans leur appartement du vieil immeuble de Kiryat-Sharet, masqué à présent par tous ces buildings. Dernièrement, les deux femmes s'étaient rapprochées. Peut-être même l'inspectrice était-elle devenue la meilleure amie de son épouse, ici, en Israël, triste ersatz – c'est du moins ce qu'il pensait – d'Eva et de Monika restées à Koper.

Le représentant de la police française qui l'appela avait une voix douce et juvénile : « *Is this mister Avraham ?* »

Étrangement, il répondit « oui » en français, bien que ce soit un des rares mots qu'il connaisse dans cette langue. Sa réponse prêta à confusion, il s'en excusa aussitôt et remercia son interlocuteur, en anglais, d'avoir accepté de l'aider. Il lui fit un résumé de l'affaire du disparu, arrivé de Paris sur un vol Air France, et lui parla de l'intervention un peu étrange de proches venus régler la note de l'hôtel puis récupérer les valises. « *We want to make sure he's OK* », conclut-il.

Il lui sembla sentir un étonnement de ce que la police israélienne s'inquiétât non seulement de ses propres citoyens, mais aussi des étrangers présents sur son territoire. Avraham ne mentionna pas le patronyme sous lequel l'homme s'était enregistré auprès d'Oleg. Il se contenta de demander s'il pouvait obtenir le numéro de téléphone de Raphaël Chouchani ou d'un membre de sa famille enregistré en France afin de vérifier avec eux s'ils avaient eu de ses nouvelles récemment et obtenir l'adresse de ces fameux parents israéliens.

Le représentant du service d'information et de communication de la police française lui demanda de rester en ligne. Avraham entendit ses doigts pianoter sur le clavier et, en fond sonore, d'autres conversations téléphoniques qui se déroulaient apparemment en parallèle. Il ne put s'empêcher de se demander si ce service se trouvait dans le même bâtiment que celui où avait travaillé le commissaire Jules Maigret, au 36, quai des Orfèvres... question qui le combla pendant un quart de seconde, bien qu'il se doutât que cela ne devait pas être le cas. Comment réagirait son interlocuteur, qui ne lui avait pas donné son prénom, s'il l'appelait tout à coup Lucas ou Janvier ? Saurait-il seulement qu'il s'agissait de deux des fidèles collaborateurs du commissaire au physique imposant, amateur de bière et de sandwichs et qui, par ses enquêtes, avait fait naître en lui le rêve de s'engager dans la police ? Il en était là de ses réflexions lorsque la voix douce du Français lui demanda s'il avait un stylo pour noter.

Sur la deuxième page de son cahier noir, Avraham écrivit ceci : *Raphaël Chouchani a quitté la France à destination d'Israël il y a quatre jours. Il est domicilié à Paris, au 89, boulevard de Picpus.* Le représentant lui donna le numéro de téléphone fixe du touriste ainsi qu'un numéro de portable, puis il ajouta : « Et prenez aussi le numéro de sa fille. Elle s'appelle Annette Mallot. M-a-l-l-o-t. S'il ne répond pas, essayez de la contacter. Et nous vous serions reconnaissants de nous tenir informés si jamais vous avez du nouveau. N'hésitez pas à me demander une aide supplémentaire en cas de besoin. » Et là, il lui donna son prénom. Avraham n'en crut pas ses oreilles : il ne s'appelait ni Lucas ni Janvier mais carrément... Jules !

~

Le téléphone sonna longtemps chez Chouchani. Quant au portable, il était éteint.

Il appela donc Annette Mallot et, en attendant qu'elle décroche, chercha sur Google Maps l'adresse donnée par le policier français, même si cela n'avait aucune importance. Apparut sur son écran un immeuble parisien rénové, situé au croisement d'une large avenue animée et d'une petite rue, avec, en rez-de-trottoir, un café ou un restaurant. Toujours grâce aux images Internet, il put voir les tables de l'établissement, rondes et rouges, bien alignées en terrasse malgré la rue qui semblait mouillée, comme si le cliché avait été pris sous la pluie. Ce n'est qu'au moment où il entendit une voix de femme dans le combiné qu'il se rendit compte de son manque d'anticipation : il n'était pas certain d'arriver à lui poser ses questions sans l'affoler. D'ailleurs, lorsqu'il se présenta, elle demanda immédiatement, en anglais : « Que se passe-t-il ?

— Rien, répondit-il aussitôt.

— Alors pourquoi m'appelez-vous ? »

Ce fut la première surprise que lui réserverait cette conversation : Annette Mallot ignorait que son père s'était rendu en Israël.

Ils se parlaient au téléphone à peu près une fois par mois, certainement pas tous les jours, et ne se voyaient pas plus de deux ou trois fois par an, vu qu'elle habitait à Strasbourg, ce qui n'était pas la porte à côté. Et au cours de leur dernier échange, son père n'avait pas mentionné de voyage à Tel-Aviv. Cela dit, il lui arrivait de ne pas donner de nouvelles pendant plus d'un mois et le fait qu'il soit parti sans la prévenir n'avait rien d'exceptionnel, ajouta-t-elle.

Afin de ne pas l'inquiéter, Avraham modifia légèrement le récit qu'il avait élaboré : « Il y a quatre jours, votre père est descendu dans un hôtel à Bat-Yam et il en est parti accompagné de deux membres de votre famille. Le problème, c'est qu'il a oublié quelques effets dans sa chambre, mais n'a pas laissé de numéro de téléphone, du coup, le réceptionniste ne peut pas le joindre. »

Derrière la voix d'Annette Mallot, il entendit un homme

chuchoter en allemand et se rendit compte alors que ses propos, censés être rassurants, avaient eu l'effet inverse.

« Pour autant que je sache, nous n'avons aucune famille suffisamment proche en Israël pour que mon père séjourne chez eux. Il a des cousins éloignés, je pense, mais je ne suis pas sûre qu'ils soient en contact. Je ne comprends pas chez qui il a pu aller. »

Ce fut la deuxième surprise.

Il lui demanda de chercher tout de même les numéros de téléphone de ces cousins puis ajouta : « Puis-je vous envoyer une capture d'écran de ces deux hommes pour voir si vous les reconnaissez ? » En attendant que la photo sur laquelle apparaissaient le blond râblé et le grand taiseux arrive dans la boîte mail d'Annette Mallot, il continua : « Vous m'avez dit que votre père disparaissait de temps en temps, qu'il partait en voyage sans vous prévenir, c'est bien ce que vous m'avez dit, n'est-ce pas ?

— Il ne disparaît pas pendant des mois, mais oui, mon père voyage beaucoup. Il a, ou plutôt il avait, plusieurs entreprises à l'étranger et restait parfois sans me donner de ses nouvelles pendant un certain temps. Mais comme maintenant il n'est plus tout jeune, ce que vous me dites m'inquiète. Se peut-il que ces deux hommes l'aient kidnappé ? Que mon père soit retenu par des individus qui lui veulent du mal ? »

C'était une possibilité qu'il n'avait pas envisagée. Ou pas formulée aussi abruptement.

« Il est trop tôt pour tirer ce genre de conclusion. Nous n'avons aucune raison de penser qu'il lui soit arrivé quelque chose. Quel âge a-t-il ?

— Déjà soixante-deux ans. Oui. Il en aura soixante-trois au mois de novembre. »

Avraham calcula qu'elle devait donc avoir la trentaine et, à en juger par la voix masculine qui continuait à chuchoter en allemand à côté d'elle, était sans doute mariée. Aucun bruit d'enfants, peut-être à cause de l'heure tardive.

« Est-il en bonne santé ?

— Qu'entendez-vous par là ?

— Souffre-t-il de problèmes particuliers ? Cardiaques par exemple, ou peut-être un début d'Alzheimer ?

— Non... Vous pensez qu'il... Il y a un ou deux ans, il a traversé une période difficile qui a peut-être aussi eu des répercussions sur sa santé, mais toute cette année s'est bien passée. Il a fait un malaise à l'hôtel ? Dans l'avion ?

— Je ne sais pas. J'essaie juste de rassembler des informations à son sujet. Et je vous garantis que je n'ai aucune raison de penser qu'il lui soit arrivé quoi que ce soit. Vous avez une idée du motif de sa venue en Israël ? Il a des relations d'affaires ici ? Essayez de vous souvenir s'il n'aurait pas mentionné, au cours d'une de vos récentes conversations, une visite pour voir de la famille ? »

Annette Mallot resta silencieuse, comme si elle fouillait dans sa mémoire... ou comme si elle se demandait si elle avait intérêt à lui répondre ?

« Et pourquoi est-il descendu dans un hôtel à Bat-Yam, et non à Jérusalem ou à Tel-Aviv, vous avez une idée ? » continua-t-il.

Elle lui retourna la question : « J'imagine que s'il a fait le déplacement, c'est pour son travail, non ? Qu'est-ce que vous en pensez ?

— Je ne sais pas. Que fait exactement votre père ?

— Vous n'êtes pas censé le savoir ? » répondit-elle du tac au tac.

Ce fut la troisième surprise.

« Je ne pourrais pas vous donner de détails, d'abord parce qu'il ne m'en a jamais vraiment parlé, ensuite parce que je ne sais pas ce qu'on a le droit de dire, mais il a travaillé pour le Mossad. Quoi, vous n'êtes pas au courant ? »

Avraham lutta contre l'envie de jeter au loin son téléphone, comme s'il avait reçu une décharge électrique. Il se leva, s'approcha de la fenêtre ouverte sur la rue, la ferma, puis dit à Annette Mallot : « Je dois vérifier si son voyage ici a un rapport avec nos services secrets. Quoi qu'il en soit, merci pour votre aide. Vous pouvez conserver mon numéro et m'appeler dans quelques jours si d'ici là il n'est pas entré en contact avec vous. »

Il regretta cette dernière phrase au moment même où il la prononçait. Ne valait-il pas mieux qu'elle oublie son numéro et efface de sa boîte mail le message qu'il venait de lui envoyer ? Mais elle était déjà en train de regarder la photo et comme elle ne reconnaissait aucun des deux hommes qui y figuraient, il ne put s'empêcher de lui poser une dernière question : « Le nom de Bertoldi vous évoque-t-il quelque chose ? »

Une fois encore, elle ne répondit pas immédiatement. Il entendit à nouveau le chuchotement masculin en allemand.

« Non, rien, dit-elle enfin.

— Jacques Bertoldi ? Un citoyen suisse.

— Pas davantage... » Puis elle ajouta : « Pourquoi cette question ? »

Ce fut au tour d'Avraham d'esquiver. Il voulut raccrocher, mais elle aussi avait une dernière chose à lui demander : « Savez-vous s'il est entré en Israël seul ou avec Sarah ? »

Comme Avraham ignorait de qui elle parlait, elle lui expliqua qu'il s'agissait de la compagne de son père, ils se fréquentaient depuis un an, et elle s'appelait Sarah Nueima.

« Il faudrait vérifier si elle est partie avec lui, insista-t-elle.

— Aucun problème, je m'en occupe et je vous tiendrai au courant dès que j'aurai du nouveau. »

Après avoir raccroché, il inscrivit aussi le nom de Sarah Nueima dans son cahier. En dessous, il nota : *vérifier si elle est entrée en Israël avec Chouchani ou avant/après lui ?* Il termina par un point d'interrogation car il y avait de fortes chances pour que cette enquête ne soit pas du tout de son ressort mais relève du Mossad.

4

Elle attendait l'appel de la policière depuis qu'on lui avait fait le prélèvement. Et préparait ce qu'elle allait dire. Quant à Edry, à part lui donner des explications sur les conditions de sa libération et les suites de l'enquête, il ne lui avait rien appris de nouveau : la police irait interroger ses voisins, la crèche, l'assurance santé et les membres de sa famille, avant même les résultats du test ADN, pour essayer de déterminer si elle avait été enceinte récemment ou si elle avait confié à quelqu'un qu'elle allait accoucher. Tout cela était prévisible, elle l'avait pris en compte lorsqu'elle avait élaboré sa stratégie pour se débarrasser du bébé.

De même, elle n'avait nul besoin des injonctions qu'il lui avait répétées et re-répétées : « Plus de téléphone. Plus de WhatsApp. Et plus aucun post sur aucun appareil ni dans aucune application. Vous ne dites rien à personne et vous n'écrivez rien, nulle part. »

Il avait aussi insisté pour qu'elle vérifie tous ses échanges « quel que soit le média utilisé » et recherche « toute conversation ou photo qu'il ne faudrait pas avoir négligée ». Ça aussi, elle l'avait déjà fait.

L'enquêtrice lui téléphona à 23 heures, la sonnerie réveilla Mordekhaï qui dormait sur la terrasse. À l'évidence, cet appel tardif avait pour but de la prendre de court : les résultats étaient tombés, on la convoquait au commissariat le lendemain matin à 8 h 30. Elle expliqua qu'elle devait préparer la crèche pour la rentrée et demanda si elle pouvait plutôt venir dans l'après-midi, mais la policière lui répondit d'une voix frémissante de colère que c'était impossible.

« Et pourquoi pas maintenant, par téléphone ?

— Je vous ai fait une fleur en acceptant de vous laisser rentrer chez vous. Si vous continuez comme ça, je vais demander à ce que vous passiez deux ou trois nuits en cellule avec les rats d'Abbou-Kabir en lieu et place de votre crèche. Vous préférez ça ? »

La prison ne lui faisait pas peur. Au contraire. L'enfer, elle l'avait dépassé depuis longtemps.

D'ailleurs, ça pourrait être l'occasion d'aller devant une cour de justice et de dire tout haut ce qu'elle avait sur le cœur.

~

Cette nuit-là, la nuit qui précéda sa deuxième audition, était aussi la dernière qu'elle passait sans ses filles. Les petites rentreraient le lendemain à la maison.

Après sa longue journée de travail, elle n'avait pas eu la force de cuisiner et avait demandé à Mordekhaï d'apporter quelque chose à manger. Il était arrivé avec des boulettes de poisson en sauce et une casserole de riz dont le fond avait délicieusement caramélisé. Il voulait dormir avec elle dans la chambre à coucher, mais elle était vraiment épuisée et préférait qu'il couche sur la terrasse qu'elle avait aménagée, comme la plupart de ses voisins, en loggia avec des volets en plastique. Pendant le dîner, elle lui avait détaillé les préparatifs de rentrée à la crèche : à chaque début d'année, Alice était stressée, elle avait toujours peur que ses locaux ne soient pas assez propres ni assez décorés, et elle obligeait son assistante maternelle à tout récurer à l'eau de Javel. Ensuite, Liora avait dû découper des étoiles dans des bristols de couleur, coller sur chacune d'elles la photo d'un petit garçon ou d'une petite fille – avec nom et date de naissance –, puis les accrocher sur le « mur des étoiles », un mur que Yakir, le mari d'Alice, avait repeint d'un bleu hideux. Au milieu de cette nouvelle constellation, elle avait placé deux nuages fatigués, fabriqués deux ans auparavant, l'un avec la photo et la date de naissance de la directrice, l'autre avec les siennes.

Mordekhaï avait mangé lentement et en silence, puis s'était chargé de la vaisselle.

Liora avait déjà décidé à quelle journaliste elle s'adresserait. Et justement, ce soir-là, la télé diffusait un des reportages de cette femme, spécialisée dans les faits divers, une enquête argumentée sur un avocat de Haïfa : après avoir falsifié une procuration, l'homme de loi avait transféré sur son compte en banque l'argent d'un vieux monsieur qu'il représentait. Il niait les faits, prétendant que les sommes versées constituaient des honoraires dûment gagnés, et menaçait la journaliste de poursuites pour diffamation. En réaction, la police avait, comme toujours, assuré « vérifier ces accusations ».

Mordekhaï s'endormit sur le canapé, elle le réveilla et le

guida jusqu'au matelas installé dehors. Elle ouvrit les volets de la loggia pour qu'il ait de l'air pendant la nuit et puisse se réveiller aux aurores. Elle appela ensuite Mikhal, qui lui dit que tout s'était bien passé avec les filles : Eden s'était rendue utile et avait beaucoup joué avec son petit neveu, quant à Ofrith, elle était restée toute la journée scotchée aux écrans.

Liora n'était pas impatiente de les récupérer, appréciait le silence qui régnait chez elle depuis qu'elles dormaient chez leur grande sœur. Mais l'année scolaire allait débuter et elles devaient faire leur rentrée. De plus, puisque le résultat du test ADN était arrivé, aucune raison de leur cacher quoi que ce soit. Sans compter que ce serait impossible. À Mikhal aussi, elle pouvait à présent tout raconter, puisqu'on la convoquerait bientôt au commissariat – même si, avec celle-là, elle préférait attendre un peu : dès l'instant où elle saurait ce qui s'était passé, elle en informerait son mari, Maxime, et ensemble ils essaieraient de lui dicter sa conduite.

« Est-ce que tu as parlé avec Danielle ? avait d'ailleurs demandé son aînée. Je n'arrive pas à la joindre.

— Évidemment. Elle va bien, elle se remet.

— Ah bon, mais de quoi ?

— De... sa déprime. Est-ce que je sais, moi, de quoi ? Tu ne te souviens pas ce que c'est qu'être adolescente ? »

Liora était presque endormie lorsqu'elle reçut l'appel d'Esthy Wahaba, mais après leur conversation elle resta éveillée jusqu'à 2 heures du matin. Non seulement à cause de la montée d'adrénaline, mais aussi parce qu'elle essaya d'imaginer ce qu'on lui demanderait et ce qu'elle répondrait au cours de ce deuxième interrogatoire. Vous ne pouvez pas comprendre parce que vous n'avez pas vécu ce que moi, j'ai vécu, dirait-elle à l'enquêtrice. Je ne sais pas pourquoi je l'ai fait, mais je sais que je n'avais pas le choix. Vous, vous pourriez subvenir seule aux besoins d'une famille avec un salaire d'assistante maternelle de crèche municipale, sans aucun autre soutien ?

Je n'ai pas l'argent pour élever une fille de plus et je voulais que cette petite ait une meilleure vie que la nôtre. C'est pour ça que je l'ai déposée là-bas.

J'ai pensé qu'elle trouverait des parents capables de lui offrir ce que moi, je ne pouvais pas. Quoi, c'est un crime si horrible que ça ?

~

Lorsqu'elle se réveilla, Mordekhaï était déjà parti pour la synagogue. Elle but donc son premier café seule, pensa avec plaisir qu'il allait bientôt rentrer. Qu'il apporterait des *borekas* au fromage, boirait avec elle son deuxième café et resterait là jusqu'à ce qu'elle aille à Holon.

Le jour où elle lui avait raconté ce qui arrivait à Danielle, il avait ouvert la Bible sur l'histoire de Joseph, jeté en prison car accusé à tort du viol de la femme de Putiphar, et ils l'avaient lue ensemble.

Avant de se rendre à son deuxième interrogatoire, elle relut cette histoire – rien de mieux pour se donner encore plus de force. D'après Mordekhaï, c'était le récit d'une erreur judiciaire : Joseph avait été jeté en prison, non pas pour le viol de la femme de Putiphar, chef des exécuteurs de Pharaon, comme celle-ci le prétendait, mais justement à cause de son refus de coucher avec elle, au motif qu'elle n'était pas de la race des Hébreux. Or ce qui intéressait Liora dans cette histoire était tout autre : la peine de prison à laquelle Joseph avait été condamné n'avait eu que des conséquences positives. Si la femme de Putiphar ne l'avait pas accusé de viol, il n'aurait pas rencontré en prison les deux officiers dont il avait résolu les rêves et n'aurait donc pas été conduit au palais pour décrypter ceux de Pharaon, il ne serait pas devenu un héros et n'aurait pas pu sauver ses frères, les fils de Jacob, de la famine qui s'était abattue sur leur pays.

Le Seigneur était avec lui ; et ce qu'il entreprenait, le Seigneur le faisait réussir[*].

Elle espérait que, pour une fois, cette phrase s'appliquerait aussi à elle. Peut-être pas grâce à elle, mais grâce à David, ou au bébé – oui, Dieu était avec ce bébé, ça avait été évident dès l'accouchement.

Mordekhaï voulut l'accompagner au commissariat et attendre qu'elle ait terminé, mais elle refusa, lui demanda de rentrer chez lui et promit de l'appeler pour le tenir au courant. Au poste, Esthy Wahaba la guida jusqu'à la pièce qu'elle connaissait déjà. Cette fois, la clim marchait et, sur la table, il y avait une bouteille d'eau ainsi que des gobelets en plastique. Avant de commencer, on lui proposa même un café, peut-être dans l'espoir de l'amadouer.

« Vous savez ce que le test nous a révélé, n'est-ce pas ? fut la première question que l'enquêtrice lui posa.

---

* Genèse, XXXIX, 23.

— Que l'homme descend du singe ? » répondit-elle sans réfléchir.

Les yeux qui se posaient sur elle étaient toujours rouges, encore plus larmoyants que lors de son premier interrogatoire, avec des résidus gris accrochés aux paupières, apparemment des restes d'une crème étalée pendant la nuit et qui avait mal séché.

« Nous avons découvert que vous n'êtes pas la mère du bébé que vous avez abandonné devant l'hôpital.

— C'est ce que je vous ai dit. Et au final, vous découvrirez que ce n'est pas moi qui l'ai abandonné.

— Ça ne risque pas. Parce qu'on a découvert que vous aviez tout de même un lien de parenté. À mon avis, il s'agit de votre petite-fille. »

Liora sourit. C'est drôle, David, mais jusqu'à cet instant, je n'avais pas pensé à elle en ces termes. Notre petite-fille. Sûr que tu aurais aimé avoir des petites-filles, si on t'en avait laissé la possibilité. Moi, je n'ai pas pensé que c'était ma petite-fille, ni quand je lui donnais le biberon ni quand je la changeais. Pas non plus quand j'humidifiais ses lèvres avec de l'eau ou la couchais dans notre grand lit. Sur la nuque, elle avait un léger duvet noir que nos filles n'ont jamais eu.

« J'ai un petit-fils, c'est tout, répliqua-t-elle. Il est chez lui avec sa mère. Vous pouvez vérifier. »

Esthy Wahaba repoussa son clavier jusqu'au coin de la table, comme pour ôter une barrière entre elles deux, puis dit calmement : « J'ai essayé de comprendre pourquoi vous cherchiez à gagner du temps, Liora. Quel avantage pensez-vous en retirer ? Je n'ai pas de réponse. J'en déduis que vous n'aimez pas la police, à moins que ce ne soit particulièrement moi qui vous déplaise. D'accord, vous ne voulez pas m'aider, mais vous ne voulez pas aider vos filles ? Votre petite-fille ? » Elle se tut un instant, peut-être pour mesurer l'effet de ses paroles, puis reprit un discours qu'elle avait préparé, croyant sans doute aligner des arguments qui inciteraient sa suspecte à coopérer. « Il y a deux manières de procéder, et c'est vous qui choisirez celle que nous utiliserons. La première, c'est que vous me disiez qui, de vos filles, est la mère et que vous me racontiez ce qui s'est exactement passé. Que vous m'expliquiez pourquoi il y a eu un accouchement avant terme et pourquoi, au lieu d'emmener la prématurée normalement à l'hôpital, vous l'avez déposée dans un sac et vous vous êtes enfuie. La seconde, c'est qu'on vous transfère directement à la prison d'Abbou-Kabir, un bon lit vous y attend et il y a là-bas quelques pensionnaires qui seront certainement ravies de vous accueillir. Pendant que vous resterez au chaud, je convoquerai vos filles. On les fera asseoir en salle d'interrogatoire face à des policiers qui leur demanderont ce qu'elles ont vu et ce qu'elles savent, menaces à l'appui, et qui prélèveront leur salive comme je l'ai fait pour vous. Qu'est-ce que vous préférez ? »

Liora sentit immédiatement la tentative d'intimidation et n'hésita pas à lui balancer : « Dites, pourquoi vous ne consultez pas un ophtalmo ? Vos yeux, c'est dégoûtant, une vraie cata. J'espère que ce n'est pas contagieux. »

Une sonnerie insistante se fit entendre derrière la porte. Elle imagina l'enquêtrice dans le couloir, en train de consulter un collègue par téléphone. À moins qu'elle ne soit simplement sortie pour se calmer, retrouver une respiration régulière et reprendre ses esprits après ce K-O qui lui avait bien rabattu le caquet. Une phrase avait suffi. D'ailleurs, Liora était la première étonnée d'avoir trouvé le courage de s'exprimer aussi crûment.

Lorsque Esthy Wahaba revint dans la salle d'interrogatoire, elle était en sueur et alla aussitôt augmenter la clim. Elle passa le quart d'heure suivant sur son ordinateur sans lui dire le moindre mot – sa stratégie pour afficher qu'elle dominait la situation – avant de ressortir.

Au bout d'un certain temps, l'interrogatoire reprit, mais sur un ton totalement différent. La bigleuse posait ses questions sèchement, sans la regarder, c'était ce qu'elle avait trouvé pour dissimuler un tumulte intérieur pourtant évident, et ne pas donner à Liora la possibilité de prendre encore plus l'avantage sur elle.

« Poursuivons. Un collègue viendra peut-être me rejoindre, mais pour l'instant je vous demande de répondre sans faire la maligne, afin que nous puissions en terminer au plus vite.

— Je suis d'accord. Moi aussi, j'ai du travail qui m'attend.

— Vous avez quatre filles ?

— Oui.

— La plus grande a vingt-quatre ans, c'est bien ça ? Mikhal Klimi. Elle est mariée et mère d'un petit garçon.

— Exact.

— Est-ce que le bébé que vous avez laissé dans un sac devant l'hôpital Wolfson à Holon, en date du 25 août à 10 h 25, est le sien ? Votre fille Mikhal Klimi est-elle la mère de ce bébé ?

— Pourquoi vous ne lui posez pas la question ? Vous pouvez aussi lui faire un test ADN, vous...

— Je lui ai déjà parlé. Elle ignorait que vous étiez ici. Pourquoi ne pas le lui avoir dit ? »

Ce fut la première fois, au cours de cet interrogatoire, que la bigleuse lui coupa la parole, peut-être sur les conseils de la personne avec laquelle elle avait parlé au téléphone quand elle était sortie.

« Qu'est-ce que j'aurais dû lui dire ? Qu'une policière qui n'a pas les yeux en face des trous est persuadée que j'ai accouché d'une petite fille sans m'en rendre compte ? »

Esthy Wahaba la regarda et, un court instant, Liora s'effraya du courage dont elle faisait preuve et qui lui soufflait de tels propos. « Pourquoi Mikhal renoncerait à un bébé qu'elle aurait mis au monde ? se hâta-t-elle d'ajouter. Vous trouvez ça logique ? Elle est jeune et elle veut d'autres enfants. »

L'enquêtrice se concentra sur son écran et, à partir de ce moment-là, s'efforça de ne plus se tourner vers elle. « Mikhal peut avoir eu toutes sortes de raisons, reprit-elle. Son mari n'en voulait peut-être pas. Ou ignorait qu'elle était enceinte. Peut-être cherchait-elle à lui cacher l'existence de cette nouvelle grossesse ?

— Franchement, j'hallucine. Je vous jure ! Au lieu de fabriquer une histoire à dormir debout, vous n'avez qu'à les convoquer et leur poser la question. On verra comment Maxime réagira quand vous lui demanderez si sa femme a eu un bébé qui n'est pas de lui. Je ne vous conseille pas d'être seule face à lui.

— Je les ai convoqués. Il va venir seul dans un premier temps parce que Mikhal est coincée aujourd'hui, elle garde vos deux filles. Vous pouvez m'expliquer ce qu'elles font chez leur sœur ?

— Ce sont les grandes vacances. J'ai besoin de m'aérer un peu. Sans enfants. À partir du 1er septembre, j'en aurai plus d'une trentaine sur les bras tous les jours.

— Si ça continue comme ça, rétorqua Esthy Wahaba qui explosa, vous aurez de très longues vacances derrière les barreaux. Peut-être pas idéales, mais au moins vous n'aurez plus à vous occuper de gamins.

— Ah, bravo, enfin vous vous lâchez un peu ! lança Liora en souriant. Maintenant, ne vous reste plus qu'à vous occuper de vos yeux et à apprendre à vous laver le visage le matin, et vous commencerez à être regardable. »

Plus les secondes passaient, plus elle se sentait forte.

David, tu m'entends ? Je lui parle comme je le fais à la maison avec nos gamines, sans avoir peur de rien.

Au lieu de réagir, la bigleuse lui demanda : « Quel âge ont vos filles ? Celles que garde Mikhal ?

— Neuf et douze ans. Vous voulez savoir si c'est elles qui ont accouché ?

— Et Danielle, où est-elle ? enchaîna immédiatement l'enquêtrice.

— Je ne sais pas.

— Je répète ma question, Liora. Et j'exige une réponse. Où se trouve votre fille Danielle ? Elle est mineure et sous votre responsabilité, donc vous devez savoir où elle est.

— Je vous ai répondu. Quoi, vous avez aussi les oreilles bouchées ? Je ne sais pas où elle est.

— Est-ce que votre fille Danielle est la mère du bébé que vous avez déposé à la porte de l'hôpital ? »

Liora resta silencieuse : on approchait de l'étape suivante, elle devait passer le cap et n'était pas sûre d'arriver à déterminer le moment le plus opportun. Elle se sentit soudain rattrapée par la fatigue – elle n'avait dormi que trois heures la nuit précédente –, le manque de sommeil minait ses forces, risquait de permettre au doute de s'immiscer en elle et de l'affaiblir... Mais elle ne se laissa pas ébranler et se rappela qu'elle pouvait toujours s'imaginer en train de discuter avec David.

Le bon moment arriva dans l'après-midi alors que, justement, sa fatigue avait atteint son comble.

Aucun policier n'avait encore rejoint la bigleuse, qui, elle, ne posait plus que des questions sur Danielle. Liora en éluda la plupart puis exigea d'en finir et de rentrer chez elle.

« J'en ai marre de parler de ce bébé. Et puis, franchement, quel est le problème ? Vous avez retrouvé une petite fille en bonne santé, qui a été correctement prise en charge, vous n'avez qu'à la donner à une famille et c'est tout. Il y a soixante ans, vous avez vous-mêmes enlevé des bébés yéménites. Vous racontiez à leurs parents, sans que ça pose le moindre cas de conscience à personne, qu'ils étaient morts. Et après, vous les donniez à des Ashkénazes stériles, en toute légalité. C'est même l'État qui a organisé ce trafic, pour le bien des enfants, n'est-ce pas ? Et maintenant, ce serait un crime ? Vous avez récupéré un bébé, dites merci, voilà tout.

— Mais ce bébé est né avant terme et nécessitait des soins médicaux. Son pronostic vital est engagé, Liora. »

Des soins, elle lui en avait donné et, bien que minuscule, la prématurée s'était accrochée à la vie. Parce que quelqu'un veillait sur elle d'en haut, sinon, elle serait morte depuis longtemps.

« Qu'est-ce que vous me voulez ? En quoi ça me concerne ?

— Je veux que vous me disiez où se trouve votre fille Danielle.

— Pas à la maison.

— Savez-vous où elle est ?

— Là, maintenant ? Non.

— Est-elle en Israël ?

— Je ne sais pas. Ça fait plusieurs jours que je ne lui ai pas parlé. »

L'immense lassitude qui l'envahissait ne provenait peut-être pas uniquement de sa courte nuit. Pas non plus de l'imminence de la prochaine étape, même si c'était stressant. Peut-être ressentait-elle le contrecoup des épreuves de ces derniers jours, dont ces questions venaient de raviver le souvenir.

Les hurlements de Danielle, qu'elle avait essayé d'atténuer en lui masquant la bouche.

Les traces de morsure que Danielle lui avait laissées sur les mains, les griffures le long du bras.

Le sang de Danielle sur les draps qu'elle avait lavés deux fois avant de les jeter dans une benne à ordures.

Les pleurs de Danielle les deux jours qui avaient suivi l'accouchement et son angoisse avant de partir. Liora, elle, avait surtout eu peur que quelqu'un entende cette prématurée qui s'était entêtée à vivre.

Les volets baissés en permanence pour que personne ne voie rien.

Le sursaut au moindre coup frappé à la porte.

Elles s'étaient couchées l'une à côté de l'autre dans le grand lit et, avant de s'endormir, Liora avait entendu la respiration de ce petit corps, trop petit pour naître. Qui n'aurait jamais dû voir le jour. Un nourrisson qui ne pleurait presque pas – la fois où Mordekhaï l'avait gardé quelques heures, il avait assuré n'avoir jamais vu un bébé aussi calme.

« Est-il arrivé quelque chose à Danielle ? demanda Esthy Wahaba.

— Non, rien. Vous vous inquiétez pour elle ?

— Si vous nous cachez qu'il lui est arrivé quelque chose, vous le regretterez. Vous aggravez votre cas. »

Liora attendait juste que sa fatigue se dissipe. Retrouver ses forces, physiques et mentales. Mais de fait, son épuisement se transforma en avantage et elle réussit à duper la policière qui crut qu'elle craquait. Oui, l'étape suivante, elle la passa facilement en simulant une perte de contrôle.

La bouteille que l'enquêtrice avait posée sur la table le matin était vide. Elle lui redemanda de l'eau mais, au lieu de lui en apporter, celle-ci lui assena : « La vérité, c'est que je sais où est Danielle.

— Parfait. Alors passez-lui mon bonjour. Et dites-lui que le lycée reprend le 1er septembre.

— Vous l'avez exfiltrée. Donc je pense que c'est elle qui a accouché et non Mikhal. Je me trompe ?

— "Exfiltrée" ? Mais vous me prenez pour qui ?

— Que fait Danielle en France ?

— Elle s'amuse bien, j'imagine. Vous y êtes déjà allée ?

— On la retrouvera même sans vous. C'est juste que vous pouvez nous faire gagner du temps si vous nous dites où elle s'est réfugiée.

— Bon, je peux partir ? Je suis crevée et vous savez bien que j'ai d'autres ambitions dans la vie que de vous faire gagner du temps.

— Liora, si vous ne me dites pas où est Danielle et que vous ne me donnez pas un numéro de téléphone où je peux la joindre, je convoque immédiatement vos filles, y compris les deux petites, et j'appelle un médecin qui leur fera un toucher vaginal afin d'établir si l'une d'elles vient d'accoucher, OK ? Elles ne l'oublieront jamais. »

Ce fut l'erreur de Wahaba.

Ces propos étaient d'une telle violence que Liora retrouva instantanément sa force et comprit que c'était le moment qu'elle attendait : « Si vous faites une chose pareille, en moins d'une heure, je vous garantis que vous vous retrouverez aux infos et que vous devrez expliquer pourquoi vous avez harcelé sexuellement des gamines de neuf et douze ans. Vous voulez que je vous raconte ce qui s'est passé ? Je vais le faire. Mais uniquement parce que vous me gavez. Franchement, vous m'avez lessivée. Cette petite fille, c'est la mienne. Je l'ai portée dans mon ventre, je l'ai mise au monde et je l'ai déposée devant l'hôpital. D'accord ? Vous êtes contente ?

— Je sais bien que non, je...

— Vous m'écoutez ? l'interrompit-elle. Je suis en train de vous dire la vérité. Vous voulez l'entendre, oui ou non ? »

L'enquêtrice repoussa à nouveau son clavier d'ordinateur et lança un regard vers la caméra qui les filmait d'un des coins de la pièce : « Bien sûr que oui. Je vous apporte une nouvelle bouteille d'eau ? »

Liora hocha la tête.

En ces instants, la lassitude qui pesait sur ses gestes était feinte. La policière sortit de la pièce et revint au bout d'un long moment avec deux bouteilles d'eau. Elle la prévint qu'un autre policier allait bientôt les rejoindre.

Tandis qu'elle commençait son récit, Liora songea à un autre passage de la Genèse qu'elle avait lu avec Mordekhaï et qui l'avait soutenue durant toute cette période.

C'est avec un cœur innocent et des mains pures que j'ai agi ainsi[*].

Cette phrase, elle se l'était répétée intérieurement alors qu'elle courait pour attraper le bus, puis s'asseyait à une place libre près de la fenêtre et regardait en direction du centre commercial où elle venait de laisser le bébé, craignant de voir quelqu'un la poursuivre en brandissant le sac noir.

C'est avec un cœur innocent et des mains pures.

Personne ne l'avait poursuivie, le bus s'était lentement ébranlé, l'emportant loin de l'hôpital.

« La vérité, c'est que je n'ai pas les moyens. J'aurais voulu garder cette petite fille, mais j'élève seule mes enfants, je ne voyais pas comment on s'en sortirait, où trouver d'autres rentrées d'argent. Vous ne me croyez pas ? Vous ne pouvez pas comprendre parce que vous n'avez pas eu à traverser les épreuves que moi, j'ai traversées dans la vie. Je voulais qu'elle ait un meilleur avenir. C'est pour ça que je l'ai déposée là-bas. J'ai pensé que, comme ça, elle aurait des parents qui lui donneraient des choses que je ne pouvais pas lui procurer. »

---

* Genèse, XX, 5.

5

Le commissaire Avraham Avraham descendit au sous-sol et s'assit à sa table habituelle – au fond de la salle – à côté d'immenses marmites dans lesquelles mijotait une soupe rouge, dont la couleur et les morceaux de viande émergeant au milieu ne lui dirent rien qui vaille. Il ne commanda donc qu'une assiette de houmous, ce qui lui valut un regard méprisant de la serveuse.

Il était déjà en route pour ce restaurant du quartier sud de Tel-Aviv lorsqu'il avait reçu le rapport d'Eliyahou Maaloul sur le Palace. Il put donc le lire tranquillement.

L'hôtel avait été construit en 1986 et d'abord baptisé Le Riviera. Durant les premières années, il avait eu des rêves, trois étoiles, une clientèle venue de France ou de Belgique et des groupes de pèlerins d'Europe de l'Est. Une mauvaise gestion et trop de négligence lui avaient coûté sa superbe, si bien qu'aujourd'hui il accueillait surtout des cadres chinois qui ne restaient pas longtemps en Israël, des couples qui louaient une chambre à l'heure, et quelques rares touristes. Âgé de cinquante-huit ans, Simha Hozez, né à Bat-Yam, en était l'actuel propriétaire. Il l'avait racheté sept ans auparavant et retapé dans l'espoir d'attirer des Asiatiques. Il possédait aussi un bar à sushis dans les environs, le Tokyo-Express. Ni lui ni Oleg Jakubowicz – employé à l'hôtel depuis 2014 – n'avaient de casier. *Ci-dessous*, avait écrit Maaloul, *les signalements impliquant l'établissement : une escort-girl a été violemment agressée par un client il y a un an et demi. En 2012, suite à une info des renseignements indiquant une livraison de drogue à l'aéroport Ben-Gourion qui devait être réceptionnée dans un hôtel du coin, des perquisitions ont été menées au Palace (entre autres), sans résultats. En 2001, un touriste allemand, souffrant du syndrome de Jérusalem après un mois passé dans la capitale, a tenté de se brûler vif avec sa compagne dans une des chambres du quatrième étage.* Pas de plaintes pour vol en chambres, pas non plus de notes des renseignements citant le Palace comme épicentre d'activités irrégulières, ni indiquant des liens avec les bandes organisées de la ville.

Quelle était la probabilité pour que le Mossad envoie un de ses agents dans cet hôtel ? À quel genre de mission un tel endroit pouvait-il convenir ? Évidemment, le rapport de Maaloul n'avait pu prendre ces questions en considération puisque le vieil inspecteur ignorait tout de la conversation téléphonique nocturne d'Avraham avec la fille de Raphaël Chouchani. D'ailleurs, c'était précisément la raison pour laquelle il lui avait fixé rendez-vous dans ce restaurant, là où ils se retrouvaient chaque fois qu'ils voulaient parler en toute discrétion, loin du commissariat.

Il y avait la queue devant chez Shimon, le Roi de la Soupe. Surtout des ouvriers qui travaillaient sur les chantiers autour du marché.

Lorsque Avraham posa sa fourchette et prit son stylo pour noter quelque chose dans son cahier noir, la serveuse lui lança un regard encore plus sombre que la soupe qu'elle proposait aux clients – un moyen de lui faire comprendre qu'il devait libérer la place. *Chouchani avait-il déjà, précédemment, séjourné au Palace ?* écrivit-il sans se laisser impressionner. *Demander au directeur si notre homme était déjà descendu chez lui, sous le nom de Chouchani ou de Bertoldi – voire sous d'autres noms. Essayer aussi de vérifier avec l'ambassade de Suisse s'il existe un individu nommé Jacques Bertoldi ayant le numéro de passeport communiqué à l'hôtel.* Au-dessus de ces nouvelles remarques était inscrite la question qu'il s'était posée la veille, après avoir parlé à Annette Mallot : *Sarah Nueima, la compagne de Chouchani, était-elle aussi en Israël ? Dans cette hypothèse – eh bien, où se trouvait-elle ?*

Si Avraham osait ignorer ainsi les sous-entendus menaçants de la serveuse, c'était parce que dès qu'Eliyahou Maaloul arriverait tout lui serait pardonné, il le savait. Et c'est exactement ce qui se passa lorsque son collègue s'assit en face de lui : la demoiselle se précipita vers leur table, embrassa le crâne chauve et mat, luisant de sueur et, sans rien demander, déposa devant son client préféré une assiette creuse remplie de potage à la queue de bœuf – que celui-ci pimenta aussitôt en ajoutant deux cuillères de *shug*[*].

« C'est ton jour de sport ou quoi ? demanda Maaloul en voyant que le commissaire portait un pantalon de jogging et un tee-shirt. Je te croyais malade.

* Sauce épicée, à base de piments, coriandre fraîche, persil, citron et ail, qu'on retrouve sur toutes les tables yéménites.

— J'avais besoin d'un petit congé.

— Je m'en doutais. Mais tu vas devoir m'expliquer pourquoi. Tout va bien avec Marianka ? »

Eliyahou avait presque soixante ans, mais en paraissait beaucoup moins. De plus, et bien que chaque fois qu'ils se croisaient, Avraham le voyait manger, il avait gardé une souplesse adolescente qui lui donnait un air de jeune léopard.

« Tu as reçu mon rapport sur l'hôtel ?

— Oui.

— Qui descend dans un tel endroit ? Surtout quand on a de la famille en Israël ! Ah, j'ai aussi retrouvé le chauffeur qui l'a chargé à l'aéroport. Je vais te raconter. Mais que se passe-t-il ? Et d'abord, explique-moi ce qu'on fait ici. »

Dans ce sous-sol bondé, personne ne paraissait s'intéresser à leur conversation. Avraham baissa tout de même la voix : « Il se peut que cette enquête soit liée au Mossad. »

Dans la main de l'enquêteur aguerri, la cuillère pleine du breuvage rouge resta en suspens : « Au Mossad ? Alors pourquoi es-tu dessus ? Et pourquoi me mêles-tu à ça ?

— J'ai sans doute récupéré le dossier par erreur. Peut-être parce que Simha Hozez a été trop rapide et nous a signalé la disparition de son touriste avant que quelqu'un vienne régler la note et prendre les valises. » Il continua en expliquant à Maaloul que deux choses l'avaient alerté : la première, c'était qu'en sortant l'homme avait promis à Oleg de revenir le soir même, et la seconde, c'était le comportement des "proches" qui n'avaient pas présenté au réceptionniste de papiers d'identité ni à aucun moment mentionné le nom de leur soi-disant parent. À ce stade, il ignorait encore l'existence des deux passeports différents, mais ses soupçons s'étaient accrus lorsqu'il avait constaté, grâce à la vidéosurveillance du Palace, que les deux individus étaient restés longtemps dans la chambre 203. Et il avait compris que son instinct ne le trompait pas en découvrant que le touriste s'était présenté à la douane de l'aéroport sous une identité puis à l'hôtel sous une autre. Cinq jours s'étaient écoulés et l'homme n'avait donné aucun signe de vie. Avraham n'était pas le seul à s'inquiéter de plus en plus. Dans le courant de la nuit, Annette Mallot lui avait envoyé un mail dans lequel elle insistait pour qu'il la recontacte d'urgence car elle voulait lui dire « encore une chose qui me fait craindre que lui et Sarah aient été kidnappés, voire pire. Je voudrais aussi vous expliquer pourquoi je pense que c'est lié à son travail avec vous ».

Maaloul reposa sa cuillère dans son assiette vide, que la serveuse voulut aussitôt remplir, mais il lui fit signe d'attendre.

« Ça serait une explication, mais va savoir. Tu as autre chose qui le relie au Mossad à part ce que t'a dit sa fille ? Quoique... je me demande si le témoignage du chauffeur de taxi n'irait pas aussi dans ce sens. »

Rami Amar, chauffeur de taxi, habite à Lod. Trente-trois ans. Travaille à la station de l'aéroport depuis 2014.

S'il se souvenait bien du touriste qu'il avait chargé cette nuit-là – seul, il n'y avait pas de femme avec lui – c'était parce qu'ils avaient discuté pendant le trajet et que le client avait beaucoup parlé, au début, en anglais. Il lui avait demandé où il habitait, s'il était marié, s'il avait des enfants, et quand il avait découvert qu'Amar venait de Lod, il était passé à l'arabe. Qu'il parlait très bien. Il lui avait posé des questions sur la ville natale de ses parents, sur sa femme et ses quatre enfants, avait même demandé à voir des photos. Il avait aussi donné des informations personnelles, expliqué que ça faisait quelques années qu'il n'était pas revenu en Israël, qu'il ne restait que quelques jours, il devait revoir une vieille connaissance et partir à la recherche d'une amie qui, à son avis, se trouvait ici. Lorsque Amar s'était étonné de son bel arabe, il avait répondu que c'était sa langue maternelle. Il ne lui avait pas donné l'adresse d'un hôtel précis, juste demandé d'être conduit au bord de la mer, à Bat-Yam. Arrivé là, il lui avait indiqué de s'arrêter devant le Palace. Le chauffeur se souvenait aussi d'une chose un peu étrange : lorsqu'il lui avait tendu sa carte de visite, au cas où, l'homme avait refusé net, disant qu'il n'en aurait pas besoin, oui, il avait carrément repoussé sa main. Pourtant, il aurait pu prendre le carton et le jeter ensuite à la poubelle. Amar ne pouvait pas les aider à retrouver son nom parce que, même s'il l'avait entendu, il l'avait oublié.

« Tu lui as demandé si l'homme semblait avoir peur ? S'il regardait par la fenêtre comme quelqu'un aux aguets ? »

Le vieil inspecteur ne savait pas qu'il était censé poser ce genre de questions. Il n'avait pas non plus cherché à savoir si le type avait dit quelque chose pouvant indiquer qu'il se sentait en danger.

« Et les valises ? » demanda Avraham.

Eliyahou le regarda à nouveau sans comprendre : « Quoi, les valises ? »

Au cas où Amar avait lui-même mis les valises dans le coffre ou les en avait ressorties, il pouvait peut-être se souvenir si elles étaient vides, comme le pensait Oleg. Maaloul nota dans son téléphone un rappel pour poser la question au chauffeur et ajouta : « Il y a une autre raison pour laquelle il ne l'a pas oublié. L'odeur.

— L'odeur ? »

Le réceptionniste n'en avait pas parlé.

« Il était gêné, parce que son passager était sympathique, mais il a dit qu'il sentait très fort. Une drôle d'odeur. De charogne, comme ça. Aucune idée de ce que ça veut dire. Du coup, il n'a pas été mécontent de s'en débarrasser. »

~

Pendant qu'il était en rendez-vous avec Maaloul, Esthy Wahaba avait essayé de le joindre trois fois. Il la rappela dès qu'il sortit du restaurant, car, le matin même, Marianka lui avait révélé la situation compliquée de l'inspectrice. Il entendit tout de suite qu'elle était très excitée : « Je suis certaine que c'est sa fille, Avi, commença-t-elle sans préambule. Ma main à couper que Danielle Talias est la mère de ce bébé. Et ils l'ont envoyée se planquer à Paris. J'essaie de déterminer avec sa grande sœur l'endroit exact où elle peut se trouver et pourquoi sa mère l'a éloignée. La sœur collabore, mais j'ai l'impression qu'elle ne sait pas grand-chose. »

Ce fut la première fois que les deux enquêtes, ouvertes le même jour, convergeaient.

Vers Paris.

La ville de provenance de Chouchani, d'arrivée de Danielle Talias.

Avraham sentit qu'Esthy serait soulagée s'il venait la rejoindre en salle d'interrogatoire. De toute façon, il n'avait aucune raison de rentrer chez lui tout de suite, Marianka était au travail et ils ne devaient se retrouver qu'en soirée.

« Quel âge a Danielle ? demanda-t-il.

— Seize ans. Elle s'est envolée pour la France il y a six jours. Je suis sûre que c'est pour qu'on ne puisse pas lui poser de questions.

— C'est la suspecte qui a avoué que le bébé était celui de Danielle et t'a expliqué ce qui était arrivé ?

— Rien du tout ! Elle, elle est complètement tarée. Elle refuse même d'avouer que sa fille est à l'étranger et prétend ne pas savoir où elle est. »

Il lui dit qu'il arrivait.

Mais il resta d'abord quelques minutes dans sa Hyundai, sans mettre le contact ni bouger du parking du marché haCarmel où il était garé, pour écrire : *La conversation avec le chauffeur de taxi est-elle une tentative supplémentaire de Chouchani pour marquer la mémoire de ceux qu'il croisait ? Si oui – savait-il qu'il risquait de disparaître ? Mais qui, en Israël, a pu le kidnapper ? Est-il possible qu'un membre du Mossad soit enlevé dans notre pays par une force étrangère ?* Bon, si tel est le cas, songea-t-il, j'imagine que je ne suis pas le seul à être au courant de sa disparition et que nos agences de renseignements – intérieur et extérieur – unissent en ce moment leurs efforts pour le retrouver. Ne devrais-je pas le vérifier avant d'aller plus loin ?

Au restaurant, lorsque Eliyahou lui avait demandé ce qu'il comptait faire, il avait dit : « Je ne sais pas. J'ai le sentiment qu'il ne s'est pas volatilisé de son plein gré. Qu'il lui est arrivé ou qu'il va lui arriver quelque chose. S'il appartient au Mossad, on est obligés de les contacter, ne serait-ce que pour s'assurer qu'ils sont au courant... Le problème, c'est que je ne sais ni comment procéder ni à qui m'adresser. Et puis, imagine que j'aie déterré une affaire qui ne me regarde pas, je n'ai pas envie de jouer les trouble-fêtes.

— D'un autre côté, qu'est-ce qui peut t'arriver, au pire ? Supposons que tu aies mis les pieds dans quelque chose qui ne te regarde pas, je dis bien "supposons", parce que c'est encore trop tôt pour le savoir, eh bien, quoi ? On te rembarrera : C'est pour le Mossad, mon coco, lâchez l'affaire, à partir de maintenant, vous ne savez rien, vous n'avez rien vu, rien entendu, au revoir et merci.

— Alors tu ferais quoi, toi ? Tu laisserais tomber, comme ça ? Ou bien tu t'adresserais à l'agence pour t'assurer qu'ils sont au courant ?

— Tu peux toujours essayer, lâcha l'autre en riant. Mais comment ? Tu crois qu'ils ont un standard téléphonique ?

— Je pense que je peux trouver un moyen de les contacter... en passant par le Shabak*, non ? »

Maaloul se pencha en avant et ce fut la seule fois de toute leur conversation qu'il chuchota : « Tu es un gamin ou quoi ? Et si c'était vraiment un truc dans lequel tu n'étais pas censé fourrer ton nez ? Tu cherches les ennuis ?

— Alors je fais comment ?

— Je pense qu'avec eux mieux vaut s'y prendre autrement. Commence à papoter, à ébruiter cette histoire de disparition. Si ça les concerne, tu peux être sûr qu'ils te

* La sécurité intérieure israélienne.

contacteront. Tu sais bien que c'est comme ça que ça marche, non ? »

Dans un des placards de son bureau l'attendait un uniforme tout propre, et les paroles de Maaloul lui enjoignaient d'aller parler à Benny Seban. Il regagna donc immédiatement le commissariat, se changea et alla frapper à la porte du chef.

Il le trouva en compagnie d'une jeune femme qui ne lui fut pas présentée.

« Je dérange ? demanda-t-il.

— Entrez, entrez. Je dois partir pour une réunion de district, mais j'ai un petit moment. »

La jeune femme se leva. En sortant, elle sourit à Avraham comme s'ils se connaissaient, pourtant, il était persuadé de ne l'avoir jamais rencontrée.

« Je voulais juste vous informer que je suis peut-être tombé sur une affaire de rapt ou de disparition inquiétante liée au Mossad. Rien n'est sûr, mais j'aimerais tout de même savoir ce que vous préconisez. »

La réaction de Seban fut comparable à celle d'Eliyahou. Il posa son cigare électronique sur la table avant de lâcher : « Mais enfin, en quoi ça nous concerne ? Et pourquoi est-ce que vous fourrez votre nez dans ce genre de trucs ?

— Je ne l'ai pas cherché...

— Alors c'est venu à vous par l'opération du Saint-Esprit ? »

Malgré le sarcasme, Avraham lui donna des détails sur le dossier, tout en essayant d'en minimiser l'importance : il qualifia Raphaël Chouchani de « vieillard » et, après avoir raconté qu'Annette Mallot disait que son père avait travaillé pour le Mossad, il ajouta que c'était peut-être n'importe quoi. Il parla des deux passeports et des deux noms, mais omit de signaler que le touriste avait tout fait pour marquer la mémoire de ceux qu'il avait croisés depuis son arrivée. Seban sembla rassuré.

« Ça ne me paraît pas bien sérieux, dit-il en se levant. Plutôt les fantasmes de gens qui s'ennuient, vous devez connaître ça, non ? Quelqu'un a-t-il déposé une plainte ? Alors pourquoi décréter qu'il s'agit d'une disparition inquiétante... liée au Mossad de surcroît ? »

Quelle était la probabilité pour que Seban fasse suivre ? Le chef du secteur s'apprêta à partir, mais s'arrêta devant sa porte : « Si jamais il ne reprend pas de vol pour Paris et que sa fille ou quelqu'un d'autre nous demande d'ouvrir une enquête pour disparition inquiétante, on avisera. Et si nous découvrons que ce n'est pas de notre ressort, ce dont je doute, eh bien, "qui de droit" est certainement déjà au courant. Si votre homme est un agent du Mossad, vous croyez vraiment qu'il a besoin d'Avraham Avraham et de Benny Seban pour être sauvé ? Alors, laissez tomber et remettez-vous au boulot. »

~

Esthy Wahaba était sortie de la salle d'interrogatoire et l'attendait : Liora Talias refusait de donner des renseignements sur l'endroit où se trouvait sa fille Danielle et elle recommençait à prétendre que c'était elle qui avait accouché.

« À ton avis, c'est faux ? demanda Avraham.

— Je suis certaine qu'elle ment. C'est-à-dire, je sais que

c'est elle qui a déposé le sac, mais elle n'est pas la mère du bébé. Je ne comprends pas pourquoi elle s'accroche. Elle a un truc en tête que je n'arrive pas à cerner, Avi. On dirait qu'elle se fait un film. J'ai essayé de me montrer compréhensive, du coup, elle se croit maligne et pense qu'elle peut me manipuler ou me faire peur, alors que moi, j'ai juste envie de lui casser la gueule. Si vous voyiez cette malheureuse prématurée qui a été foutue comme ça dans un sac ! C'est un miracle qu'elle ait survécu. »

Il trouva que les yeux d'Esthy semblaient infectés mais, comme il avait promis à Marianka de ne rien dire, il ne dit rien, ç'avait été la condition pour qu'elle lui raconte ce qu'elle savait depuis la veille : l'inspectrice souffrait d'une maladie génétique qui avait rendu son père aveugle à l'âge qu'elle avait précisément.

« Elle m'a demandé de ne pas t'en parler, avait ajouté sa femme.

— Tu es en train de me dire qu'elle perd la vue et essaie de me le cacher ? » s'était-il alarmé.

Marianka l'avait rassuré : Esthy n'en était pas encore à ce stade et elle suivait un traitement qui apparemment arrivait à stopper l'évolution de la maladie et à retarder la baisse de sa vision.

Malgré le conseil de Seban d'oublier Chouchani, une partie d'Avraham était restée au Palace, même si physiquement il était bien au commissariat, en uniforme, dans la salle d'interrogatoire où, pendant toutes ces années, il avait passé des heures à mener des enquêtes qui ressemblaient toutes à celle impliquant Liora Talias – autant de raisons qui l'avaient poussé à demander sa mutation.

Même l'histoire que la suspecte répétait à présent, il l'avait entendue un nombre incalculable de fois : depuis que son mari était mort – étrangement, elle employait le mot « assassiné » – dans un accident de travail, elle était la seule à subvenir aux besoins de sa famille, avec son salaire d'assistante maternelle et une allocation minime. Avant, sa fille aînée, Mikhal, participait aux dépenses, mais depuis son mariage, deux ans auparavant, elle ne lui donnait plus d'argent. Lorsque Liora s'était retrouvée enceinte, elle avait pensé que, dans sa situation, elle ne pourrait pas élever un enfant de plus, ni rester les premiers mois sans travailler, et donc perdre des milliers de shekels qu'elle ne savait pas comment récupérer. L'avortement était exclu pour des raisons religieuses et elle n'avait pas non plus envisagé l'adoption à cause des commérages et des répercussions que ça risquait d'avoir sur ses filles encore petites. Juste après l'accouchement, elle avait tout de même envisagé de garder le bébé, mais quelques jours plus tard, prise de panique et peut-être aussi par désespoir, elle avait décidé de le déposer devant l'hôpital pour que les services sociaux lui trouvent une meilleure famille.

Esthy avait raison, comment croire un seul mot d'une version si pleine de trous ? Sur la feuille de papier posée devant lui, Avraham inscrivit : *Alors, qu'elle nous explique comment elle a caché sa grossesse à tout le monde. Et surtout, qu'elle nous donne le nom du père. D'ailleurs, pourquoi ne pouvait-il pas les aider ?*

Il poussa son message devant l'inspectrice, mais celle-ci avança dans une autre direction : « Liora, je vous crois quand vous me parlez de votre situation financière. Soyez sûre que je comprends et que je compatis. En revanche, je ne crois pas que ce bébé soit le vôtre. Le test ADN a prouvé que vous n'étiez pas sa mère. De plus, tous ceux qui vous connaissent ont témoigné que vous n'étiez pas enceinte. Vos arguments sur votre impossibilité à nourrir une bouche supplémentaire restent valables si vous nous dites la vérité, à savoir que c'est Danielle qui a accouché.

— Mais qu'est-ce que ça change, qui a accouché ! explosa soudain la petite femme aux cheveux raides et peroxydés. Expliquez-moi en quoi c'est important ! »

Et si, effectivement, ce n'était pas important ?

Avraham se sentit étouffer. Il fallait qu'il sorte de cette pièce où la clim n'avait pas été allumée : la suspecte, assise là en train de débiter ses mensonges ridicules, lui était trop familière, trop proche. Insupportable. Avant de s'éclipser, il nota une dernière question : *peut-être a-t-elle un compagnon qu'elle essaie de couvrir et qui couche avec elle et avec sa fille ?* Il la fit passer à Esthy qui ne la posa pas. Alors il s'en chargea : « Pouvez-vous, s'il vous plaît, nous donner le nom de votre ami ? Ou, disons, celui du père de votre enfant ?

— Je ne vous dois rien, le défia Liora Talias. Je vous ai demandé avec qui vous couchez ? Alors pourquoi vous me le demandez ? »

~

Au carrefour, juste avant la rue Hoofien, il hésita à prendre à gauche, en direction de Marianka qui était déjà à la maison et l'attendait, ou à droite, en direction du Palace, parce qu'il s'était promis d'y retourner. C'est à ce moment-là que son téléphone sonna. L'écran indiquait « numéro masqué ».

Lorsque le feu passa au vert, Avraham tourna instinctivement vers chez lui et stoppa au premier arrêt de bus qu'il vit.

« Suis-je bien en ligne avec le commissaire Avraham Avraham ? »

D'une voix jeune et très joyeuse, sa correspondante se présenta comme Keren, du cabinet du Premier ministre. Après s'être assurée qu'il était disponible pour une courte conversation, elle lui demanda s'il avait effectivement, comme on le lui avait transmis, récolté des informations sur un touriste prétendument lié au Mossad. Pouvait-il lui en dire plus ? Elle ne donna aucune indication sur la manière dont elle avait été mise au courant, mais il y avait certainement du Seban là-dessous.

À la différence du récit superficiel qu'il avait fait à son chef, Avraham communiqua à Keren tous les détails de l'affaire : depuis le premier signalement de l'hôtel et la découverte des deux passeports, jusqu'à l'adresse du domicile de Raphaël Chouchani, inscrite dans son cahier noir, qu'il garda ouvert sur le siège passager durant toute leur discussion.

« Il habite 89, boulevard de Picpus. Sa fille s'appelle Annette Mallot. Elle vit à Strasbourg. Je vous donne son numéro de téléphone, vous notez ? »

Keren avait un rire doux et agréable. Elle déclara n'avoir nul besoin de ce numéro de téléphone car, d'après ses premières vérifications, l'homme en question n'était absolument pas lié à l'agence.

« Si je vous ai appelé, c'est parce que nous voyons d'un très mauvais œil le fait que quelqu'un se fasse passer ou prétende en public travailler pour nous, ajouta-t-elle. Nous vous serions donc reconnaissants de continuer à nous transmettre toutes les informations que vous obtiendrez au cours de cette enquête. D'expérience, je peux vous assurer que les trafiquants en tout genre utilisent souvent de faux passeports, mais vous devez le savoir mieux que moi. Quoi qu'il en soit, dès que vous aurez de plus amples renseignements, nous pourrions collaborer. Quand nous aurons découvert dans quel but cet homme joue les espions, nous pourrons aussi décider d'une réaction commune et appropriée. »

Avraham se retrouva au milieu du flot de voitures sans se rendre compte qu'il avait redémarré.

Il se sentait soulagé de savoir qu'apparemment la disparition de Chouchani ne paniquait personne. Puisque l'homme n'était pas un agent secret en danger – comme il se l'imaginait depuis la veille –, il redevenait un simple touriste qui s'était volatilisé, peut-être d'ailleurs volontairement. Son soulagement venait sans doute aussi de ce qu'il s'était délesté d'un pesant secret – tel un gamin qui a enfin avoué à ses parents avoir cassé un verre et caché les débris dans le tiroir de sa chambre – même si, en l'occurrence, Keren devait être bien plus jeune que lui. Avant de raccrocher, elle lui avait dit : « Puis-je me permettre de vous poser une question personnelle ?

— Oui.

— C'est bien vous qui avez capturé l'orang-outan ? Je vous ai vu dans une interview à la télévision le jour où c'est arrivé et j'ai trouvé votre prestation magnifique. Sachez-le. Je ne connais pas beaucoup de policiers capables de s'exprimer aussi bien que vous. Je suis très contente qu'on travaille ensemble. »

Il alla chercher Marianka et tous deux mirent le cap sur Tel-Aviv, allèrent au cinéma du Dizengoff-Center et mangèrent tard, sur un banc de la place du Habima. Ensuite, ils descendirent à pied la rue Bograshov jusqu'au bord de mer et marchèrent le long de la plage.

Marianka lui parla de l'homme qu'elle avait pris en filature dans l'après-midi. Marié, père de deux grandes filles, il s'était créé un faux profil de divorcé sur plusieurs sites de rencontres et diverses applications et avait ainsi piégé des femmes seules qui recherchaient l'âme sœur. Elle avait réussi à le photographier en fin de journée dans un appartement qu'il louait à Guivataïm, en compagnie d'une de ses proies.

« J'ai l'intention de filer sa photo non seulement à son épouse, qui nous a commandé cette filoche, mais aussi aux femmes qu'il a mystifiées – pour qu'elles rompent.

— Comment as-tu réussi à le photographier à l'intérieur de l'appartement ? » s'étonna Avraham.

Elle sourit : travailler pour une agence de détectives privés avait amélioré ses talents de fin limier, elle qui était déjà assez douée pour ce métier.

Elle avait cherché, dans l'immeuble d'en face, un appartement situé plus ou moins à la hauteur des fenêtres de celui où se trouvait le type et, par chance, un lycéen de seize ans lui avait ouvert sa porte. « Je lui ai offert mon plus beau sourire et je me suis présentée comme une agente immobilière chargée de vendre un bien qu'on voyait sous un angle avantageux justement de chez lui. Je lui ai expliqué que j'avais besoin de quelques belles photos. Grâce au meilleur objectif existant sur le marché, j'ai pu choper tout ce qui se passait chez cette ordure pendant un bon quart d'heure. »

Il la regarda, amusé, lui qui ne se voyait en aucun cas appliquer ce genre de méthodes, au demeurant totalement illégales.

En retour, elle lui demanda ce qui l'avait mis de si bonne humeur alors que, le matin, il était parti très tendu.

« Eh bien, l'agent secret que je croyais devoir sauver ne travaille pas pour le Mossad et n'est apparemment pas non plus en danger.

— Alors c'est qui ?

— Je ne sais pas, je vais continuer à chercher demain, dit-il, puis il précisa : Il doit être mêlé à un trafic quelconque, sans doute de drogue, et il s'est simplement servi d'un faux passeport avant de disparaître dans la nature pour qu'on ne retrouve pas sa trace. »

Un seul détail le dérangeait dans ce qu'il venait d'énoncer : si Annette Mallot avait entendu ses propos, elle aurait soutenu dur comme fer qu'il se trompait.

Une fois rentrés, ils allèrent se doucher ensemble. Malgré le bruit de l'eau qui coulait, il entendit son téléphone sonner dans la chambre à coucher, mais décida de ne pas répondre.

Il était 1 heure du matin lorsqu'il écouta enfin le message que Liz lui avait laissé.

Il s'assit sur le lit. Marianka comprit tout de suite qu'il était arrivé quelque chose : la tension nerveuse qui avait disparu de son visage durant la soirée était revenue d'un coup.

« Alors voilà, Avi, je suis désolée de vous déranger à une heure aussi tardive mais on vient de découvrir un corps et je pense que vous devriez venir le voir. Sexe masculin, non identifié, entre soixante et soixante-cinq ans. Pourriez-vous vous rendre directement demain matin au service médico-légal d'Abbou-Kabir ? »

DEUXIÈME PARTIE

LES ASSASSINS

6

Pendant quelques jours, la police la laissa tranquille, mais Liora les soupçonna d'avancer en sous-marins, ou plutôt de creuser la terre sous ses pieds, comme des rats.

Les filles avaient repris l'école, elle son travail à la crèche. Elle se levait à 5 h 30 tous les matins, avalait deux verres de café noir, mangeait une tranche de pain avec du fromage blanc et une tomate coupée en rondelles. Les fois où Mordekhaï dormait sur la terrasse, elle repliait ensuite son matelas et aérait sa literie à la fenêtre pour se débarrasser de son odeur. S'il revenait après la prière du matin, il apportait les *borekas* et les pitas chaudes du déjeuner d'Ofrith et d'Eden, restait avec elles après le départ de leur mère et verrouillait la porte une fois qu'elles étaient parties. S'il ne venait pas, c'était elle qui préparait leur repas de midi, posait des vêtements propres sur le canapé et sortait sans les réveiller. À la crèche, les parents déposaient leurs enfants dès 7 h 15, à 9 heures petit-déjeuner et vaisselle, puis préparation du déjeuner, sieste et deuxième vaisselle. Cette année, il y avait huit nouveaux dont elle devait apprendre les noms et le rituel d'endormissement. Sans compter les changes de ceux qui n'étaient pas propres. Comme l'année précédente, il y avait deux végétariens et un gamin qui, d'après sa mère, était intolérant au gluten, si bien qu'elle devait aussi préparer des repas spéciaux – Alice, qui insistait sur le fait que, dans sa crèche, on respectait les individualités, avait repoussé l'idée de Liora qui lui avait suggéré de demander aux parents exigeant une alimentation spéciale de la fournir eux-mêmes.

Elle savait aussi que le chemin était encore long. Que la suite serait plus difficile.

Juste après la rentrée, elle avait envoyé un mail à la prof principale de Danielle : « *Bonjour Iris, j'espère que vous allez bien, je vous souhaite une bonne année et je me permets de vous informer que ma fille est partie à l'étranger. Elle ne rentrera qu'après les fêtes et se débrouillera pour rattraper les cours. Merci d'avance pour votre compréhension, et puisse cette année scolaire être une réussite pour nous tous. Liora Talias.* »

En retour de mail, Iris avait voulu avoir des éclaircissements sur la raison de ce voyage prolongé, mais elle n'avait pas répondu. Les rumeurs se répandaient rapidement dans le lycée et cette prof était de toute façon au courant puisque la bigleuse, qui avait déjà discuté avec plusieurs amies et enseignantes, avait certainement calomnié Danielle – tous les moyens étant bons pour essayer de la retrouver. Edry confirma d'ailleurs ses doutes. Mikhal aussi avait été entendue et, quand Liora avait essayé de lui tirer les vers du nez pour savoir quelles questions on lui avait posées, son aînée s'était défilée, lâchant du bout des lèvres : « On m'a juste demandé si j'avais remarqué que Danielle avait pris du ventre et si je savais qui aurait pu la mettre enceinte.

— Quoi d'autre ?

— Et aussi si je savais qui pouvait l'héberger à Paris et quelles étaient ses relations avec toi.

— Et qu'est-ce que tu leur as dit ?

— Rien. Que je n'avais pas remarqué que ma sœur était enceinte, qu'on n'était pas très proches à cause de notre grande différence d'âge, que ça faisait déjà quelques années que je ne vivais plus à la maison et que j'ignorais qui était le père, vu qu'elle ne m'a jamais fait ce genre de confidences. »

Malgré ses dénégations, elle avait certainement donné le nom de Marcelle et de Rony, surtout qu'elle avait lourdement insisté pour savoir si oui ou non Danielle se trouvait chez eux et essayé de lui soutirer pourquoi sa sœur était partie à Paris. Mais Liora n'était pas tombée dans le piège, ses manœuvres étaient trop évidentes.

Heureusement que Mikhal ne connaissait ni leur numéro de téléphone ni leur adresse.

Mordekhaï aussi fut convoqué au commissariat. Le même jour, en soirée. Il s'y rendit sans la moindre appréhension, bien qu'il n'ait jamais eu affaire à la police. Liora ne saisit pas immédiatement le lien entre les deux interrogatoires. À sa sortie, il lui raconta tout. Il était resté une heure et demie et on lui avait posé à peu près les mêmes questions : savait-il où se trouvait Danielle Talias ? Avait-il remarqué qu'elle était enceinte ? Quels étaient ses liens avec elle ? Comment qualifiait-il les rapports entre la mère et la fille ? Elle n'eut pas besoin de lui tirer les vers du nez, à lui, pour savoir ce qu'il avait répondu.

Elle songea à écrire une lettre à Danielle et à la poster, mais finalement s'en abstint, par prudence. Les règles avaient été clairement établies entre elles, Liora espérait ne pas avoir à lui faire une piqûre de rappel : ils ne risquent pas de t'envoyer quelqu'un là-bas pour t'interroger mais si jamais on vient te poser des questions – tu ne réponds pas. Tu ne dis pas un mot. Tu n'as aucune idée de ce qu'ils te veulent et tu ne parles pas sans la présence d'un avocat et de ta mère qui se trouve en Israël. Tu es mineure. Ce qui est sûr, c'est qu'ils n'engageront pas de tels frais pour une simple histoire de bébé. Tant que tu es loin, tu es hors de danger.

Cela dit, Liora aurait bien aimé entendre sa voix – le seul moyen de s'assurer que sa gamine tenait le coup, qu'elle respectait ses directives et n'avait effectivement contacté personne en Israël. Elle se résolut à appeler la France et le fit de la crèche, après ses heures de travail et le départ d'Alice.

« Danielle dort, tu veux que j'aille la réveiller ? lui demanda Marcelle.

— Non. Elle se sent comment ?

— Ça va. Elle est calme mais toujours un peu faible, refuse de manger, dort la moitié de la journée et a pas mal de sautes d'humeur. Elle me fait penser à toi. Heureusement, elle s'entend bien avec Rony. Ils regardent la télé ensemble, il l'emmène courir dans le parc et... Tu savais qu'elle fumait ? Elle lui a demandé une cigarette, il a refusé, bien sûr. »

Elle ne le savait pas.

Comme elle supposait que Mikhal avait vendu la mèche, elle décida de prévenir Marcelle : « Il se peut que vous receviez un appel de la police.

— De la police ? Pourquoi ? Elle a fait quoi, la petite ? Tu ne m'as pas tout dit ? »

Pas tout, non, une partie seulement.

« Ne t'inquiète pas, la rassura-t-elle aussitôt, Danielle n'a rien fait de mal, c'est juste qu'elle n'a pas suivi la procédure légale pour avorter. Il y avait trop de bureaucratie, on a préféré aller en privé. On nous cherchera peut-être des poux à cause de ça, va savoir. Bref, si la police t'appelle, préviens-moi et surtout ne la laisse pas leur parler. Et tu surveilles toujours bien qu'elle ne contacte personne ici, n'est-ce pas ? Qu'elle n'utilise pas vos portables ? Je ne veux pas qu'elle ait la moindre relation avec le garçon qui l'a mise dans cet état.

— Franchement, Liora, tu exagères ! Pourquoi la police israélienne perdrait son temps à enquêter sur un avortement, même illégal ? D'ailleurs, tu la surprotèges. C'est une grande fille et tu dois davantage lui faire confiance. Arrête de vouloir contrôler toute sa vie, ma chérie. À son âge, toi aussi, tu as eu un bébé. Tu as oublié qu'on s'en est très bien sorties ? »

Là était justement la question : son plan était arrivé au stade le plus périlleux parce qu'à partir de maintenant elle n'en avait plus le contrôle et devait s'en remettre à sa fille. Elle se savait capable de tout assumer jusqu'à présent – y compris la caméra de surveillance qui l'avait filmée, la perquisition et le test ADN. Mais certaines choses dépendaient de Danielle et, n'en déplaise à Marcelle, celle-ci n'était pas aussi forte qu'elle, pas même aussi forte qu'elle l'était à son âge, quand elle avait accouché de Mikhal.

David avait trente-cinq ans à cette époque. Déjà marié, mais par chance sans enfants. Il avait divorcé pour elle.

Le jour de la cérémonie, elle avait déjà un petit ventre qu'elle cachait sous sa robe. En revanche, ce qu'elle n'avait pu dissimuler, c'était sa peur d'un tel engagement et de la vie conjugale : elle n'était pas encore certaine de la désirer, de même qu'elle ne savait pas si elle désirait le bébé qui allait naître, elle qui ignorait encore comment se passait un accouchement.

C'est David qui l'avait aidée, qui avait sollicité sa mère, la seule adulte prête à lui montrer comment laver, langer, nourrir, calmer les pleurs nocturnes de la petite, parce que la mère de Liora n'avait pas accepté leur union et lui refusait tout soutien. Quant à Marcelle, qui n'avait ni frères ni sœurs, elle ne comprenait rien aux nouveau-nés et avait peur de prendre Mikhal dans ses bras. C'est d'ailleurs peut-être à cause de ça qu'elle avait choisi de ne pas avoir d'enfants – en tout cas jusqu'à présent.

À ta naissance, aurait-elle pu dire à Danielle si elle avait demandé à Marcelle de la réveiller, tout était différent. C'est pour ça que ta sœur m'en veut autant, et t'en veut, à toi aussi, depuis toujours. Quand tu es née, j'avais déjà vingt-quatre ans, je travaillais et j'étais certaine d'avoir trouvé, en ton père, mon bonheur et mon partenaire. Tu es née parce que je voulais qu'on ait un enfant vraiment désiré et aussi pour que tu sois ma réparation. Et ça, je l'ai ressenti dès le début. Tu es venue pour m'offrir la rédemption. C'est ce que j'ai pensé dès que je t'ai vue.

Non pas que Liora se soit sentie davantage mère, non, au contraire, la plupart du temps, elle se voyait plutôt comme une grande sœur ou une amie. Mais quel plaisir d'aller avec Marcelle faire des courses pour Danielle, acheter de fines robes en tissu soyeux pour Danielle, des bonnets avec pompon, des baskets minuscules pour Danielle ! Le plaisir de jouer avec Danielle, de l'emmener sur la promenade du bord de mer le matin, quand Mikhal partait à l'école, ou le soir, quand David était rentré du travail et gardait la grande. C'était notre accord : l'aînée était la fille de son père – il l'avait attendue un peu plus de trente ans – et toi, tu étais ma fille. Tu ne t'en souviens sans doute pas, mais c'est pour ça que je ne te laisserai jamais tomber, que je serai là jusqu'à ce que tu retrouves tes forces et que tu n'aies plus besoin de moi.

La conversation téléphonique avec Marcelle s'était achevée, mais Liora continuait à parler intérieurement avec Danielle. Elle la revoyait suffoquer de douleur à cause de ce bébé qu'elle n'arrivait pas à expulser. Elle revoyait le médecin debout entre ses jambes qui s'acharnait et transpirait sous l'effort, essayant d'aider ce corps menu et juvénile qui se tordait dans tous les sens – un corps de garçon mal développé, pas un corps de fille, exactement comme celui de Liora au même âge, mais sans force.

« Essaie de faire le moins de bruit possible, ma chérie, que personne ne nous entende », lui avait-elle chuchoté en lui plaquant la main sur la bouche. Et quand elle s'était rendu compte que Danielle ne pouvait pas s'empêcher de crier, elle lui avait dit : « Mords-moi la main, d'accord ? Mords très fort. »

Tu sais ce qui me fait peur en toi ? C'est que de la gamine qui me ressemblait a éclos une femme toute molle. Tu m'as annoncé ta grossesse comme si tu te fichais de ce qui allait arriver, voilà ce qui m'a effrayée. Tu m'as laissée décider pour toi comme si tu n'étais pas concernée ou comme si quelqu'un avait aspiré toute ton énergie pour la donner à ce bébé qui aurait dû mourir et s'est accroché à la vie.

~

La convocation suivante, elle la reçut quelques jours avant Rosh-haShana, la fête de la nouvelle année. Lorsqu'elle voulut savoir si elle était obligée de s'y rendre, son avocat répondit que oui et lui demanda si elle avait besoin de sa présence. Elle assura que non – sans lui, elle se sentait beaucoup plus forte face à la policière. Il lui proposa alors de venir préparer son audition au cabinet, elle refusa aussi : il ne serait pas capable de garder pour lui ce qu'elle dirait et surtout de garder contre lui ses mains qui devenaient baladeuses dès qu'il la voyait approcher.

« On vous posera sans doute des questions auxquelles vous ne vous attendez pas, la prévint-il.

— Ça m'étonnerait. »

Il ajouta qu'à son avis elle se retrouverait face à de nouveaux enquêteurs... Erreur : elle fut conduite dans la même pièce, face à l'indécrottable Esthy Wahaba.

« Je pensais ne plus vous revoir, lança-t-elle, et j'étais désolée de ne pas avoir eu le temps de vous souhaiter une bonne année. »

L'enquêtrice indiqua la date et l'heure du début de l'entretien, voulut commencer, mais elle l'interrompit aussitôt :

« Je tiens à préciser que je suis ravie que vous poursuiviez vos recherches parce que ça veut dire que la police israélienne n'a rien de mieux à faire. Qu'il n'y a pas de crimes et pas de criminels. Pas de voleurs, pas de millionnaires à inculper pour fraude fiscale. Pas de gens qui meurent parce que leur patron économise sur le budget sécurité. Tout va bien chez nous.

— Vous avez terminé ? Bon, je dois vous informer que

nous avons beaucoup avancé depuis notre dernière entrevue. »

La bigleuse leva la tête vers elle et à ce moment-là seulement Liora se rendit compte qu'elle avait les yeux moins irrités que la fois précédente. Les traces de crème avaient disparu et elle arrivait à mieux focaliser.

Dès les premières questions, elle comprit qu'Esthy Wahaba avait tiré des conclusions complètement farfelues. Stupéfaite, elle y vit une preuve supplémentaire que cette femme était tarée.

« Nous allons parler de Danielle, commença-t-elle.

— Je ne parle pas de ma fille avec vous.

— Pourquoi ?

— Je n'y suis pas obligée. Ça ne vous regarde pas.

— Je voudrais l'aider. Pas vous ?

— Pas avec vous. Vous n'êtes pas là pour nous aider. Au contraire. Vous êtes là pour nous piéger, elle et moi. Pour nous inculper. Et vous n'êtes certainement pas psychologue. Sans compter que Danielle n'a pas besoin d'aide.

— Je vous concède que je ne suis pas psychologue mais j'ai discuté avec des personnes qui connaissent votre fille. Et qui veulent l'aider. Je n'ai pas trouvé celui qui l'avait mise enceinte, je ne sais pas ce qui s'est passé pendant cette grossesse pour que vous en soyez arrivées à choisir une solution aussi extrême, mais j'ai plusieurs hypothèses. Écoutez, ce n'est pas en tant que policière que je m'adresse à vous en ce moment, Liora, mais en tant que femme qui essaie d'aider votre fille. Acceptez-vous de m'éclairer ?

— Est-ce que j'ai le choix ? Mais d'abord, je vous dis et vous répète que je suis la mère du bébé et pas elle.

— Pouvez-vous m'expliquer qui est Mordekhaï ? »

Ah, Edry avait raison, Liora ne s'attendait pas à cette question, non pas parce que c'était un terrain dangereux, mais parce que ça n'avait aucun rapport avec l'affaire.

« Comment ça, qui est Mordekhaï ? Vous l'avez convoqué, non ?

— Je veux dire, qui est-il pour vous ? Vous êtes ensemble ? Il habite avec vous et vos filles sous le même toit ?

— Certainement pas. Il habite à Tel-Guiborim. D'ailleurs, pourquoi est-ce que je vous réponds, ça ne vous regarde pas.

— Je vais être franche : je voudrais que vous me disiez si je risque de découvrir que Mordekhaï est le père du bébé. Accepterait-il un test de paternité ? »

Avoir discuté avec sa famille et ses voisins, tout ça pour arriver à une conclusion aussi débile ?

« Vous voulez savoir si je couche avec Mordekhaï ? lui lança-t-elle, bien que le but de la bigleuse soit évident.

— Je vous demande si Mordekhaï a harcelé sexuellement votre fille.

— Non mais... vous êtes cinglée ou quoi ? explosa Liora qui se mit à hurler : Vous comprenez les horreurs que vous inventez ? C'est de la diffamation, et j'espère que vous aurez assez d'argent pour l'indemniser à hauteur de ce que vous lui devrez. Mordekhaï est un saint. »

Esthy Wahaba la fixa droit dans les yeux, comme si, depuis le précédent interrogatoire, elle avait retrouvé non seulement une bonne vue, mais aussi tout son courage.

« Je ne diffame personne. Et ne me menacez pas de choses qui vous dépassent, je vous en prie. Vous vous ridiculisez.

Vous ne savez pas ce qu'est une plainte en diffamation ni dans quelles circonstances on peut en déposer une. Tout ce que je dis, c'est que je sais qui est la mère du bébé. C'est votre fille, Danielle. Et ce malgré vos affirmations, dont je ne comprends pas le but tant elles sont absurdes. Je veux savoir qui est le père et je suis certaine que vous avez la réponse. Alors, avant que je demande à Mordekhaï – et peut-être aussi à d'autres hommes de votre entourage – un test de paternité très désagréable, j'essaie de vous convaincre de coopérer et de me dire, de votre plein gré, qui est le père. Est-ce à cause de son identité que vous avez exfiltré Danielle et tenté de tuer le bébé ? Et je vous invite à ajouter ce motif à la plainte en diffamation imaginaire que vous pensez être en droit de déposer. Sur ce, bonne chance. »

C'était une tout autre personne qui lui faisait face et qui arriva, un instant, à la déstabiliser. Peut-être aussi fut-elle prise de court par l'accusation de tentative de meurtre sur le bébé. Pour se redonner du courage, Liora appela à elle le visage de David et imagina qu'il se trouvait là, à ses côtés.

« Si vous saviez qui est Mordekhaï, jamais vous n'auriez osé dire une chose pareille », susurra-t-elle.

Pour sa part, elle n'avait tué aucun bébé et d'ailleurs, si cette petite vivait, c'était justement grâce à elle !

« OK, alors expliquez-moi votre relation avec lui. C'était un ami de David, si je ne m'abuse ? »

Les deux hommes s'étaient connus enfants, puis perdus de vue pendant trente ans. Mais c'était le seul de tous ses anciens amis qui ne l'avait pas oublié.

Elle ne répondit pas.

« Vous vous êtes rapprochée de lui après la mort de votre mari ? »

Mordekhaï avait passé la porte de leur appartement trois jours après l'assassinat de David. Elle ne le connaissait pas et pour cause : amis depuis l'école primaire et jusqu'à leurs vingt-deux ans, ils ne s'étaient pas revus par la suite. Mais après avoir lu l'article sur l'accident, illustré par la photo de la victime, lui avait expliqué Mordekhaï en arrivant ce jour-là, il avait senti que c'était son devoir de venir lui présenter ses condoléances. Il avait entendu Liora retracer aux oreilles de tous ses visiteurs la manière dont on l'avait obligée à reconnaître le corps broyé de son mari à l'hôpital. En partant, il lui avait promis de revenir lorsqu'il y aurait moins de monde et de lui raconter une histoire qui lui donnerait de la force. À la différence d'un tas de gens qui, en ces moments-là, lui avaient fait un tas de promesses, il tint parole, revint pour la pose de la pierre tombale et les raccompagna chez elles après la cérémonie. À cette occasion, il lui parla de la femme du rabbi Elazar, qui, voyant le bras dénudé de son mari, avait ri et pleuré en même temps : elle avait ri de bonheur, car elle avait la chance de vivre à côté d'un tel corps, et pleuré, car elle avait conscience qu'un jour ce corps mourrait et serait enterré.

L'histoire bouleversa Liora. D'abord parce qu'elle lui ramena l'image du bras en charpie de David gisant sur le lit d'hôpital puis sur le brancard funéraire, enveloppé du linceul dans lequel il allait être mis en terre. Ensuite, parce que cette histoire lui révéla qu'elle ressentait la même chose depuis le jour où elle avait compris à quel point elle l'aimait. Elle s'était toujours dit qu'elle ne voulait pas rester une seule seconde sans lui en ce monde. Pourtant, elle savait bien que ce serait le cas : il mourrait avant elle – elle en avait eu la prémonition dès le début. Il l'abandonnerait prématurément et la laisserait seule, pas uniquement parce qu'il avait dix-huit ans de plus qu'elle, mais parce qu'il succomberait à une catastrophe qu'elle ne pourrait empêcher.

Elle rit : Heureuse suis-je que d'être au corps de ce sage liée.

Et pleura : Las, le corps de ce sage sera en terre.

Ces mots, que Mordekhaï lui avait lus trente jours exactement après l'assassinat de David, elle se les était dits et redits, sans en avoir eu connaissance, du matin au soir durant leurs vingt-deux ou vingt-trois ans de vie commune.

Chaque fois qu'elle se souvenait de cette histoire, elle sentait remonter les larmes rentrées qui n'avaient jamais quitté sa poitrine et espéra que la bigleuse ne s'en rendait pas compte. Elle serra les lèvres pour ne pas laisser échapper le moindre signe de faiblesse.

« Je constate que vous peinez à répondre quand les questions concernent Mordekhaï », dit l'enquêtrice.

Après la semaine de deuil, la maison s'était vidée et Liora avait eu l'impression que plus personne ne se souvenait de David et de son assassinat. À part Mordekhaï. Lui avait continué à venir. Ils avaient relu ensemble l'histoire du rabbi Elazar, dont la femme avait gardé le corps dans leur grenier pendant vingt ans, apprit-elle, et elle déclara que si elle l'avait su avant l'enterrement de David elle aurait certainement osé faire la même chose. Les mots qu'ils lisaient ensemble dans la Bible ou dans des récits rabbiniques qu'il apportait étaient les seuls capables d'exprimer les sanglots permanents qu'elle retenait en dedans.

Elle resta silencieuse jusqu'à ce qu'elle soit certaine que son malaise ne déboucherait pas sur du désarroi, mais de la fermeté.

« Mordekhaï n'est pas le père du bébé et n'a jamais fait de mal à personne. Vous pouvez lui coller autant de tests de paternité que vous voudrez. Ils vous seront tous comptés le jour du Grand Pardon.

— Parfait, je vous suis très reconnaissante de m'y autoriser, Liora. Et puisqu'on parle de Kippour, pouvez-vous me dire si Mordekhaï est pratiquant ? »

Cette question-là, elle la comprit encore moins que les précédentes : « Comment ça ?

— Il va régulièrement à la synagogue, porte la kippa, et les plus grands de ses enfants ont tous fait un retour à la religion, n'est-ce pas ?

— Vous allez l'arrêter pour ça ?

— Certainement pas, grands dieux ! Je veux juste savoir quelle influence sa foi a eue sur votre foyer. Sur ses relations avec Danielle.

— Quelles relations ? Il n'en a pas.

— Sur vous, ça n'a pas eu d'influence ? Sur votre relation avec elle ? Ça ne vous a pas poussée à être plus stricte avec votre fille ? »

Ce ne fut qu'à cet instant qu'elle commença à comprendre ce qu'avaient bien pu raconter les amies et les profs de Danielle. Dégueulasse. Et certaines parties de la déposition de Mikhal allaient sans doute dans ce sens – ce dont celle-ci s'était bien gardée de lui parler.

« Vous sous-entendez que j'ai maltraité Danielle et ce bébé parce que Mordekhaï est croyant ? J'essaie de vous suivre... D'abord vous l'accusez d'attouchements et maintenant vous le...

— Je ne prétends pas qu'il l'ait touchée. Ce que je voudrais clarifier, c'est pourquoi votre fille vous cachait ses petits copains. »

La bigleuse avait-elle tout de même réussi à en savoir plus, à ce stade, que le plan prévu ? Liora se crispa, prête à entendre prononcer le nom d'Amir Suwan.

Vaine inquiétude, elle s'en rendit rapidement compte et répondit : « Elle me cachait quoi ? Ma fille ne me cachait rien du tout.

— Alors laissez-moi vous poser une question théorique, d'accord ? Pas au sujet de Danielle. Qu'auriez-vous fait si on vous avait parlé d'une adolescente de seize ans qui couchait avec des garçons ? Acceptez-vous qu'à cet âge on ait des rapports sexuels ? »

Danielle avait juré n'avoir révélé à personne sa liaison avec cet Amir Suwan, mais peut-être avait-elle menti.

« La vraie question est de savoir comment j'aurais réagi si vous m'aviez dit que vous aviez des relations sexuelles avec des garçons. Parce que ça m'aurait fait crever de rire. Vous n'êtes pas encore passée à la casserole, je me trompe ? »

La policière rougit, mais se ressaisit rapidement et tenta à nouveau de la fixer droit dans les yeux : « Danielle, en tout cas, ne s'est pas gênée. Elle couchait avec des garçons. »

Cette fois, Liora ne sourit pas : « Vous n'avez pas encore compris que je ne parlerai pas de ma fille avec vous ?

— Vous finirez par vous y résoudre. On ne vous laissera pas le choix. Et si Danielle vous a caché ses relations intimes, c'est parce qu'elle avait peur de votre réaction, je le sais. »

Ça aurait pu continuer ainsi encore longtemps, mais quel intérêt ? Surtout qu'elle tenait absolument à découvrir ce que lui cachait cette imbécile d'enquêtrice.

« Écoutez, dit-elle, vous accumulez les hypothèses qui ne font que vous éloigner de la vérité. Si je vous le dis, c'est peut-être aussi pour vous aider à décrasser vos yeux. Vous continuez à penser que Danielle a accouché alors que je vous répète que c'est moi. Ce bébé était dans MON ventre. Vous voulez vérifier ? Faites venir un médecin qui m'examinera. D'abord, vous salissez Mordekhaï, un homme qui ne ferait pas de mal à une mouche, et après vous salissez ma fille en racontant n'importe quoi. Elle n'a pas peur de moi. Je l'aime et je la protège. Si vous lui aviez parlé, vous l'auriez su. »

Esthy Wahaba la regarda un long moment en silence. Sans nier ni confirmer avoir parlé avec Danielle. Liora en déduisit que la police ne l'avait toujours pas retrouvée.

« Bon, eh bien, je vais vous dire ce que je sais, reprit la bigleuse, ça vous va ? Je sais que Danielle a couché avec un garçon de sa classe. Un certain Ido Atar. Il a avoué, mais il affirme que c'était il y a trois mois, en juin, et que donc il ne peut pas être le père du bébé. Nous avons demandé au parquet un mandat pour lui faire un test de paternité et vérifier ses affirmations.

— Pourquoi vous me racontez ça ? »

Elle ne connaissait pas Ido Atar et n'en avait jamais entendu parler.

« Parce que je prends en compte qu'il puisse mentir ou se tromper et qu'il soit effectivement impliqué. Une de mes hypothèses est que vous vous êtes opposée à cette grossesse quand vous l'avez découverte et que vous avez obligé votre fille à l'interrompre. Grâce au rapport que nous a donné le pathologiste, je peux aussi vous dire exactement comment les choses se sont passées et je vous garantis que je vais très prochainement coincer le médecin qui vous a aidées. »

Un bref instant, Liora revit la prématurée, en cette matinée où elle l'avait mise dans le sac noir, sur de vieilles serviettes et des langes. La petite avait enroulé un doigt autour de la tétine et ouvert les yeux pendant qu'elle lui donnait un dernier biberon.

« Je vous l'ai déjà expliqué mille fois, je ne sais pas de quoi vous parlez, cet enfant est de moi. Vous pouvez m'inculper si ça vous chante. »

En soupirant, la bigleuse ramassa les feuilles posées devant elle, puis elle se leva.

« Mais pour quel motif, exactement ? lui lança alors Liora avec des forces renouvelées. Pourquoi vous nous harcelez comme ça ? Disons que j'ai essayé d'avorter mais que ça n'a pas marché, et alors ? Avorter est interdit dans ce pays ? Je pensais que c'était un droit pour toute femme qui ne veut pas poursuivre sa grossesse, je me trompe ? »

7

Le cadavre de Raphaël Chouchani fut repêché au large d'une plage très mal éclairée, à quelques kilomètres de l'endroit où Avraham et Marianka s'étaient promenés le soir de sa disparition. Elisha Gatenio, un ultraorthodoxe de trente-huit ans, percussionniste et père de quatre enfants, domicilié à Rishon-leZion, s'était heurté à une masse étrange durant sa baignade nocturne. Lorsqu'il avait compris de quoi il s'agissait, il s'était hâté de sortir de l'eau et avait appelé la police. Une équipe de l'unité nautique du secteur de Lakish était allée repêcher le corps qui fut transporté à l'hôpital Wolfson pour la nuit puis, à 6 heures du matin, convoyé dans un corbillard à l'institut médico-légal. C'est là que l'attendait le chef du service d'investigation et de renseignement du secteur Ayalon, le commissaire Avraham Avraham, pour procéder à son identification.

En le conduisant vers la chambre froide, le fonctionnaire de service lui précisa que le défunt avait séjourné plusieurs jours dans l'eau, qu'on n'avait pas détecté de blessures par balle sur le corps, quant à d'autres traces et à la cause de la mort, impossible de dire quoi que ce soit avant l'autopsie, laquelle, le prévint-il, ne serait pas pour aujourd'hui : « Ne vous bercez pas d'illusions. On s'en occupera après la fête. Aujourd'hui on est surchargés et demain, c'est déjà férié pour nous. »

Bien que le corps soit boursouflé, Avraham fut quasiment certain que le visage gris qu'il découvrait était bien celui de l'homme qu'il avait vu sur les vidéos de surveillance, que ce soit celle de l'hôtel ou celle de l'aéroport. Ce même homme qui avait prétendu venir en Israël retrouver un vieux copain pour partir à la recherche d'une amie perdue de vue. Il avait aussi essayé de marquer la mémoire de la douanière et celle du réceptionniste du Palace comme s'il avait le pressentiment que quelque chose pouvait lui arriver durant son séjour. Dire que la veille Avraham avait conclu que rien ne pressait dans ce dossier !

Pour la première fois, il voyait ce visage de près et il eut l'impression, malgré les quelques jours écoulés depuis le décès, qu'une expression de peur y était toujours gravée.

De quelle manière annoncer la nouvelle à Annette, quand il l'appellerait ?

Le corps de votre père a été retrouvé en mer, mais je ne sais pas comment il s'y est rendu, ni comment il est mort. Il n'était peut-être pas exactement la personne que vous pensiez connaître.

Il se tourna vers le fonctionnaire de l'institut qui venait de claquer la porte en fer de la chambre froide : « N'y aurait-il pas moyen que je reçoive tout de même un rapport d'autopsie dans la journée ? insista-t-il.

— Exclu. On est méthodiques ici et votre client n'est pas le premier sur la liste. »

Outre la charge officielle de ce mort, Avraham reçut un carton contenant un slip, un tee-shirt blanc, deux bagues, l'une en or rose l'autre en argent, et le costume marron qu'on voyait sur les vidéos.

« Tout ce qu'on a trouvé sur le cadavre est là, lui expliqua encore le fonctionnaire. On n'a rien de plus. Et je vous conseille d'envoyer ça rapidement au labo, parce que j'imagine qu'eux aussi seront fermés demain. »

~

Il avait espéré arriver au commissariat une fois le briefing des chefs de service terminé, mais lorsqu'il entra dans la salle de réunion du troisième étage, Seban l'accueillit par : « Ah, l'espion qui venait de la chambre froide ! Vous voilà enfin ! »

Sur la table, Avraham vit les restes d'un gâteau au chocolat orné de bonbons multicolores, une bouteille du jus de myrtille préféré de Seban, et se souvint d'avoir reçu un message l'informant que, lors de la réunion hebdomadaire, ils fêteraient les cinquante ans du chef de secteur. Il y avait aussi quelques assiettes en plastique contenant des biscuits sablés que Seban repoussa puis attira vers lui à plusieurs reprises. La jeune femme inconnue qu'Avraham avait croisée dans son bureau était assise à sa droite, en uniforme. En entrant dans la pièce, il avait remarqué qu'elle lisait et écrivait des messages, concentrée sur l'écran du téléphone qu'elle essayait de dissimuler sous la table.

Seban attendrait la fin de la réunion pour s'excuser de ne pas avoir fait les présentations plus tôt : « Dans quelques jours, expliquerait-il au commissaire, elle prendra les fonctions de porte-parole du secteur. Elle sort de l'unité information et communication des armées, je lui ai mis direct le grappin dessus.» Puis d'ajouter en chuchotant : «Si vous l'entendiez parler anglais, c'est à tomber par terre!»

Avraham, quant à lui, avait découvert son nom un peu avant, par hasard, car elle lui avait coupé la parole.

À son arrivée, il avait d'abord félicité Seban puis déclaré qu'à cause de son retard dont il s'excusait, il préférait ne rien ajouter et proposait de clore la séance. Mais le chef ne voulait pas que la fête en son honneur se termine si vite.

«Pourquoi clore la séance? Si je comprends bien, vous avez un nouveau cadavre sur les bras, alors, parlez-nous-en.»

Avraham confirma d'un hochement de tête, puis révéla à ses collègues que le touriste déclaré disparu à Bat-Yam avait été retrouvé dans la nuit.

«Attendez... est-ce que c'est l'individu que vous aviez pris pour un..., l'arrêta aussitôt Seban qui s'interrompit à temps pour ne pas ridiculiser son commissaire, lequel lui en sut gré.

– Oui. Mais finalement, non. J'ai vérifié avec qui de droit.»

L'autre eut le sourire de celui qui, pas un instant, n'avait pensé autrement, puis il demanda : «Donc, quelle est votre hypothèse sur ce qui lui est arrivé?»

Hormis les pistes évoquées avec Keren au téléphone avant la découverte du corps, il n'avait rien.

«Sans connaître la cause du décès, difficile de se faire une idée, se justifia-t-il. Pour l'instant, ça ressemble à une mort par noyade, ce qui ne nous donne pas grand-chose. L'utilisation de deux passeports et de deux noms différents laisserait penser à un trafiquant, mais ça reste à éclaircir. J'ai le sentiment que ça va être une enquête compliquée parce qu'on a très peu d'éléments sur le bonhomme et qu'on va devoir demander de l'aide à nos homologues français. »

De fait, sur le trajet, il avait déjà appelé Jules, le représentant du service d'information et de communication de la police française, et lui avait annoncé la découverte du corps de Raphaël Chouchani. Il lui avait aussi demandé s'il pouvait obtenir des informations sur le travail de la victime, sa situation financière, un éventuel casier judiciaire ainsi que la liste des appels téléphoniques passés au cours des semaines ayant précédé son voyage en Israël. Il repoussait pour l'instant une conversation avec Annette Mallot, mais devrait s'en acquitter dans le courant de la journée – non seulement pour lui annoncer le décès de son père, mais parce qu'il aurait besoin d'elle afin de mieux cerner l'homme et de comprendre dans quelle mesure il pouvait être lié à un trafic de drogue ou de contrefaçons.

D'un doigt épais, Seban ramassa quelques miettes de gâteau restées dans son assiette, donnant par là le signal que la séance allait bientôt être levée.

« Je vais essayer de faire pression sur les légistes pour qu'on vous communique un rapport avant le congé de la nouvelle année, promit-il. Et s'il s'agit d'une affaire de stupéfiants, je vous conseille d'aller perquisitionner dans sa chambre.

— J'ai commencé par là, le premier jour de mon enquête.

— Mais peut-être que vous ne saviez pas encore quoi chercher. Il faut demander à la scientifique de passer la pièce au crible. »

Avraham promit de refaire une fouille à l'hôtel et espéra

que la réunion se terminerait là, mais Seban lui demanda encore : « Et qu'en est-il du dossier de Wahaba ? Vous pourriez nous en dire aussi un mot ? »

Il essaya de décrire la situation d'après ce qu'il avait compris du rapport de son inspectrice : le bébé n'était pas encore sorti de réanimation à Wolfson, son pronostic vital était toujours engagé.

Transporté la veille de la plage de Rishon-leZion à Wolfson, le cadavre de Raphaël Chouchani était donc resté pendant quelques heures au même endroit que cette petite, et ce fut la deuxième fois que les deux enquêtes se croisaient.

« Nous poursuivons les recherches pour retrouver l'adolescente de seize ans nommée Danielle Talias qui a accouché et que sa mère a envoyée en France. On vérifie aussi si elle n'aurait pas ensuite continué pour Bruxelles ou Genève. Esthy a envisagé de s'adresser à Interpol pour leur demander qu'ils émettent une notice bleue ou jaune afin de l'intercepter si elle passe une frontière, mais comme on n'a pas de motif d'interpellation clair, on a décidé de se contenter pour l'instant des informations qu'on peut récolter ici. On a retrouvé le médecin qui a procédé à l'accouchement. Il a été interrogé et nous a donné sa version des faits.

— Pourquoi reste-t-elle cachée ? Est-ce que vous avez une réponse à ça ?

— Pas encore, mais nous... »

Et ce fut à cet instant que la jeune femme, qui bientôt deviendrait leur porte-parole, leva les yeux de son téléphone et lui coupa la parole : « De quel délit cette adolescente est-elle suspectée ? Pardon, mais je n'ai rien compris. »

La surprise qui se peignit sur le visage d'Avraham dut être

éloquente, car Seban intervint aussitôt : « Ai-je fait les présentations ? Non ? Vraiment ? Eh bien, toutes mes excuses. Voilà, je vous présente Ilana.

— Enchanté, Avi.

— Enchantée en retour, Ilana Assayag, dit la jeune femme, et il eut l'impression qu'elle se rembrunissait et cherchait à garder ses distances lorsqu'elle enchaîna : De quoi soupçonnez-vous cette gamine ? Désolée, je n'ai vraiment pas compris. »

~

Ce qui marqua les heures suivantes fut, contre toute attente, la dissipation totale, à une vitesse déconcertante, du brouillard qui enveloppait le dossier Chouchani. Jamais auparavant il n'avait mené d'enquête qui s'était résolue aussi rapidement, et avec autant de détails. A posteriori, c'est peut-être ce record qui avait éveillé ses soupçons.

Cela commença en fin de matinée par un coup de fil de la représentante de la police israélienne en France, Idith Guerti. Elle savait déjà que le corps du touriste français avait été repêché en mer. Avraham, qui ne l'en avait pas informée, se demanda si Jules ou quelqu'un d'autre côté français avait eu le temps de s'en charger. Plus surprenant encore, elle n'avait pas attendu sa demande d'informations pour se renseigner sur la victime. Et sa collecte, dit-elle, lui donnait déjà une idée assez précise de toute l'affaire.

« Vraiment ? s'étonna Avraham. Eh bien, je suis tout ouïe. »

Idith Guerti, qui avait des sources locales bien informées,

pouvait affirmer que Chouchani n'avait pas de casier, mais était potentiellement au bord de la faillite et avait emprunté de grosses sommes d'argent sur le marché gris. Homme d'affaires, divorcé, père d'une fille, ses activités se concentraient sur l'immobilier : il investissait en Asie dans des résidences de vacances, mais possédait aussi une entreprise de chaussures pour hommes, appelée Honoré, qu'il avait rachetée quelque cinq ans auparavant. Les chaussures étaient fabriquées en Inde pour être commercialisées dans divers pays du Moyen-Orient et en Afrique comme étant une marque française de luxe. Rétrospectivement, Chouchani avait racheté cette boîte trop cher, avait beaucoup emprunté pour cela et s'était heurté à des difficultés de remboursement, les frais de production ayant augmenté et la vente des chaussures Honoré baissé. Ces deux dernières années, il avait été obligé de se séparer de la majeure partie de ses biens immobiliers, ce qui, apparemment, n'avait pas suffi pour éponger ses dettes.

« Bon, alors, ça nous mène où ? » demanda-t-il.

Posant son stylo, il écouta leur représentante à Paris développer ses théories avec beaucoup d'assurance : « Le crime organisé qui domine le marché gris en France propose à ses mauvais payeurs une alternative pour effacer leurs dettes : devenir des mules. Parfois, il peut s'agir d'un trafic de pierres précieuses ou de contrefaçons. Le genre de propositions qu'on a du mal à refuser. Parfois aussi, ce marché vient d'un tiers qui s'engage à prendre la dette à sa charge. Les personnes les plus appréciées sont les femmes et les hommes blancs d'âge mûr, voire les vieux, parce qu'ils éveillent moins les soupçons. Dans certains cas, ce n'est même pas le débiteur qui est mis à contribution, mais ses parents, à qui on explique que c'est le seul moyen de sauver leur fils. Les passeurs ne savent en général rien des commanditaires ni de la nature de la marchandise qu'ils transportent, si bien que, s'ils se font prendre, ils ne peuvent dire que peu de choses – d'ailleurs, même ce peu-là, ils préfèrent ne pas le révéler, tant ils ont peur. Bref, je suis prête à parier que c'est ce qui est arrivé à votre homme, conclut-elle. Ou, du moins, c'est une piste à creuser. »

Avraham, qui avait de plus en plus faim, descendit à la cafétéria à 14 h 30. La plupart des bacs étant vides, il se rabattit sur un sandwich tunisien et une barre de Twix. Le thon et l'œuf dur qui avaient mariné dans le pain depuis le matin sentaient très fort, du coup, il espéra qu'Ilana, assise à quelques tables de lui en pleine conversation téléphonique, n'aurait pas la bonne idée de venir le rejoindre. Il avala le tout en quelques bouchées trop grandes et mal mâchées qu'il regretta aussitôt, car leur future porte-parole, qui lui tournait le dos, ne remarqua même pas sa présence.

Cela allait être étrange, songea-t-il, de prononcer à nouveau ce prénom – Ilana – durant les briefings des chefs de service.

Au moment de quitter la salle de réunion, il avait cherché à croiser le regard de la jeune femme, mais elle reçut un coup de fil et quitta la pièce en premier. Il ne l'avait donc pas félicitée de son imminente entrée en fonction, ce qui aurait pu atténuer le souvenir désagréable que leur première rencontre avait laissé en lui – et sans doute en elle aussi.

Il appela Marianka pour la prévenir qu'il rentrerait tard,

et quand elle lui demanda comment il allait, il répondit qu'il ne savait pas trop, qu'il n'arrivait pas à s'expliquer l'état de tension dans lequel il se trouvait depuis des heures.

Il essaya de reconstituer mentalement le déroulement des faits : Raphaël Chouchani prépare sa valise pour venir en Israël, on frappe à la porte de son appartement, il va ouvrir et trouve sur son seuil un gros paquet laissé par un homme en train de déguerpir. À moins que la transaction ne se soit passée au cours de son trajet pour l'aéroport ? Un homme ou une femme l'attendait à une station de métro ou de RER et lui avait donné la marchandise en se fiant à un signe de reconnaissance convenu à l'avance – le costume marron qu'il portait par exemple. Les portes du wagon s'ouvrent, il descend rapidement sur le quai, récupère ce qu'il doit récupérer des mains de l'intermédiaire, arrive à remonter dans la rame avant le signal de départ et la fermeture des portes.

Est-ce bien ce qui vous est arrivé, monsieur ?

Des heures d'angoisse à cause d'un trafic auquel on vous aura mêlé de force. Si vous êtes pris – c'est votre responsabilité. Vous ne pourrez pas dénoncer celui qui vous a obligé à transporter ces produits illicites, même si vous le connaissez – ce serait encore plus dangereux.

Avraham se représenta Chouchani arrivant au contrôle de sécurité à Roissy-Charles-de-Gaulle. On lui demandait de passer sous le portique de détection de métaux et il attendait que sa valise émerge du scanner. « À qui appartient le bagage bleu ? » demandait un responsable de la sûreté, et son cœur s'arrêtait pour une seconde. Ouf, ce n'était pas sa valise.

Et ensuite ?

Vous débarquez en Israël, vous prenez une chambre au Palace, vous n'essayez pas de dormir, car vous savez que vous n'y arriverez pas, et le matin, à la première heure, vous partez vous débarrasser de votre livraison… Et là, quelque chose tourne mal. Quelque chose que vous redoutiez.

Est-ce que la marchandise n'était pas conforme à ce que les trafiquants espéraient recevoir ?

Esthy Wahaba lui envoya un message sur WhatsApp.

> Le garçon que nous avons interrogé n'est pas le père du bébé. Ce qui veut dire qu'on en revient à ce foutu Mordekhaï. Et aussi, je pense avoir découvert l'adresse du couple qui cache Danielle Talias en France. Bref, j'ai essayé de vous appeler plein de fois, mais vous étiez en réunion, et ensuite injoignable. Je sais que vous êtes occupé, mais écrivez-moi dès que vous serez dispo, svp.

Il pensa la contacter dès qu'il serait remonté dans son bureau, mais en y arrivant il découvrit que l'autopsie du Français avait été pratiquée malgré la surcharge de travail des pathologistes, peut-être grâce à l'intervention de Seban. Le compte rendu de l'institut médico-légal avait été imprimé et déposé sur sa table.

Cause du décès : la noyade. Cependant, notait le rapport, *l'homme présente des contusions sur tout le corps, de multiples fractures au niveau des côtes et des membres, et il porte aussi des traces de coups ayant provoqué des hémorragies internes – mais sans entraîner la mort. Le scénario le plus plausible est que la victime a été jetée à la mer inconsciente, puis noyée, mais on ne peut pas écarter la possibilité qu'il s'y soit jeté volontairement. Son cadavre a séjourné plus de soixante-douze heures dans l'eau.*

Il ne nota rien dans son cahier noir parce que tout alla beaucoup trop vite et que de telles hypothèses, une fois écrites, auraient pris un poids qu'il ne voulait pas encore leur accorder.

Car qu'aurait-il dû écrire ? Que l'enquête s'orientait vers un trafic auquel Chouchani aurait participé, peut-être contre son gré ? Que, étrangement, après avoir rempli sa mission, il aurait été éliminé par l'organisation criminelle ou le réseau qui l'avait employé ? La question était : pourquoi ? Il n'avait été pris ni à l'aéroport de Paris ni à Tel-Aviv, alors pourquoi se débarrasser de lui ? Les deux individus venus récupérer ses bagages constituaient une piste qu'Avraham pouvait essayer de suivre pour remonter la filière. Mais un travail de renseignement pouvait aussi lui fournir des indications sur les commanditaires. Et Eliyahou avait déjà collecté des informations sur les réseaux actifs entre la France et Israël.

Lorsqu'il finit par appeler Annette Mallot, en fin de journée, il avait décidé de ne rien lui dire de tout cela. Comme elle ne décrocha pas tout de suite, il espéra que cette conversation serait reportée au lendemain, mais soudain il entendit sa voix.

« Tout va bien ? Vous l'avez retrouvé ? demanda-t-elle en anglais.

— Annette, je suis désolé, mais je dois vous annoncer que nous avons retrouvé le corps de votre père. »

Elle resta silencieuse puis apparemment répéta la nouvelle en allemand à l'homme qui se tenait à côté d'elle.

« Savez-vous comment il est mort ? reprit-elle ensuite.

— Nous n'avons pas encore de certitude. Il s'est noyé. Nous l'avons repêché en mer. »

Elle le coupa aussitôt : « C'est impossible. Il ne savait pas nager. »

Il attendit sans rien dire pour lui laisser un peu de temps, puis promit de tout mettre en œuvre afin de clarifier les circonstances du décès. Il ajouta qu'il aurait besoin qu'elle lui donne de plus amples informations sur son père et que, dans le but d'accélérer les choses, des enquêteurs viendraient peut-être bientôt prendre sa déposition. C'est alors qu'elle l'interrompit et déclara d'une voix bouleversée : « Il le savait. Il craignait pour sa vie. Je vous l'ai même écrit dans mon mail, mais vous ne m'avez pas répondu. »

Pourvu qu'elle ne lui redise pas qu'il travaillait pour le Mossad, songea-t-il, car il n'avait aucune envie de lui signifier son erreur et de lui expliquer que son père avait menti, que c'était un imposteur. Il eut aussi l'impression que l'homme qui se trouvait à côté d'Annette n'était pas d'accord avec elle parce qu'il éleva la voix et la fit taire.

« Pouvez-vous préciser de quoi il avait peur ? insista pourtant Avraham. Est-ce que cela avait un rapport avec ses dettes ? Avait-il reçu des menaces ? »

La fille de Chouchani ne répondit pas tout de suite. Il entendit d'abord l'homme murmurer quelque chose en allemand, puis elle chuchota : « Je ne veux pas en parler par téléphone. Je l'expliquerai aux policiers qui viendront m'interroger. Et de quelles dettes parlez-vous ? Je ne pense pas qu'il en ait eu. » Elle réfléchit un instant : « Il avait peur à cause de Sarah. Je vous en ai déjà parlé. Et elle, vous l'avez retrouvée ? »

D'après les registres du ministère de l'Intérieur israélien, aucune Sarah Nueima n'était entrée en Israël, sauf si elle aussi l'avait fait avec un faux passeport et sous un faux nom, comme son compagnon.

« Parce qu'elle aussi a disparu et je suis certaine qu'il lui est arrivé quelque chose. J'essaie en vain de la joindre depuis que vous m'avez appris que mon père était en Israël. »

Il lui demanda le numéro de téléphone de Sarah Nueima et lui promit de la tenir informée de toutes les avancées de l'enquête. Il répéta ensuite qu'il était désolé et qu'il ferait tout pour comprendre ce qui était arrivé.

« Qu'allez-vous faire de son corps ? »

Cette question le prit de court, il n'y avait pas réfléchi.

« Pour l'instant, il va rester en Israël, j'imagine... Jusqu'à ce qu'on en sache davantage. Voulez-vous qu'il soit enterré en France ? »

Elle répondit que oui.

~

Le dernier élément qui viendrait, ce jour-là, s'ajouter au tableau d'ensemble expliquerait le « pourquoi ». Si bien qu'ensuite Avraham n'aurait plus aucune raison de se poser des questions concernant la mort de Chouchani.

Sans se lever de son comptoir, Oleg tendit la clé de la chambre 203 au commissaire qui monta les marches accompagné du jeune technicien de la scientifique. Celui-ci en profita pour lui demander ce qu'il était censé chercher.

«Tout ce que vous pouvez imaginer, répondit-il. L'individu qui a séjourné ici quelques heures était apparemment mouillé dans un trafic quelconque, alors peut-être a-t-il laissé des traces. Deux types envoyés par les commanditaires sont passés là après lui. Ils ont cherché quelque chose pendant un quart d'heure et je ne suis pas certain qu'ils l'aient trouvé. Peut-être aussi ont-ils laissé des empreintes digitales ou un indice qui nous permettrait de les identifier.»

Il entra le premier, enfila des gants, alluma la lumière dans la pièce et eut aussitôt l'impression que l'endroit avait été visité depuis son passage. Au début il n'arriva pas à saisir la cause de son malaise. La tasse de café était exactement à sa place sur le lavabo – mais quelqu'un avait pu venir l'essuyer et la repositionner avec précision. Il inspecta méticuleusement le lit double et le minibar, encore incapable de cerner ce qui l'alertait. Le technicien de la scientifique, qui était très grand, dut se baisser pour pénétrer dans la salle de bains. Lorsqu'il en ressortit, il s'arrêta devant la fenêtre qui donnait sur l'immeuble décrépi d'en face et ouvrit le rideau.

«Jamais je n'aurais pris une chambre d'hôtel avec une vue pareille», commenta-t-il.

Avraham regretta de n'avoir pas photographié les lieux lors de sa première visite et de ne pouvoir compter que sur sa mémoire pour savoir si quelque chose avait changé. Il suivit du regard le technicien debout devant la fenêtre... et comprit qu'il ne se trompait pas : quelqu'un était bel et bien entré dans cette chambre.

Le rideau était toujours aussi sale, mais la fenêtre avait

été lavée et le nom inscrit d'un doigt dans la poussière accumulée sur la vitre – *Yaacov Ben-Hayat*, Avraham s'en souvenait parfaitement – avait disparu.

« Je crains qu'on ne trouve rien, lâcha-t-il, j'ai la quasi-certitude que tout a été nettoyé. »

À cet instant, le technicien ouvrit la fenêtre, se pencha puis se tourna vers lui : « Vous êtes sérieux, là ? Et ça, vous ne l'avez pas vu lors de votre première visite ? »

Avraham n'identifia pas tout de suite ce qu'il lui montrait.

8

La veille de la nouvelle année, rendez-vous au cabinet d'Edry, non loin du marché aux puces de Jaffa, dans un immeuble ayant bénéficié du plan de rénovation du quartier. L'avocat en avait profité pour retaper ses locaux, et il l'avait fait à son image : c'était trop soigné et les signes extérieurs de réussite qui s'exhibaient là n'impressionnaient personne. L'ancien mobilier avait été remplacé par un bureau en bois clair qui envahissait quasiment toute la pièce et des fauteuils de couleur crème. Edry invita Liora à s'installer dans l'un d'eux. Un balcon étroit avait été construit à la place de la petite fenêtre qui donnait sur la rue et dont le volet restait tout le temps baissé.

Il n'avait toujours pas de secrétaire.

Il lui proposa de commander à boire au café qui occupait le rez-de-chaussée, mais elle répondit que c'était inutile et enchaîna : « Expliquez-moi ce qui se passe, je dois être partie dans moins d'une heure. »

L'avocat feignit d'être vexé : « C'est tout ce que vous avez à me consacrer, Liora ? Et vous ne dites rien des travaux que nous avons faits ici ? Vous n'êtes pas venue depuis, si je ne m'abuse ? »

Tous ces meubles, ces fauteuils crème, les rayonnages encastrés dans les murs, le tableau et son cadre doré, tout avait été acheté avec ses sous à elle, ou plutôt avec ceux de David.

Et ce qu'elle voyait dans le sourire d'Edry, c'était de la raillerie : son cabinet avait peut-être changé, mais il la prenait toujours pour une conne.

Elle était déjà au courant d'une partie de ce qu'il lui annonça. Quant à sa piètre tentative pour l'affoler, cela n'eut, cette fois-ci, aucun effet. Au début, elle pensa qu'il enregistrait leur conversation, parce qu'il avait posé son téléphone sur la table, plus près d'elle que de lui. D'un autre côté, c'était lui qui parlait, alors qu'elle ne dit rien quasiment jusqu'à la dernière minute. Il intercepta son regard : « Non, non, je ne vous enregistre pas, Liora. Quand je le ferai, je vous préviendrai, vous pouvez me faire confiance », essaya-t-il de la rassurer, chose qui, pour elle, était évidemment hors de question.

En effet, elle restait persuadée que le compromis qu'il lui avait imposé quatre ans auparavant était une erreur : il avait mené les négociations avec les conseillers juridiques de l'entreprise de BTP et obtenu des indemnités qu'elle avait acceptées moyennant le retrait de sa plainte, mais elle avait senti que le vrai but de l'avocat était de plaire aux dirigeants de la partie adverse pour se faire embaucher. De plus, ce compromis ne lui assurait qu'un quart de la somme qu'elle avait demandée au début – dont un tiers avait été prélevé par Edry. Si elle était retournée le voir, c'était parce qu'il était de la famille de David et que, de toute façon, elle n'aurait pas eu davantage confiance en un autre avocat. Comme disait son père : « Mieux vaut un cambrioleur que tu connais et qui t'a laissé la vie sauve, qu'un voleur que tu n'as pas encore rencontré. » Et puis cette fois, il ne pourrait pas lui imposer sa volonté, même s'il pensait le contraire. À l'époque, il avait réussi à la convaincre de ne pas intenter de procès pour exiger de plus fortes indemnités sous prétexte que ses adversaires avaient un gros avantage sur elle : de l'argent et des avocats qu'ils ne payaient pas à l'heure. Ils étaient aussi en capacité d'avoir recours à des détectives privés qui prouveraient que David était malade, alcoolique, qu'il présentait des troubles du comportement ou avait des tendances suicidaires, bref, qu'il était responsable de son accident : « Non seulement vous en ressortirez sans un sou, mais en plus vous aurez des dettes que vous ne pourrez jamais rembourser », l'avait-il même menacée, et elle avait abdiqué. Parce qu'elle était faible, à l'époque. Elle avait pactisé avec les assassins, alors que son souhait le plus cher était d'aller au procès, un procès qu'elle aurait fait traîner le plus longtemps possible, des années, pour pouvoir continuer à parler de David, être convoquée et reconvoquée à la barre, témoigner, raconter quel homme il avait été et obliger tout le monde à l'écouter, y compris ceux qui ne le connaissaient pas et ne voulaient pas le connaître.

Cette fois aussi, Edry commença par jouer la comédie, une main sur le cœur : « Écoutez-moi bien, Liora, parce que les nouvelles que j'ai à vous communiquer ne sont pas très bonnes. Je vous le dis sincèrement. Je ne sais pas ce qui s'est passé pendant vos interrogatoires, mais vous les avez sacrément énervés et maintenant c'est vous qu'ils ont dans le collimateur. Ils ont retrouvé le médecin qui s'est occupé de Danielle. Celui qui a pratiqué l'avortement. Nous ne recevrons la version intégrale de sa déposition que s'ils vous inculpent, mais pour lui, ce qui compte, c'est de vous avoir devancée et d'avoir donné la seule version dont dispose la police. C'est très mauvais pour nous, d'autant que vous vous obstinez à ne pas collaborer. Sachez qu'ils ne pourront rien faire à Danielle, elle a seize ans. Mais vous, ils peuvent vous coincer et on n'aura aucune porte de sortie. Vous comprenez ce que je vous dis ? »

Elle le laissa parler, sans être dupe de ses manigances : il tentait l'intimidation pour qu'elle leur rende, à tous, la vie facile. Et, comme la fois précédente, il était certain d'arriver à ses fins. Dire qu'à l'époque, quand elle était venue le voir après l'assassinat de David, il l'avait draguée ! Oui, il avait même osé la tripoter, ici, dans ce cabinet, sous couvert de gestes de réconfort amicaux et l'avait invitée à déjeuner. Il lui avait aussi clairement demandé si elle fréquentait d'autres hommes, avant de lui dire qu'il venait de divorcer et achetait un penthouse au cœur d'un nouveau projet de construction à Holon. Et ce, tout en la persuadant de renoncer à l'argent qui leur revenait de droit, à elle et à David. Elle se souvenait du dégoût inspiré par le bras court qu'il avait posé sur son épaule, la petite main qui, comme par inadvertance, lui avait effleuré les seins. À vrai dire, la présence de tout homme autre que son mari lui était, à ce moment-là, insupportable.

Voilà qui n'arriverait plus.

Elle ignorait que la bigleuse avait retrouvé le médecin et n'arrivait pas à comprendre qui lui avait donné ses coordonnées, mais elle dit froidement à Edry : « On ne me fera rien du tout. »

Malgré un étonnement évident, il répliqua : « Vous ne devriez pas être si sûre de vous. Il ne faut vraiment pas prendre les choses à la légère. » Il ouvrit un dossier cartonné, en sortit des feuilles de papier couvertes d'une écriture irrégulière, attachées par une agrafe. « J'aimerais qu'on se penche ensemble sur la déposition du médecin, d'accord ? Je l'ai obtenue de manière totalement confidentielle par le biais d'un ami qui nous veut du bien. Et qui m'a clairement dit qu'ils vont vous en faire baver si vous ne changez pas d'attitude. La déposition est incomplète, mais on a le principal. Et aussi, ils ont retrouvé Danielle. Bon, ça, j'imagine que vous le savez. Elle sera interrogée en France. Vous devrez peut-être consulter un avocat sur place et, si c'est le cas, j'ai quelqu'un qui pourra vous aider et vous fera un bon prix. Mais d'abord, sachez-le, le médecin vous a beaucoup chargée, donc voyons ensemble comment limiter les dégâts. Vous êtes sûre que vous n'avez pas plus de trois quarts d'heure à me consacrer ? »

Reconnaissez-vous la montre-bracelet sur laquelle je viens de jeter un coup d'œil ? C'est celle qui a été enlevée du bras déchiqueté, vous ne vous en souvenez plus ? interpella-t-elle intérieurement Edry.

Que la bigleuse ait découvert l'adresse de Danielle et que sa fille soit entendue là-bas ne lui faisait pas peur. Elle s'y attendait. Dès qu'elle avait compris que l'enquêtrice ne lâcherait pas prise, elle s'était préparée à ce qu'une telle rencontre ait lieu et l'avait intégrée à son plan – qui passerait à l'étape suivante dès qu'elle serait sortie de ce cabinet.

Elle écouta la version du médecin.

Docteur Avraham Rubinstein, âgé de soixante-neuf ans, domicilié à Jérusalem.

Sa déposition servait ses intérêts, mais n'était pas très éloignée de la réalité. Il expliquait avoir reçu, fin juillet, un appel téléphonique de Mme Talias, demeurant à Bat-Yam, au sujet de sa fille, Danielle. Médecin au service de gynécologie à l'hôpital Misgav-Ladakh à Jérusalem, il en avait été licencié pour des rumeurs de comportement déplacé à l'égard de certaines patientes mariées. Depuis, il avait ouvert une clinique privée en ville, rue haNeviim. C'est là qu'il avait reçu la patiente et sa mère, le 29 juillet, un mardi, à 22 h 30.

« Jusque-là, tout est vrai ? Vous rappelez-vous qui vous a donné son numéro ? » demanda Edry.

Elle répondit que oui et lui fit signe de continuer.

Elle avait failli tout annuler, cette fameuse nuit.

La clinique se situait au rez-de-chaussée d'un immeuble délabré. On y entrait par une cour où il n'y avait même pas d'éclairage. Une vieille femme – qui se révéla être Mme Rubinstein –, la tête couverte d'un foulard, les introduisit dans une pièce au plafond rongé par les taches d'humidité. Sur un lit rouillé, il y avait des draps usés par trop de lessives. Liora avait indiqué par téléphone que Danielle entamait son quatrième mois de grossesse – c'était ce que lui avait dit sa fille – mais, après l'examen échographique, le médecin leur annonça qu'elle en était à sa vingt-septième ou vingt-huitième semaine d'aménorrhée et qu'il ne procéderait pas à l'avortement au prix convenu. Elle pensa qu'il ne cherchait qu'à lui soutirer encore de l'argent, surtout qu'elle ne comprenait pas comment la grossesse pouvait être si avancée,

Danielle ayant un tout petit ventre. Il rétorqua que, pour sa part, elle pouvait aller consulter un autre spécialiste.

Il leur avait bien spécifié – toujours d'après son témoignage – qu'à un tel stade le processus était compliqué, sans forcément être dangereux, et il leur avait proposé de s'adresser aux services de santé publics. Il fallait d'abord injecter dans l'utérus de la mère un produit qui causerait l'arrêt de l'activité cardiaque du fœtus, et uniquement dans un deuxième temps déclencher l'accouchement et engendrer l'expulsion, leur avait-il expliqué. Elles pourraient ensuite rentrer chez elles.

Cette nuit-là, Mikhal n'avait pas cessé de lui téléphoner, tant leur voyage précipité pour Jérusalem l'avait inquiétée : sa mère qui débarquait chez elle sans prévenir et lui confiait Eden et Ofrith ! Normal qu'elle se soit posé des questions.

Bien sûr, elles auraient pu oublier cette clinique et s'adresser à un centre médical public ou à l'infirmière du lycée. Quelques années plus tôt, c'est ce qu'elles auraient fait, naïvement. Tous auraient alors insisté pour que Danielle accouche et élève ce bébé ou le donne pour adoption, et Liora les aurait écoutés avec peur et docilité.

Elle se souvenait du moment où Rubinstein avait dit : « arrêt de l'activité cardiaque du fœtus ». Jusqu'à cet instant, elles l'avaient appelé « le bébé », et ce bébé n'avait pas de cœur... jusqu'à ce que le médecin explique qu'il fallait arrêter son activité.

« Bon, on en arrive aux passages où il vous charge, continua Edry tandis que Liora se remémorait ces instants où elle avait pensé faire demi-tour et rentrer chez elle. Je veux que vous réfléchissiez à une contre-attaque, d'accord ? C'est précisément la raison pour laquelle nous devons nous entendre et produire notre version des faits. »

Selon le médecin, la seule qui avait parlé était la mère. L'adolescente, elle, n'avait pas desserré les dents de toute la consultation, elle paraissait apathique, très déprimée, voire à tendances suicidaires. C'est à cause de ça qu'il s'était plié à la pression que Mme Talias avait exercée sur lui. Edry continua à lire ses notes : « *Lorsqu'elles ont appris que la grossesse en était à ce stade, la mère s'est tournée vers la fille et lui a demandé si c'était vrai. La fille a répondu qu'elle ne s'en souvenait plus. La mère lui a crié dessus en exigeant qu'elle calcule depuis quand elle n'avait plus ses règles. La fille a commencé à pleurer en répétant qu'elle ne s'en souvenait plus. À un certain moment, la mère a aussi menacé Rubinstein de s'en occuper elle-même s'il n'enclenchait pas le processus sur-le-champ. Il s'est donc exécuté, de peur qu'elle soit sérieuse, ce qui aurait pu provoquer des dommages irréversibles chez l'adolescente.* »

Ce qui, bien sûr, n'était pas vrai.

Voilà pourquoi Liora resta très calme, à la stupéfaction de l'avocat.

Danielle avait effectivement à peine ouvert la bouche, expliqua-t-elle, mais cela faisait des mois qu'elle était silencieuse, peut-être même des années. Et pas parce qu'elle avait peur de sa mère. Elle ne parlait quasiment pas à la maison et c'était apparemment la même chose au lycée. De plus, Liora ne lui avait jamais crié dessus. Ne l'avait jamais menacée. Elle était la seule personne qui lui voulait du bien et la seule personne auprès de qui elle se sentait en sécurité. La preuve : Danielle avait insisté pour qu'elle reste dans la pièce, malgré la demande du médecin, et qu'elle lui tienne la main pendant qu'on lui injectait le produit.

« Vous faites référence à l'injection de digoxine dont il parle ? demanda Edry.

— Je ne sais pas comment s'appelle le truc qu'il lui a administré pour arrêter le cœur du fœtus. »

Elle revit les bras épais et dénudés de Rubinstein, roses, avec de larges taches brunes s'étalant du coude enflé jusqu'au poignet, et sa blouse qui dégageait une forte odeur de désinfectant.

Elle revit aussi sa femme qui s'était éclipsée après avoir reçu l'enveloppe contenant l'argent et avait verrouillé la porte derrière elle.

Liora s'attendait à ce que Danielle lui serre la main très fort pendant la piqûre, mais, même ça, elle ne l'avait pas fait. Son contact était resté mou et froid, comme si le produit avait stoppé l'activité cardiaque de la mère et non celle du fœtus.

Cette nuit-là, elles avaient dormi ensemble dans le grand lit de sa chambre à coucher. Danielle du côté de Liora et Liora du côté de David, resté inoccupé depuis son assassinat. Le climatiseur était bruyant et glaçait la pièce, d'ailleurs, à l'aube, sa fille avait demandé à l'éteindre. Au matin, elles étaient toutes les deux en nage, tant il faisait chaud et humide. Elle s'était réveillée la première, avait écarté du front et des joues de sa gamine les cheveux noirs que la sueur y collait et l'avait vue sourire, peut-être faisait-elle un beau rêve qui avait effacé de sa mémoire ce qu'elle avait enduré pendant la nuit et repoussé de ses pensées ce qui l'attendait encore dans le courant de la journée. Bon, tout cela, Liora ne le raconta pas à Edry – même si c'était le genre de détails qu'il aurait peut-être voulu entendre – parce que ça ne faisait pas partie de son plan, et puis ça ne le regardait pas.

Liora était restée longtemps à côté d'elle dans le grand lit à l'observer et s'était persuadée que, lorsque le médecin viendrait déclencher l'accouchement, il débarrasserait sa fille non seulement du fœtus, mais de la faiblesse qui la minait de l'intérieur et peut-être aussi de la mélancolie – qui était, Liora le savait, beaucoup plus difficile à évacuer. Peut-être qu'une autre Danielle se réveillerait, une Danielle en béton armé, que personne ne pourrait briser. Tel était son espoir.

Elles passèrent la journée seules dans l'appartement, car les petites étaient chez Mikhal. Mordekhaï lui avait proposé de venir leur apporter quelque chose à manger, mais elle préféra refuser. Assises ensemble dans le salon, elles regardèrent des séries que Danielle aimait, se commandèrent un immense plateau de sushis chez Japanika et sa fille mangea avec plus d'appétit qu'elle. Après la douche, elle enfila son jogging rouge préféré, et ça aussi, c'était un signe encourageant.

Elles ne parlèrent ni de grossesse, ni de ce qu'elles avaient fait la nuit précédente, ni de la suite des événements. Pas un mot non plus sur le fœtus mort dans ce ventre que Liora se retenait de toucher. Elles n'évoquèrent pas davantage ce que l'adolescente avait fait quelques mois auparavant pour se retrouver dans cette situation.

Rubinstein l'avait prévenue que ce serait à elle de se débarrasser du contenu de l'utérus. Elle n'avait aucune idée de ce qu'on faisait d'une telle chose, mais était certaine de trouver une solution : elle pourrait l'envelopper dans un drap ou de fines couvertures et aller l'enfouir dans un endroit où personne ne le retrouverait. Après avoir enterré David, elle pouvait enterrer la terre entière.

À 15 heures, Danielle se rendormit et Liora commença à préparer la chambre.

Elle ferma les volets de l'appartement, essaya de calfeutrer les fenêtres avec des coussins pour atténuer le bruit, même si le médecin lui avait assuré que ce serait inutile. Vers 18 heures, elle prépara deux verres de thé avec du citron et du miel. En buvant, elles discutèrent du voyage en France et des parties du plan qui impliquaient Danielle : elle se rendait chez des amis de la famille parce qu'elle avait besoin de se changer les idées après une rupture difficile. Pendant un temps indéterminé – jusqu'à ce que Liora lui dise que ça redevenait possible –, elle devrait se déconnecter de tous les réseaux sociaux, ne pas écrire à ses copines et ne pas utiliser son portable. Si on lui posait des questions, en Israël ou en France, elle devrait nier avoir été enceinte. Seule Marcelle saurait qu'elles s'étaient débarrassées d'une grossesse non désirée.

Le thé revigora Danielle, elle en demanda encore un verre, dit à sa mère qu'elle se sentait mieux, peut-être grâce à sa bonne sieste... Mais à l'arrivée du médecin, elle éclata en sanglots, elle qui n'avait pas pleuré de toute la journée. Et dire qu'à ce moment-là ils ignoraient encore que le bébé avait survécu à l'injection mortelle !

Il faisait sombre dans l'appartement lorsque le médecin frappa à la porte.

Rubinstein entre dans l'appartement de Liora Talias, au 2, rue HaGuiborim, Bat-Yam, à 19 heures. C'était ainsi que commençait son récit du deuxième jour.

La télévision marchait à plein volume, si bien qu'elles l'entendirent à peine. Il n'avait pas allumé dans l'escalier, et lorsque Liora ouvrit la porte – parce qu'il lui avait semblé saisir un vague bruit – elle vit une silhouette grassouillette et sombre. Il se tenait debout dans le noir en compagnie d'une grande jeune femme en jupe longue qui se présenta comme sa fille, Lea.

Il prétendait avoir alors découvert que le fœtus était vivant et n'avoir déclenché l'accouchement que sur l'injonction de la mère. Ce type avait beau porter la kippa, c'était à elle qu'il faisait porter le chapeau. Un menteur, comme tous les autres. Parce que, en vrai, ç'avait été le contraire : pour ne pas perdre de temps, il avait déclenché l'accouchement dès son arrivée, en expliquant que le processus était long et qu'il n'avait pas envie de passer toute la nuit chez elle. L'injection faite, il avait pris l'enveloppe qu'elle avait préparée, recompté les billets avant de la donner à sa fille, et ce n'est qu'après avoir bu un verre de thé qu'il était allé regarder où en était l'ouverture du col de l'utérus. Là, grâce à un appareil d'échographie portable, il avait découvert que le cœur du bébé battait encore et que le produit censé stopper son activité n'avait pas agi.

Danielle se mit à paniquer, et les calmants que le médecin lui administra ne furent d'aucun effet. Liora lui donna alors un drap en lui disant de mordre dedans. Elle monta le son des informations à la télévision pour couvrir les pleurs et les cris et, pendant tout l'accouchement, maintint sa fille de force, se laissant mordre la main et griffer le bras. Lea essaya elle aussi de calmer la parturiente, elle lui caressa le front et lui raconta qu'elle-même avait accouché cinq fois et que ça allait vite si on se détendait. Pendant un instant, Liora se sentit perdue, incapable de savoir quoi faire. Mais cet abattement ne dura pas longtemps.

Dans sa déposition, Rubinstein affirmait qu'il avait accepté de pratiquer l'accouchement uniquement parce que Liora lui avait promis d'emmener immédiatement la prématurée à l'hôpital. Jamais il n'avait imaginé qu'elle ne le ferait pas. À la question de savoir pourquoi il ne s'en était pas chargé lui-même, il avait invoqué la peur de poursuites judiciaires, mais, avait-il ajouté, s'il s'était douté que Mme Talias la priverait de soins médicaux, il aurait insisté pour s'en occuper lui-même malgré le risque qu'il prenait ou, au moins, il aurait appelé les premiers secours pour leur dire qu'à telle adresse à Bat-Yam un nourrisson nécessitait une prise en charge d'urgence.

Liora jugea inutile de signaler les mensonges de cet individu, cela n'avait, pour elle, aucune importance.

Pas une seule fois le médecin ne leur avait dit que le bébé était « vivant ». Il avait juste lâché : « L'activité cardiaque ne s'est pas arrêtée. »

Elle se souvenait parfaitement de cette phrase et du visage affolé de Lea. Il avait espéré que les battements du cœur cesseraient en cours d'accouchement, sans qu'il ait à intervenir, mais non, ce bébé refusait de mourir. Danielle, tétanisée, était incapable de pousser, mais la prématurée était si petite qu'elle sortit par ses propres moyens, comme si elle avait compris qu'elle devait s'échapper à tout prix du corps qui l'abritait. Lorsque la fille du médecin la déposa dans les bras de Liora, elle avait les yeux fermés et une respiration à peine audible.

Pendant ce temps, Rubinstein s'occupa du placenta, aida Danielle à s'endormir et, au contraire de ce qu'il avait raconté à la police, s'éloigna sans le moindre regard pour le bébé. Ce fut Lea qui veilla à couvrir la prématurée. Il faudrait bientôt lui donner à manger, déclara-t-elle aussi, et, surtout, la placer en couveuse. Avant de partir, elle insista encore sur l'urgence de l'emmener à l'hôpital.

Une fois la porte refermée, Liora écarta le drap qui l'enveloppait, vit une peau quasiment transparente et un duvet de cheveux bruns. Si, à cet instant, elle avait plaqué le tissu sur le visage minuscule, tout aurait cessé et elle ne se serait pas retrouvée assise dans le bureau d'Edry.

Les jours suivants, elle avait attendu. Comme le médecin pendant l'accouchement. Attendu l'arrêt de l'activité cardiaque.

Elle s'occupa de Danielle, acheta son billet d'avion pour la France et espéra que ce petit cœur cesserait de battre. Bien sûr, elle alla au Superpharm du nord de Tel-Aviv, là où on ne risquait pas de la reconnaître, et acheta du lait maternisé qu'elle paya en liquide. Mais ce n'était pas pour que la petite vive, c'était juste pour éviter qu'elle pleure. À son retour, elle trouva l'appartement calme, toujours plongé dans la pénombre. Danielle n'était quasiment pas sortie de la chambre et avait dormi la plupart du temps. Liora crut même que quelqu'un était venu chercher ce bébé qu'elle avait laissé dans sa chambre à coucher, mais, quand elle alluma, elle le vit : enveloppé de son drap, il n'avait pas bougé. Elle s'en approcha, persuadée qu'il était mort – au cours des jours suivants, ça lui arriva à plusieurs reprises. Cette sensation que la petite ne respirait plus. Que son cœur avait enfin cessé de battre. Alors elle se penchait pour vérifier son souffle, l'oscillation de sa poitrine, son odeur. Mordekhaï, qui l'avait examinée de près, avait aussi dit qu'il ne croyait pas qu'elle tiendrait le coup longtemps. Mais non, elle s'obstinait à respirer, et Liora finit par décider que rien ne servait d'attendre. Elle irait simplement la déposer devant la porte de l'hôpital. Mordekhaï approuva son idée.

*Ne pouvant le cacher plus longtemps, elle lui prépara un berceau de papyrus qu'elle enduisit de bitume et de poix, elle y plaça l'enfant et le déposa dans les roseaux sur la rive du fleuve**.

Un peu plus tard, elle comprendrait aussi comment se comporter si jamais elle se faisait prendre.

~

Elle regarda la montre de David. Il était 16 heures et, bien que l'avocat ait terminé de lui lire la déposition du médecin, Liora ne se leva pas. Elle avait encore une chose à lui dire.

Il jeta un coup d'œil vers la pendule accrochée au-dessus de la porte – cadeau d'une compagnie d'assurances – et poursuivit : « Si tels sont les faits, il faut absolument que nous en donnions une autre version. Vous comprenez ce que cela signifie ? J'ai besoin d'un récit qui plaide en votre faveur et contienne le moins possible de détails que la partie adverse risquerait de réfuter. Par exemple, pourrait-on dire

* Exode, II, 3.

que vous avez emmené Danielle chez ce médecin uniquement pour une consultation, qu'il aurait commis une faute professionnelle pendant l'auscultation et aurait ainsi provoqué une fausse couche ? En d'autres termes, je voudrais qu'on trouve quelque chose qui aboutisse à ce que ce soit votre parole et celle de Danielle contre la sienne. Vous comprenez ce que je vous dis ? »

Ne se rendait-il vraiment pas compte qu'elle n'était plus la femme qu'il avait connue à l'époque ? Impossible d'expliquer autrement qu'il continue à lui parler comme à une idiote. Elle qui avait deux temps d'avance sur lui, même s'il l'ignorait encore.

« On peut aussi bâtir un autre scénario selon lequel, dès l'instant où vous avez su que le bébé était encore vivant – pour cause de négligence du médecin –, vous avez tout fait pour le maintenir en vie, continua-t-il. Vous l'avez veillé et vous vous en êtes occupée, la preuve : au final, c'est vous qui l'avez amené à l'hôpital. Pas lui. Tout ce que vous avez fait avant, c'était uniquement dans le but de protéger votre fille. Et vous avez pensé agir au mieux en l'envoyant en France. Vous savez quoi ? Ça pourrait marcher. Je dois encore y réfléchir, mais nous devons absolument faire une déposition juste après Rosh-haShana, pour éviter un acte d'accusation fondé sur la seule parole du médecin. »

Ce n'était pas un « scénario » mais bien la vérité. Encore une chose que Liora ne lui dit pas.

Finalement, c'est elle qui avait sauvé la vie à cette prématurée.

« De quoi m'accuserait-on ? » demanda-t-elle.

Edry la regarda avec un sourire méprisant : « Comment ça ? Vous êtes sérieuse ? Les charges qui pèsent contre vous ne manquent pas : avortement illégal, mise en danger de la vie d'un mineur ou encore abandon de mineur. On a l'embarras du choix.

— Mise en danger de qui ? Ma fille enceinte vient me demander de l'aide et je suis censée faire quoi ? » s'insurgea-t-elle.

Edry continuait à lui parler comme si elle était toujours la Liora Talias qu'il avait manipulée quatre ans auparavant, une veuve affolée par le simple fait de se retrouver dans un cabinet d'avocat.

« Ne jouez pas les innocentes, vous aviez des tas de possibilités. Par exemple emmener Danielle dans un centre médical. On vous aurait proposé tout ce que vous avez fait seules, mais de manière légale et encadrée. »

Il avait laissé son portable sur la table, mais il pouvait bien enregistrer ce qu'elle allait à présent lui révéler, elle s'en fichait. Elle regarda sa montre, car le moment était venu de passer à l'étape suivante : « Vous me parlez comme si j'étais une débile, incapable de comprendre la portée de ses actes, pour elle-même ou pour sa fille. Alors écoutez-moi bien, je vais vous expliquer pourquoi on ne nous accusera de rien du tout. Ni elle ni moi. Savez-vous ce qui a obligé Danielle à agir dans le plus grand secret au lieu d'aller dans un centre de santé ? Elle a été violée, ma fille. Ce bébé est le fruit d'un viol et elle a tellement honte qu'elle espérait que personne, jamais, ne saurait ce qui lui était arrivé. Elle me l'a même caché à moi, au début. »

Dans les yeux d'Edry ne resta plus qu'une seule expression : la stupéfaction. C'était ainsi, elle le savait, que réagiraient tous ceux qui entendraient son récit.

« Je suis désolé de l'apprendre, Liora, marmonna-t-il. C'est terrible. Mais justement, ce viol, c'est une raison de plus pour demander de l'aide à qui de droit, pratiquer un avortement en règle. Tout aurait été fait dans le cadre de la loi, peu importe à quel stade en était la grossesse. En plus, Danielle aurait reçu les soins dont elle...

— Mais Danielle ne voulait pas se retrouver face à une commission à qui elle aurait dû raconter ce qu'elle avait subi, l'interrompit Liora. Quoi, vous l'imaginez en parler comme ça ? Vous ne pouvez pas comprendre, mais moi si. Je suis sa mère, la seule qui pouvait l'aider. »

La question suivante, elle s'y attendait et avait préparé une réponse bien avant d'entrer dans ce cabinet.

« Pouvez-vous me dire qui l'a violée ?

— Non. »

C'était encore trop tôt. Elle tint bon, même quand il tenta à nouveau de lui faire peur : « Il doit être puni. Quant à Danielle, elle a besoin d'aide, déclara-t-il, et... »

Elle l'interrompit à nouveau :

« Je ne donnerai pas son nom. Je n'ai confiance ni en vous ni en la police. Je ne compte que sur moi et je ne parlerai que pour éviter à ma fille la souffrance supplémentaire de devoir elle-même parler – et uniquement sur sa demande. Pour l'instant, rien ne m'y oblige.

— Si. Votre fille a été violée, vous connaissez le coupable, d'après la loi, vous devez communiquer cette information à la police. »

C'est là qu'elle décida de se mettre à crier, cela faisait partie de son plan, même si, un bref instant, elle crut ne pas arriver à contrôler sa colère.

Il l'écoutait enfin sans le regard méprisant dont il ne s'était pas départi jusque-là. Son sourire aussi avait disparu. À présent, c'était lui qui avait peur et n'arrivait pas à le dissimuler.

« On ne m'a pas posé de question pour l'instant, donc, je ne dois rien. D'une manière générale, je ne dois rien à personne. Combien de gens n'ont pas témoigné que David a été assassiné alors qu'ils auraient pu le faire ? Combien de gens savaient que la grue était défectueuse avant qu'elle s'écroule mais ont préféré cacher au tribunal les informations qu'ils détenaient parce qu'ils avaient tout à y gagner ? Alors quoi, je serais la seule à devoir parler ? On verra bien si quelqu'un arrive à m'intimider. Faites-moi confiance : je raconterai ce qui est arrivé à Danielle – au bon endroit et au bon moment. Je suis la seule à savoir quand et où. »

~

Elle avait menti en disant à Edry qu'elle n'avait qu'une heure à lui consacrer et devait rentrer chez elle tôt. Mordekhaï avait récupéré les filles après l'école et s'était même chargé de les aider pour leurs devoirs. Elle pouvait donc se rendre au cimetière, comme toujours à l'approche de la nouvelle année.

Lorsqu'elle se retrouva assise près de David, oui, seulement à ce moment-là, elle fut submergée par la peur et, pour la première fois de la journée, elle s'autorisa à mollir un peu :

c'était le seul endroit où elle pouvait relâcher la tension et économiser des forces dont elle aurait besoin les jours prochains.

Juste avant qu'elle parte, Edry lui avait demandé s'il pouvait communiquer à la police ce qu'elle venait de lui révéler et elle lui avait demandé d'attendre. Cela dit, elle savait très bien que, dès qu'elle aurait le dos tourné, il appellerait un de ses amis là-bas ou même directement la bigleuse.

Ce qui n'était pas un problème.

Au cimetière, elle ne discutait pas avec David, elle savait bien qu'il ne l'entendait pas et, de toute façon, leur dialogue n'avait jamais été interrompu : elle ne cessait de lui parler. Partout. Et puis, son mari n'aurait pas émis d'avis sur les décisions qu'elle avait prises. Mais elle sentait qu'il aurait aimé la manière dont elle tenait tête à Edry et à Wahaba, lui qui ne discutaillait jamais, acceptait tout en souriant et qui, même si on lui crachait dessus, faisait comme si de rien n'était. Sauf que c'était justement à cause de ça qu'il avait été assassiné. À cause de ce sourire. Elle lui avait dit un nombre incalculable de fois de le leur réserver, à elle et aux filles, parce que dehors, pour affronter le monde, mieux valait se coller une autre expression sur le visage. Mais lui, qu'on le vole sur son salaire ou que les contremaîtres le traitent comme une merde, il s'en fichait : « Ce qui compte, répétait-il, c'est de pouvoir donner à nos enfants ce que nous voulons leur donner et de rester ensemble, toi et moi. Qu'avons-nous besoin de plus dans la vie ? Moi, depuis le jour où je t'ai vue, je suis comblé. »

Le lendemain soir, pour le repas traditionnel, elle reçut ses beaux-parents et sa belle-sœur Adina qui vint accompagnée de sa fille aînée handicapée.

L'après-midi, avant les embouteillages habituels des veilles de congés, elle avait conduit Mordekhaï à Beitar-Ilith dans la famille de son grand fils, puis était allée chercher sa belle-famille à Kiryat-Moshé. Son beau-père – on aurait dit David s'il avait survécu à la grue et tenu jusqu'à quatre-vingts ans – s'assit à côté d'elle dans la voiture et s'endormit, émettant des ronflements qui résonnèrent comme l'écho, tout d'abord de la respiration, lourde de cigarettes, de son mari défunt, puis de celle du bébé. Au cours du dîner, on la questionna au sujet de Danielle, on voulut savoir comment elle allait, pourquoi on ne pouvait pas la joindre, à quelle date elle rentrerait en Israël, et Liora ne pensa pas mentir en leur assurant à tous que sa fille serait bientôt de retour.

Elle envoya son premier mail à la journaliste des infos le lendemain matin, pour démarrer cette année nouvelle – peut-être espérait-elle que ça leur porterait chance : « *Je m'appelle Liora Talias, et j'aimerais vous communiquer des informations sur le bébé qui a été déposé devant l'hôpital Wolfson, si vous vous souvenez de cette histoire. J'ai vu tous vos reportages et je sais que vous recherchez des affaires criminelles qui ont échappé à la police. Ce que j'ai à vous dire devrait vous intéresser. Je connais la vérité, je connais le nom de la mère qui est une adolescente et le nom de celui qui l'a violée et mise enceinte. Dans cette enquête, la police a mal fait son travail, et de ça aussi, je peux vous parler. Je serais ravie que vous me contactiez d'urgence.* »

9

La drogue trouvée à l'hôtel fut rapportée le jour même au commissariat du secteur Ayalon, prise en photo, enregistrée puis envoyée au laboratoire central de l'identité judiciaire à Jérusalem. Dans le rapport qu'il rédigea le lendemain et après avoir dormi moins de quatre heures, Avraham expliqua qu'il était entré dans la chambre 203 accompagné d'un technicien de la scientifique, sans mandat mais avec l'autorisation du réceptionniste Jakubowicz Oleg. La perquisition avait duré une trentaine de minutes et avait permis de retrouver de la cocaïne, cachée dans un renfoncement de la façade arrière du bâtiment, sous le rebord de la fenêtre – à peu près six cents grammes, répartis en deux sacs plastique enveloppés de papier d'aluminium. D'après les examens de laboratoire pratiqués tôt le lendemain, les seules empreintes relevées dessus appartenaient à Raphaël Chouchani, le citoyen français dont on avait repêché le cadavre en mer. À part ces deux paquets, aucun objet ayant pu appartenir au touriste décédé n'avait été retrouvé dans la chambre.

Les plans d'Avraham et Marianka pour le soir de fête durent être annulés. Ils avaient prévu de se promener dans Tel-Aviv pour trouver des cadeaux à offrir aux parents d'Avraham, et aussi l'un à l'autre. En fait, il avait pensé la surprendre en achetant un très grand écran de télévision qui remplacerait son vieux poste – ils s'étaient promis un marathon de films policiers pour leur jour de congé. Au lieu de cela, Marianka l'appela du magasin Zara situé dans le centre commercial de Holon, lui demanda sa taille de pantalon et s'il préférait la couleur lilas ou kaki : il était resté coincé au bureau et alignait malgré lui des phrases dont il ne croyait pas un traître mot, des phrases censées conclure une enquête qui s'était résolue d'elle-même.

Les circonstances de la mort de Raphaël Chouchani, le compte rendu d'autopsie, les preuves rassemblées et les informations sur les jours ayant précédé sa disparition renforcent l'hypothèse selon laquelle la victime était impliquée dans un trafic de drogue entre la France et Israël.

Dans la chambre d'hôtel où il est descendu, six cents grammes de cocaïne ont été découverts, pour une valeur de plusieurs centaines de milliers de shekels, et les seules empreintes retrouvées sur les emballages sont les siennes. D'après les informations fournies par les renseignements français, Chouchani avait emprunté beaucoup d'argent sur le marché gris. Il est donc probable qu'il ait servi de mule, peut-être contraint et forcé. Il a atterri en Israël avec la marchandise, n'a pas été repéré à l'aéroport Ben-Gourion, est descendu à l'hôtel Palace et, le lendemain matin, est sorti retrouver ses commanditaires dans un lieu inconnu.

Avraham envisagea d'ajouter une phrase indiquant que, sur les vidéos de surveillance, on voyait Chouchani quitter le Palace *sans sac*, puis se ravisa : l'homme aurait pu transporter la drogue sur lui. Peut-être l'avait-il fait ?

On peut considérer la cocaïne retrouvée à l'hôtel comme la preuve que la victime essayait de doubler le réseau en gardant une partie de ce qu'il devait livrer pour la revendre à son compte. Il a vraisemblablement été démasqué et retenu prisonnier plusieurs jours (aurait-il tenté de leur faire croire qu'il leur avait remis toute la quantité en sa possession ?). Les deux individus qui se sont fait passer pour des membres de sa famille sont des hommes de main envoyés par les trafiquants à qui appartenait la drogue. Ils sont arrivés au Palace afin de récupérer ce que Chouchani leur avait apparemment volé, mais n'ont rien trouvé. On peut supposer qu'à ce stade ils ont dû essayer de lui faire avouer où il avait caché la poudre, utilisant la menace et la torture pour le faire parler. En effet, Chouchani a été passé à tabac, comme l'indiquent, d'après l'autopsie, plusieurs hémorragies internes, de multiples fractures dans les côtes et les phalanges brisées. Il n'avait apparemment rien dit. Pensait-il que s'il avouait et révélait la cachette, il serait tué ? Finalement, il a été noyé, ou jeté à la mer vivant mais inconscient et s'est noyé tout seul. Quand nous seront remontés jusqu'aux donneurs d'ordre, sans doute une bande organisée agissant dans le secteur de Tel-Aviv, nous pourrons aussi retrouver les personnes qui ont séquestré Chouchani et déterminer les circonstances exactes de sa mort.

Sur l'écran de son vieil ordinateur, les caractères de la dernière phrase apparurent lentement, les uns après les autres, comme s'ils refusaient de s'accoler pour former des mots. Ils convergeaient pourtant vers une explication rationnelle, même s'ils laissaient trop de questions en suspens, comme toutes celles qui tracassaient Avraham et qu'il avait, à la différence du rapport officiel, écrites à la main dans son cahier noir. Par exemple les appels téléphoniques passés par Chouchani avant son départ. Le matin même, Jules, le représentant du service d'information et de communication de la police française, lui avait envoyé les fadettes du portable de la victime pour les semaines qui avaient précédé son voyage.

La victime avait discuté deux fois avec sa fille. La première conversation avait duré une dizaine de minutes et la seconde moins de cinq, ce qui confirmait les dires d'Annette Mallot, laquelle lui avait assuré qu'à aucun moment son père n'avait mentionné de visite à Tel-Aviv. À part ça, il avait appelé EDF, la librairie Compagnie et un numéro qui appartenait à un avocat nommé François-Marie Aubert.

« Comment savez-vous que c'est un avocat ? » avait demandé Avraham.

Jules lui répondit qu'il avait appelé le numéro en question pour se renseigner, ce que le commissaire apprécia, cela n'allant pas de soi.

« Je peux aussi vous dire que ce juriste s'occupe surtout de successions, poursuivit le Français sur un ton un peu excité. Mais votre homme ne lui a pas parlé, parce que Aubert était en congé sur la Costa del Sol. Et il n'a pas laissé de message. Au cabinet, ils n'ont trouvé aucune note en son nom. »

Le numéro que Chouchani avait le plus souvent essayé de joindre était celui du portable de Sarah Nueima, mais elle ne lui avait jamais répondu. Trois jours avant son départ pour Tel-Aviv, il avait de nouveau appelé la librairie Compagnie ainsi que plusieurs numéros étrangers.

« J'ai un numéro au Liban, un en Allemagne, à Brême, et un en Israël, que je peux vous communiquer tout de suite.

— Savez-vous à quoi correspond celui en Israël ? »

Jules sembla étonné par la question : « Moi non, mais vous devriez l'identifier facilement, non ? Vous notez ? »

Avraham inscrivit ce numéro – dont l'indicatif 03 renvoyait à une ligne fixe située à Tel-Aviv – sur une nouvelle page de son cahier noir. Et en dessous, il consigna l'ordre exact des communications téléphoniques de Raphaël Chouchani de ce jour-là.

14:42 – numéro allemand (à Brême, deux minutes)
14:51 – numéro de portable libanais (apparemment pas celui de Sarah Nueima. Six minutes)
14:59 – numéro israélien (huit minutes)
15:14 – directement après – appel au service de vente par téléphone d'Air France
15:22 – directement après – même numéro israélien

Il avait remercié son collègue français.

Ce qu'il aurait dû faire, c'était contacter la brigade des

stups du district de Tel-Aviv et communiquer le numéro israélien à l'un de leurs enquêteurs : cet indice mènerait sûrement aux trafiquants qui chapeautaient Chouchani. Dès la découverte de la drogue, Seban l'avait de toute façon prévenu que le dossier atterrirait là-bas.

En revanche, ce qu'il voulait faire, c'était appeler lui-même ce numéro. Sans plus attendre. Il commença à le composer, mais s'arrêta après les quatre premiers chiffres et préféra joindre Liz. Sa secrétaire fut étonnée d'entendre sa voix alors que les festivités allaient bientôt débuter. Il s'excusa de la déranger sans doute en pleins préparatifs et lui demanda de vérifier à qui appartenait le numéro de téléphone. Lorsqu'elle le rappela, il se dit que cette fois il avait eu raison.

« Je ne comprends pas. Qu'est-ce que ça veut dire : ce numéro n'existe pas ?

— Qu'il n'existe pas, Avi. Du verbe "exister" avec la négation "ne pas". Ce numéro n'est enregistré dans aucun listing d'aucune compagnie téléphonique. Cela dit, je vous accorde qu'il y a quelque chose qui cloche parce que, quand j'ai essayé d'appeler, je ne suis pas tombée sur le message habituel dans un tel cas. Ça a sonné dans le vide, comme si la ligne était normale, et ça c'est glauque, vous ne trouvez pas ? Je peux continuer à appeler, si vous voulez. À mon avis, si je suis tombée sur une entreprise ou quelque chose du même genre, c'est logique que personne ne réponde à une heure pareille, en revanche, on devrait le trouver dans un annuaire. »

Est-ce à ce moment-là que, pour la première fois, il fut tenté de croire les affirmations d'Annette Mallot concernant son père et le Mossad ? Un grand nombre d'éléments qu'il avait consignés dans son cahier l'y incitaient : *deux passeports, deux noms, un numéro de téléphone libanais, Sarah Nueima, peut-être elle aussi disparue,* et maintenant *un numéro israélien qui n'était pas enregistré mais existait quand même*. Évidemment, Keren lui avait certifié que Chouchani ne travaillait pas pour le Mossad, ajoutant que l'agence voyait d'un très mauvais œil toute personne qui se faisait passer pour un des leurs. Devrait-il douter de ses dires ? De plus en plus de détails l'empêchaient d'accepter la version qu'il venait lui-même de rédiger dans son P-V d'opération.

Le silence bienvenu du bâtiment à présent presque vide lui permit de rester seul avec ses pensées, d'abord dans son bureau, debout face à la fenêtre ouverte, puis assis sur les larges marches du perron, comme il avait l'habitude de le faire quand il sortait fumer. Les seules personnes qui passèrent devant lui furent des agents de la circulation et des volontaires qui assureraient la sécurité de cette soirée – sur des routes de plus en plus embouteillées par ceux qui allaient accueillir la nouvelle année en famille.

Il ne dit pas un mot de la drogue retrouvée dans la chambre d'hôtel lorsqu'il appela Annette Mallot, mais lui demanda comment elle allait. Elle répondit qu'elle n'avait pas encore digéré la terrible nouvelle. Ce qui s'entendait dans sa voix.

« Je ne comprends pas ce qui lui est arrivé parce qu'il n'a pas pu entrer dans l'eau de son plein gré et se noyer. C'est tout simplement impossible, déclara-t-elle. Quelqu'un l'a tué, exactement comme il le craignait, et j'ai des idées sur l'identité des auteurs. Si c'était arrivé ici, j'aurais su à qui m'adresser, mais en Israël... J'ai peur de ne jamais connaître la vérité. »

Avraham lui assura que c'était justement pour faire la lumière là-dessus qu'il l'appelait.

« Ce que je vais maintenant vous demander n'est pas ordinaire, la prévint-il. Pourriez-vous entrer chez lui ? »

Il sentit que son étrange requête inspirait justement confiance à son interlocutrice. Il y avait moins de deux heures de train entre Paris et Strasbourg, le problème, c'était qu'elle n'avait pas la clé et que, pour autant qu'elle sache, il n'avait pas laissé de double chez la concierge ou l'un de ses voisins.

« Vous pouvez solliciter un serrurier. Expliquez-lui que votre père ne répond pas au téléphone, que vous êtes très inquiète et que vous devez entrer voir comment il va. »

À l'autre bout de la ligne, il y eut un silence, puis la même voix masculine chuchota en allemand.

« Que voulez-vous que je cherche là-bas ? » finit par demander Annette Mallot.

N'importe quoi qui pourrait m'aider à déterminer si votre père était un trafiquant de drogue comme le montrent presque toutes les preuves, ou un agent du Mossad comme vous le pensez, vous, songea-t-il, mais il lui dit seulement : « Des lettres, des agendas, des carnets. Si vous pouviez consulter ses échanges de mails, ce serait aussi très utile. Et peut-être a-t-il gardé ses vieux téléphones ? »

~

Les lumières commencèrent à apparaître aux fenêtres des tours d'habitation qui avaient poussé ces dernières années en face du commissariat. Les mélodies des premières prières de la fête montaient déjà des terrasses alentour.

Avraham devait lever le camp. Museler la voix intérieure qui l'exhortait à effacer tout ce qu'il avait écrit depuis le matin dans son rapport officiel et rentrer chez lui.

S'il avait habité en France, il serait sorti du poste de police, aurait roulé jusqu'au 89, boulevard de Picpus et se serait débrouillé pour pénétrer lui-même dans l'appartement de Chouchani.

Il envoya son compte rendu à Benny Seban puis, comme celui-ci le lui avait demandé, à la coordinatrice de la brigade des stups de Tel-Aviv, ainsi qu'à la secrétaire du chef de district. Ensuite, il fonça chez ses parents. Quelle ne fut pas sa surprise de découvrir une table encore recouverte de sa nappe blanche, mais d'où tous les mets avaient déjà été retirés. Marianka se penchait sur les célèbres photos que sa mère lui montrait pour la énième fois et qui dataient de l'époque où elle étudiait au lycée agricole. Dans la cuisine, en plus des deux femmes, l'attendait une assiette avec de délicieuses boulettes de viande qui baignaient dans une sauce sucrée rouge et tiède, une portion de riz et de la salade verte un peu fanée.

« Vous avez vraiment fini de manger ? demanda-t-il.

— Que veux-tu ? Ton père avait faim et ta femme n'avait rien avalé depuis ce matin. On t'a mis ta part de côté et on coupera le gâteau au miel ensemble. Avec le café. »

Son père, quant à lui, somnolait devant le téléviseur allumé. Avraham attendit de le voir piquer carrément du nez pour le porter jusque dans son lit.

Tout cela était tellement éloigné de ce qu'il avait imaginé

en guise de nouvelle année ! Tout, sauf la fin, lorsqu'ils terminèrent la soirée chez eux, à trinquer au vin blanc sur la terrasse, l'oreille tendue vers les bruits des interminables dîners familiaux qui s'élevaient des immeubles voisins. Marianka lui demanda pourquoi il n'allait pas à la synagogue en ce jour si particulier dans ce pays, et Avraham lui répondit qu'il n'y allait jamais à cette occasion.

« Tu sais, je n'ai pas encore entendu quelqu'un souffler dans une corne de bélier. Si on y allait demain ensemble ? suggéra-t-elle.

— Je ne pense pas qu'on laisse entrer les catholiques dans une synagogue.

— Eh bien, je vais me déguiser, dit-elle le plus simplement du monde, puis elle reprit : Au fait, comment est-ce que vous fêtiez la nouvelle année chez toi ?

— On ne faisait rien de particulier. La seule chose dont je me souviens, c'est qu'on était coincés dans les bouchons, à l'aller le soir de la fête et le lendemain au retour. On partait en excursion, parce que la tradition le voulait, mais les nôtres étaient toujours les plus pourries qui soient. »

En vérité, ce n'était pas la seule chose dont il se souvenait et, une fois au lit, il lui en raconta davantage. Les fêtes représentaient pour lui de longues journées où son père restait à la maison. Surtout pour Rosh-haShana, qui s'étalait sur trois jours. Avant le dîner du premier soir, ils allaient se promener dans Holon, rien que tous les deux, passaient devant des synagogues qui se remplissaient petit à petit mais n'y entraient pas, ralentissaient juste un peu le pas pour capter les bruits qui leur arrivaient de l'intérieur.

Puis venait la traditionnelle question de son père : « Eh

bien, comment résumes-tu l'année écoulée, Avi ? », à laquelle il ne savait jamais quoi répondre. « C'était une bonne année pour toi ou pas vraiment ? » insistait-il.

À cette époque, c'était surtout le « pas vraiment » qui prédominait, mais Avraham n'en disait rien. Il ne lui avait jamais demandé en retour comment avait été la sienne et maintenant c'était trop tard, parce que le vieil homme ne pouvait plus répondre, et ses pensées, s'il en avait encore, restées prisonnières du silence, ne se reflétaient qu'à travers des regards désespérés.

« Que te souhaites-tu pour l'année qui commence ? » demandait encore son père. « Des bonbons. » Une ou deux fois, l'enfant qu'il avait été en gardait encore le souvenir, il avait eu droit à une réflexion philosophique du genre : « Eh bien moi, je nous souhaite, à toi et à moi, que cette année soit plus longue que toutes les précédentes. Tu crois qu'on a une chance que ça se produise ? »

Le lendemain, ils firent une vraie grasse matinée puis regardèrent *Le Privé*, *Chinatown*, et *Une femme disparaît* sur leur vieux téléviseur. Avraham essaya de commencer le roman policier de Leonardo Sciascia que venait de lui offrir sa femme, mais n'arriva pas à se concentrer tant Chouchani occupait ses pensées. Il attendait impatiemment un appel d'Annette Mallot pour savoir ce qu'elle avait trouvé dans l'appartement de son père.

Le lendemain, comme Marianka avait invité Esthy à déjeuner, ils cuisinèrent ensemble toute la matinée. C'était la première fois qu'Avraham voyait son inspectrice en dehors du travail. Très étrange. Elle se présenta en robe verte et maquillée. Du coup, lorsqu'il lui ouvrit la porte en jogging, avec le débardeur dans lequel il avait dormi, il s'excusa et fila dans sa chambre à coucher pour enfiler le pantalon kaki et la chemise orange achetés l'avant-veille.

Il savait que les deux femmes s'étaient liées d'amitié, mais leur intimité le surprit, la simplicité avec laquelle Esthy parlait à Marianka. L'éclat qui émanait de son visage – peut-être grâce au maquillage, mais tout de même – était quelque chose qu'il n'avait pas remarqué auparavant. Avec lui, le contact était totalement différent : au commissariat, la jeune femme le regardait à peine quand elle lui parlait, ce qu'il avait traduit par de la gêne, voire une timidité maladive.

Les salades, le plateau de fromages et les deux tartes salées attendaient sur la table de la cuisine, mais ils mangèrent sur la terrasse et s'efforcèrent de ne pas parler boulot. Esthy leur expliqua qu'elle envisageait de quitter l'appartement de ses parents, de prendre à demeure un auxiliaire de vie philippin et de se trouver une location à proximité pour pouvoir passer chez eux tous les jours. Marianka parla de ses parents à elle, qui pensaient quitter Bruxelles pour retourner vivre en Slovénie.

« Pourquoi ne viendraient-ils pas s'installer ici, avec vous ? Tu es fille unique, non ? » demanda Esthy.

Avraham s'imagina aussitôt ouvrir la porte de la salle de bains le matin et tomber sur son beau-père qui s'était réveillé avant lui. Heureusement, voilà qui ne risquait pas d'arriver, vu que Bojan et Annika Milanič avaient prévenu Marianka : ils ne remettraient jamais plus les pieds en Israël.

« Dès qu'ils auront des petits-enfants, vous les verrez débarquer », dit encore Esthy.

Marianka regarda Avraham en souriant – c'était un sujet qu'ils n'abordaient pas.

Peut-être parce que le silence qui s'était instauré devenait trop pesant, Avraham demanda tout de même des nouvelles de l'enquête sur Liora Talias. Le visage soudain rembruni, l'inspectrice lui fit part de ce que maître Edry avait révélé à Benny Seban : la grossesse était le résultat d'un viol. La suspecte refusait de porter plainte ou de dénoncer le violeur, mais elle serait convoquée pour un nouvel interrogatoire après les congés. Wahaba comptait lui demander des explications et, espérait-elle, la pousser à changer d'avis. Il ne s'agissait en tout cas pas du jeune élève avec lequel Danielle était sortie pendant une courte période, son test de paternité était revenu négatif. Bref, elle avait de nouveau dans le collimateur l'amant de Liora, un homme qui restait parfois dormir chez eux. Elle le reconvoquerait lui aussi et le testerait. S'il était coupable, cela pourrait expliquer l'exfiltration de la gamine en France et leur tentative de cacher cette grossesse.

« Il n'y a pas moyen de parler avec la principale intéressée ? » s'enquit Avraham.

C'est ainsi qu'il apprit que Danielle Talias avait été interrogée la veille par la représentante de la police israélienne à Paris et avait aussi refusé d'évoquer le viol.

Ce fut la troisième fois que les deux enquêtes qui avaient débuté le même jour se télescopaient. À cet instant, il ignorait cependant encore où cela allait le mener.

« Tu veux parler d'Idith Guerti ? demanda-t-il.

— À mon avis, c'est toi, Esthy, qui devrais l'interroger, intervint Marianka en regardant justement Avraham. C'est ton affaire, non ? C'est toi qui as rencontré sa mère, toi qui vas presque tous les jours voir la petite à l'hôpital. Peut-être qu'à toi elle parlera. Vous ne pouvez pas envoyer Esthy à Paris, Avi ? Je suis prête à l'accompagner et à lui servir d'interprète, si besoin. Tu en dis quoi ? »

Était-ce parce qu'il faisait une fixation sur la disparition de Chouchani qu'il n'avait pas remarqué que son inspectrice allait tous les jours voir le bébé ? Lui ne s'y était pas rendu une seule fois.

« C'est vrai, comment va cette pauvre petite ? demanda-t-il.

— De mieux en mieux. Elle prend du poids et réagit maintenant aux stimuli, mais elle ne respire pas encore de manière autonome et il est trop tôt pour dire quels dégâts sa naissance prématurée et le manque de soins immédiats ont pu causer. À l'hôpital, il y a une infirmière, elle s'appelle Shira, très jeune et très croyante. Elle s'en occupe comme si c'était sa propre fille ou sa petite sœur. Elle va s'asseoir à côté de la couveuse après son service, elle prie et reste des heures les yeux braqués sur ce corps minuscule comme si elle croyait que, par la force de son regard, elle arriverait à la guérir. »

Et ce ne fut pas sa dernière surprise, car Marianka ajouta : « Tu ne peux pas t'imaginer comme elle est belle, Avi. Elle a des traits si fins, si délicats ! »

Constatant son étonnement, elle lui expliqua que oui, elle avait accompagné Esthy à l'hôpital Wolfson pour voir le bébé. Mais à ce moment-là, Avraham ne comprit pas à quel point cette histoire la touchait. Il n'en prendrait la mesure que le soir, juste avant qu'ils ne s'endorment, lorsqu'elle lui dirait tout à coup : « Tu sais que personne ne lui a encore donné de nom ? »

Là, il lui demanderait de qui elle parlait, Raphaël Chouchani et le rapport qu'il avait écrit sur sa mort et devait présenter le lendemain au briefing des chefs de service ayant à nouveau envahi ses pensées.

« Je te parle du bébé. Si Esthy Wahaba fait le voyage, elle pourra demander à la mère comment elle désire l'appeler. »

L'inspectrice rejeta immédiatement l'idée : elle n'irait pas interroger Danielle Talias en France parce qu'elle ne pouvait pas laisser ses parents sans surveillance. Marianka ne renonça cependant pas et revint à la charge lorsque Avraham s'étonna qu'elle soit, elle aussi, allée à l'hôpital : « Ce n'est pas ce que tu penses, Avi.

— Mais encore ?

— Eh bien, c'est peut-être pour les mêmes raisons que toi, tu n'arrêtes pas de penser à ton noyé ? J'y suis allée parce que c'est un être humain seul au monde. »

~

Était-ce aussi la raison qui expliquait pourquoi Avraham essaya encore et encore de se représenter les dernières heures de la vie de Chouchani, dernières heures de liberté avant qu'il se rende dans le lieu d'où, avait-il craint, il ne reviendrait peut-être pas : il avait rempli la bouilloire électrique et s'était préparé un café, avait ouvert la fenêtre et observé l'immeuble d'en face éclairé ici et là par des rectangles de lumière... mais n'avait en aucune façon dissimulé de la cocaïne sous le rebord.

En fait, c'était ce qui taraudait Avraham. Il ne pouvait pas en parler à Marianka et n'arrivait pas à évacuer la sensation que, dans ce dossier, si les révélations avaient surgi à une vitesse vertigineuse, c'était pour cacher une vérité qui non seulement n'avait pas été débusquée, mais qu'on s'efforçait de recouvrir d'un tissu de mensonges.

Au cours du briefing hebdomadaire, Benny Seban se chargea de mentionner la découverte de la drogue juste avant la nouvelle année, félicita son commissaire pour ce bon travail, précisa que c'était aux stups de remonter la filière et de retrouver les trafiquants qui avaient éliminé leur passeur français – à croire que leur implication était un fait avéré – et, pour que les choses soient bien claires, il ajouta qu'il avait clos leur enquête et que le chef du district avait autorisé le rapatriement du corps en France.

Avraham, qui n'était donc plus chargé de l'affaire, ravala ses doutes. De toute façon, mieux valait attendre, vu qu'il n'avait aucune preuve. Il était le seul dans cette pièce à avoir observé de près le visage gris de la victime, le seul à avoir identifié la terreur qui était restée gravée sur ses traits, tandis que tous les autres, persuadés qu'ils avaient décrypté cet homme et ce qui lui était arrivé, n'aspiraient qu'à se débarrasser du cadavre pour l'enterrer en même temps que le dossier et passer au suivant.

Ilana, qui était entrée dans la salle sans lui adresser ne serait-ce qu'un regard, vint le trouver à la fin de la réunion et lui demanda s'il avait avancé sur l'affaire du bébé abandonné. Il répondit qu'ils avaient un nouvel élément, que cette naissance était peut-être la conséquence d'un viol qui n'avait pas été signalé à la police et que, dans le courant de la journée, Wahaba allait réinterroger Liora Talias. La porte-parole l'informa en retour qu'une journaliste de faits divers l'avait déjà contactée à ce sujet, elle apprécierait donc vraiment d'être mise au courant – « merci de me mettre dans la boucle », c'est ainsi qu'elle le formula, sur un ton qui aurait convenu au supérieur hiérarchique d'Avraham et non au grade réel de cette nouvelle recrue.

C'est au cours de ce même briefing qu'Avraham reçut deux messages auxquels il ne s'attendait pas.

Le premier, un texto, fut une surprise totale, car il avait oublié la lettre d'adieu.

> Bonjour Avi, je tenais juste à vous dire que nous sommes toujours à la recherche de la lettre qu'Ilana vous a écrite. Le problème, c'est que nous avons bien trouvé une enveloppe à votre nom, mais vide. Nous ignorons ce qui s'est passé. Peut-être qu'elle voulait ajouter quelques mots ? Quoi qu'il en soit, j'espère mettre la main dessus, il y a encore des papiers que nous n'avons pas triés. Dès qu'on l'aura, on vous avertira. À part ça, j'espère que vous et votre femme allez bien et je vous souhaite une bonne année, Gary Liss.

Le second était un message vocal de Keren, la jeune femme mandatée par le cabinet du Premier ministre. Elle savait déjà tout sur Chouchani. « J'ai appris que le corps du citoyen français dont nous avons parlé a été retrouvé, disait-elle de sa voix douce, et que vous avez découvert que cet homme trempait dans un trafic de drogue. Si vous avez des informations sur les circonstances dans lesquelles il se faisait passer pour un agent ou sur des lieux où il s'est présenté comme tel, j'aimerais en être informée. Et bravo pour votre rapidité, bien sûr. Je vous félicite. Dès que vous aurez démantelé le réseau, je vous saurais gré de nous prévenir, nous devons vérifier si la couverture du Mossad fait partie de leur mode opératoire et s'il y a d'autres imposteurs. Voilà. Et, avec un peu de retard, bonne année ! »

Bon, eh bien, il n'avait aucune des informations qu'elle lui demandait. Au contraire. *Chouchani n'avait parlé de son travail à personne.* En fait, Avraham était de moins en moins convaincu par cette histoire de drogue, même si Keren, tout comme Benny Seban avant elle, avait présenté cela comme une évidence. Et quelques heures plus tard, l'affolement qu'il entendit dans la voix d'Annette Mallot confirma ses doutes. Il était dans son bureau lorsqu'elle l'appela, lui-même hésitant à appeler le numéro inexistant qu'avait contacté son père avant de partir pour Tel-Aviv.

« Commissaire Avraham, vous avez un instant ? »

Il s'attendait à ce qu'elle lui dise avoir trouvé une lettre d'adieu qui expliquerait tout, un mail envoyé ou reçu qui donnerait le véritable motif du voyage en Israël. Mais ce n'est pas du tout ce qu'elle lui annonça.

« L'appartement a été cambriolé, dit-elle sans dissimuler sa peur. Il est sens dessus dessous. Plus rien n'est à sa place. »

Voilà que le scénario de la chambre 203 du Palace se reproduisait à l'identique : on avait devancé Avraham.

« Ils ont pris quelque chose ? Avez-vous remarqué des objets manquants ?

— Aucune idée. Ça fait longtemps que je n'ai pas mis les pieds chez lui. De toute façon, je n'ai jamais su exactement ce qui s'y trouvait. Y a-t-il un moyen de vérifier si quelque chose a disparu ? »

Oui, songea-t-il, questionner quelqu'un qui connaissait bien l'appartement, Sarah Nueima par exemple.

« Pouvez-vous prendre des photos et me les envoyer ? demanda-t-il, puis, après un instant de réflexion : Avez-vous prévenu la police ?

— Pas encore. » Elle avait décampé dès qu'elle s'était rendu compte du cambriolage et avait peur de retourner prendre des photos, même s'il n'y avait plus personne là-haut, c'était certain.

« Je comprends, mais pouvez-vous attendre avant de prévenir la police ? » Il baissa la voix et ajouta : « Ça nous aiderait beaucoup, Annette, et nous permettrait de découvrir si ce qui lui est arrivé a un lien avec le travail qu'il faisait. Vous me comprenez, n'est-ce pas ? »

Liz l'avait prévenu que Wahaba était en train d'interroger Liora Talias, mais il lui ordonna malgré tout de la convoquer immédiatement dans son bureau. L'inspectrice arriva. Même si elle paraissait assez secouée, il ne lui en demanda pas la raison et se contenta de l'informer qu'il voulait interroger Danielle. Au début, elle ne comprit pas vraiment ce qu'il attendait d'elle.

Il le lui expliqua donc : ils devaient convaincre Seban de l'urgence de cette audition qui faisait suite à un soupçon de viol sur mineure, lui dire qu'il était possible que le coupable soit le compagnon de la mère. Il s'envolerait pour Paris et irait interroger l'adolescente, pendant qu'ici elle, Esthy, continuerait à cuisiner Liora. Peut-être même pourraient-ils organiser une confrontation virtuelle entre la mère et la fille.

Sans vraiment saisir ses motivations profondes – et pour cause : il ne pouvait rien lui en dire –, Wahaba accepta.

« Aucun problème, Avi, de toute façon, moi, je ne peux pas partir. Dès le début, j'ai souhaité qu'on mène cette enquête à deux et là, j'ai bien l'impression que ça se complique. Liora jure que ce Mordekhaï n'a pas touché sa fille et prétend maintenant que le violeur est un Arabe de Jaffa. Marianka viendra avec vous ? »

Il n'y avait pas réfléchi, mais trouva l'idée excellente.

Lorsqu'il rappela Annette Mallot, qui était déjà dans le train en direction de Strasbourg, il ne savait pas encore si son voyage serait autorisé, mais il lui annonça son intention de venir rapidement à Paris, lui qui, en pensée, pénétrait déjà dans l'appartement du boulevard de Picpus.

Avant de s'envoler pour la France, il avait cependant une dernière chose à faire. Très importante.

Il monta dans sa Hyundai blanche, prit la direction du sud de Tel-Aviv, se gara sur le parking du parc Charles-Clore, traversa la rue, entra dans une petite épicerie rue Herbert-Samuel, expliqua au vendeur étonné qu'il ne venait pas faire une perquisition, mais qu'il avait perdu son portable dans le coin quelques minutes auparavant et voulait appeler son numéro dans l'espoir que quelqu'un l'ait retrouvé et puisse le lui rapporter.

« Aucun problème, mon frère. Vous gênez pas », lui dit le vendeur en lui tendant son propre téléphone.

Au premier appel, il n'obtint aucune réponse. Au deuxième non plus. Ce n'est qu'à la troisième tentative que quelqu'un décrocha. Avraham sortit de l'échoppe et s'éloigna de quelques mètres avant d'entamer la conversation. La rue était très passante, il espéra que ni le bruit des voitures ni celui du ressac de la mer toute proche n'étaient audibles.

La voix au bout de cette ligne inconnue du réseau des télécoms, mais que Chouchani avait appelée avant de partir en Israël, était celle d'une femme, rauque et profonde. Elle parla en hébreu, mais avec un accent vraisemblablement étranger.

« Bon après-midi, dit Avraham, je suis le livreur DHL, je me trouve dans votre rue, mais je n'ai pas le numéro de l'immeuble. Et aussi, j'appelle pour savoir si vous êtes chez vous.

— Pour quel destinataire ? demanda la femme. Nous n'attendons aucune livraison.

— Comment ça ? J'ai un paquet pour vous, moi, un truc que vous avez commandé et qui vient de l'étranger… C'est un cadeau qu'on vous envoie ? Une surprise ? Je ne peux pas savoir, moi. Je suis chez qui, là, madame ? » insista-t-il.

La femme hésita quelques secondes avant de lui répondre : « Vous êtes chez la famille Ben-Hayat. Qui demandez-vous ? »

Il raccrocha immédiatement et rendit l'appareil à son propriétaire qui lui lança : « Alors frère, vous l'avez retrouvé ?

— J'ai bien l'impression que oui. »

10

Comme Liora l'avait escompté, Edry avait fait le boulot.

Cette fois encore, impossible de savoir vraiment au service de qui il travaillait, le sien ou celui des chacals, mais à présent, c'était elle qui le manipulait et non le contraire. Il avait dénoncé le viol à l'instant même où elle sortait de son cabinet, comme le prouvaient les appels téléphoniques qu'elle avait reçus pendant la fête.

Elle y vit le signe que l'heure de la dernière étape avait sonné. Et aussi que, pour l'instant, tout était toujours sous son contrôle.

Pendant le congé, elle passa ses rares moments de détente à chercher les mots les plus adéquats pour convaincre la journaliste lors de leur rencontre : mon but était de protéger ma fille. Je n'ai fait que veiller sur elle. Peut-être aurais-je dû déposer plus tôt le bébé à l'hôpital, peut-être, mais c'est moi qui m'en suis occupée après l'avortement raté, c'est donc moi qui l'ai sauvé. La police israélienne s'en prend à la victime, et ce n'est pas la première fois. Au lieu de protéger Danielle et de punir celui qui l'a violée, on nous convoque, elle et moi, pour interrogatoire, et après l'injustice flagrante commise envers mon mari, on ajoute un traumatisme supplémentaire à notre famille.

Bien sûr, il ne fallait pas mélanger les deux affaires, mais le nom de David apparaîtrait forcément dans les reportages. Son nom, mais surtout sa vie et sa mort seraient racontées. Peut-être même qu'on diffuserait la photo qu'elle avait donnée à l'époque aux médias, celle où on le voit nager avec Danielle au milieu des dauphins à Eilat.

~

Le deuxième jour de congé, elle alla déjeuner chez Mikhal et Maxime avec Eden et Ofrith.

Ils ne parlèrent ni de l'enquête, ni de Danielle, ni de Mordekhaï, mais l'atmosphère resta tendue, surtout à cause de son gendre qui lui faisait la tête. Pourtant, il connaissait les salles d'interrogatoire mieux que personne, celui-là. Il passa de longs moments sur la terrasse, à fumer en compagnie de son frère. Les filles jouèrent avec leur petit neveu puis sortirent aussi sur la terrasse pour faire avec lui une vidéo qu'elles posteraient sur TikTok. Lorsque le téléphone sonna dans son sac, elle vit que cela venait d'un numéro inconnu, eut le pressentiment que c'était Danielle qui appelait et s'éclipsa dans la chambre à coucher. Sur le lit, il y avait une pile de soutiens-gorge et de petites culottes. Elle décrocha et, comme personne ne parla, elle comprit que c'était bien sa fille.

« Danielle ? C'est toi ? »

Il y eut un instant de silence, puis un très bref : « Oui. »

Comme Liora ne l'avait pas entendue depuis longtemps,

elle eut besoin de quelques secondes pour reconnaître le son de sa voix.

Elle était comme ça, cette enfant, au téléphone ou dans les rares discussions qu'elles avaient à la maison : la plupart du temps, elle se taisait. Répondait par un ou deux mots. Cachait son visage derrière ses cheveux ou ses mains griffées par le chat qui ne sortait pas de sa chambre.

« Qu'est-ce qui se passe ? Pourquoi tu m'appelles ? »

De nouveau, le silence, et Liora en profita pour lui demander si, comme convenu, elle se servait bien du téléphone – un simple modèle à touches – qu'elle lui avait acheté spécialement. Sa fille confirma, puis lui raconta que deux jours plus tôt un policier était venu chez Marcelle et Rony avec une convocation à son intention. Il avait expliqué qu'il agissait dans le cadre d'une requête de la police israélienne, qu'une enquêtrice israélienne serait présente, qu'elle n'était soupçonnée de rien, qu'on voulait juste qu'elle vienne témoigner au sujet d'un délit commis par un tiers en Israël et qu'il ne pouvait pas lui en dire plus. Si elle le désirait, elle avait le droit de demander que Marcelle, Rony ou un avocat de son choix assiste à l'interrogatoire.

« Ça fait deux jours et tu ne m'appelles que maintenant ? Donc tu as déjà été interrogée ?

— Oui, aujourd'hui. »

Liora savait qu'il n'y avait aucun risque qu'elle soit trop bavarde, mais elle essaya tout de même de lui tirer les vers du nez. Sans grand succès. Ce fut Marcelle, un peu stressée, qui lui donna la majorité des informations. Danielle, pour sa part, se contenta de dire qu'on lui avait posé des questions sur le viol et que la policière avait explicitement nommé

Mordekhaï, voulant savoir s'il l'avait touchée, s'il l'avait menacée ou si, d'une manière générale, quelqu'un de la famille – la sienne ou celle de cet homme – faisait pression sur elle. On ne lui avait posé aucune question sur Amir Suwan, et c'était en fait la seule chose qu'elle voulait que sa mère sache, si bien qu'ensuite elle se referma comme une huître, n'attendant à l'évidence qu'une chose : que la conversation se termine.

« Tu n'as rien dit à son sujet, n'est-ce pas ? »

À nouveau, silence.

Danielle avait été interrogée par la policière israélienne, la française n'était même pas restée dans la pièce. Un court instant, Liora eut peur qu'il s'agisse de la bigleuse, envoyée spécialement à Paris, mais Marcelle lui décrivit une femme d'une cinquantaine d'années, aux cheveux blonds et aux yeux bleus, puis les laissa discuter seule à seule.

« Je leur ai juste dit de te parler à toi, lâcha Danielle.

— Et elle n'a pas insisté ?

— Non. Mais elle a donné à Marcelle son numéro de téléphone. Marcelle et Rony sont pas au courant, hein ? »

Pas encore. De peur que sa meilleure amie refuse d'accueillir sa fille, elle ne lui avait confié que le strict nécessaire : l'adolescente était tombée enceinte par accident, avait avorté, et maintenant elle avait besoin de temps et de calme pour s'en remettre.

Ce jour-là, lorsque Marcelle lui demanda de quel viol parlait la police, Liora éluda, sous prétexte qu'elle ne voulait pas l'évoquer par téléphone et lui promit de bientôt tout lui expliquer.

« Tu as revu un médecin qui t'a examinée pour vérifier que tout est rentré dans l'ordre ? » s'enquit-elle.

Peut-être que Danielle répondit, mais comme Liora n'entendit rien, elle répéta sa question.

« Oui », lança alors sa fille en haussant la voix.

Ce qui la désespéra au moment de raccrocher, ce fut l'apathie dans laquelle restait plongée sa gamine : elle n'avait posé aucune question, n'avait pas voulu savoir comment allaient ses sœurs, comment se passait la fête, ni même quand elle pourrait reprendre contact avec ses amis ou rentrer à la maison. Rien n'y faisait, elle ne retrouvait aucune énergie. Et comment expliquer qu'elle ne s'intéresse pas du tout au sort du bébé ? Était-ce parce qu'elle l'avait oublié ou justement parce qu'elle s'en souvenait et avait peur de savoir ?

« Dans quelques jours, ma chérie, dans quelques jours, tout sera terminé, dit encore Liora qui sentit l'impuissance de Danielle la gagner, elle aussi, et décida d'abréger la conversation. Je sais que c'est difficile pour toi, mais je te fais bientôt rentrer, d'accord ? Tiens le coup, pour moi et pour ton père, OK ? »

Mikhal débarrassait la table lorsque Liora regagna le salon. Ma fille a grossi depuis son accouchement et doit peser plus de soixante-dix kilos maintenant, songea-t-elle en se disant que cette femme aux bras épais et aux lourdes hanches avait un jour été son bébé. Elle l'avait eue à dix-sept ans, presque l'âge de Danielle, et elle avait réussi à l'élever malgré toutes les difficultés qui s'étaient dressées sur son chemin.

Quelle différence entre elles deux, entre Liora à dix-sept

ans et la gamine muette à qui elle venait de parler au téléphone. Celle-là même qui avait eu un mal fou à expulser son bébé, pourtant minuscule, incapable de lutter pour obtenir ce dont elle avait besoin.

À son âge, Liora n'était pas aussi forte qu'aujourd'hui, mais elle, elle savait ce qu'elle voulait et était suffisamment déterminée pour ne pas renoncer à ce qui lui tenait vraiment à cœur, même si c'était dur. De cela, elle avait parlé un nombre incalculable de fois avec Mikhal d'abord, puis avec Danielle, et en reparlait encore plus depuis la mort de David. Elle avait aussi essayé, sans y arriver, de l'écrire pour le lire au cimetière pendant l'enterrement ou plus tard, quand elle viendrait se recueillir sur sa tombe – en vain.

Je n'oublierai jamais l'expression de votre père la première fois qu'il m'a vue. Le regard qu'il avait dans les yeux.

Comment croire qu'elle n'avait plus cet âge-là, qu'elle avait même dépassé la quarantaine et que ses filles étaient maintenant adolescentes ? Qu'elle ne reviendrait jamais plus à ces années de jeunesse ? Elle les sentait si vivaces en elle, comment comprendre la logique qui faisait qu'elle ne pourrait plus les revivre ici-bas ?

C'était à une fête de famille dans une salle de Ness-Tziona. Elle était venue avec ses parents, lui avec sa femme. Dès l'instant où il l'avait vue, il n'avait pu résister. Une évidence. Il voulait lui parler, la connaître, la toucher. Si particulier, son regard ! Elle avait l'habitude qu'on la remarque – avec son corps gracile de danseuse –, même si elle ne dansait pas –, mais jamais on ne l'avait ainsi dévorée des yeux.

David avait trente-trois ans, sans enfants mais marié à Sima, une parente éloignée, la fille d'un cousin du côté paternel. Il ne lui avait pas parlé durant le mariage, sans doute à cause de sa femme ou des parents de Liora, mais trois jours plus tard il l'attendait devant son lycée, en fin de journée. Il passait en voiture au moment où elle sortait, l'avait klaxonnée, s'était arrêté et, en constatant qu'elle continuait à marcher avec Marcelle, il lui avait fait signe d'approcher, avait prétendu travailler dans le coin et l'avoir aperçue par hasard. Il lui avait proposé de la déposer chez elle ou d'aller manger un morceau, à elle de choisir. Ali était avec lui dans la camionnette remplie de sacs de ciment, de pots de peinture et de gros outillage. Les deux hommes avaient fumé tout le trajet. L'ouvrier avait libéré pour elle un siège au revêtement déchiré et blanchi par le soleil, couvert de brûlures de cigarettes, il y avait des touffes de poils de chien partout, des paquets de Noblesse, des bouteilles de Sprite à moitié vides et des CD. Bien que David ne fût pas très âgé, elle avait remarqué, dans sa barbe mal rasée, des pointes argentées que même son père n'avait pas à l'époque.

Comme Liora ne voulait pas aller manger un morceau, il stoppa au début de la rue où elle habitait, avoua qu'en vérité il n'était pas passé par hasard et lui demanda si elle s'en était doutée. Elle rit et répondit : « Évidemment ! », alors que, jusqu'à cet instant, elle avait cru à une coïncidence.

Il m'a dit : « Je suis venu parce que, depuis le mariage, je ne pense qu'à toi. Il fallait que je te revoie. Et si tu ne me crois pas, Liora, demande à Ali, il confirmera que je ne parle que de toi depuis notre rencontre. » Eh bien, les filles, vous savez ce que je lui ai répondu, à votre père ? « Bon, d'accord, voilà, tu m'as vue. » Et lui, ça l'a plombé, il ne savait plus comment continuer parce que les mots, ce n'était pas son fort. Non, votre père, c'était un manuel, doué pour agir, pour mélanger les couleurs et nous construire tellement de belles choses. Chacune de vous a dans sa chambre un objet qu'il lui a fabriqué spécialement de ses dix doigts. Bref, comme il restait muet, j'ai répondu à sa place – et n'oubliez pas que je n'avais pas seize ans à l'époque –, je lui ai dit : « Sûr que maintenant, tu vas me demander si tu peux me revoir, je me trompe ? » Votre père a allumé une cigarette et il a eu son fameux sourire : « Comment tu as deviné ? »

Impossible d'imaginer Danielle parler à un homme avec une telle assurance. Ni aujourd'hui ni même, probablement, dans quelques années. Mikhal non plus d'ailleurs, elle qui se penchait à présent pour couper le gâteau, compressant par ce mouvement les nouveaux bourrelets de son ventre.

Deux jours plus tard, ils couchaient ensemble pour la première fois. Dans une chambre d'hôte. Et au bout d'une semaine, David lui disait qu'il voulait quitter sa femme pour vivre avec elle, alors qu'elle ne lui avait rien demandé. Lorsqu'elle lui annonça sa grossesse, il décida de s'occuper aussitôt de son divorce et de l'épouser. Ils garderaient cet enfant, malgré les tensions inévitables que cela engendrerait dans la famille. Comme David s'exprimait beaucoup moins bien qu'elle, elle lui avait dicté la manière d'annoncer la nouvelle à son père à elle et d'expliquer à sa femme à lui qu'il ne voulait plus rester avec elle. Elle supporta sans flancher les insultes et les menaces téléphoniques de Sima et de ses sœurs qui l'avertirent de leurs mauvaises intentions à son égard et à celui du bébé, puis lui prédirent que David lui infligerait le même sort un jour ou l'autre. Le plus incroyable, c'est la force dont elle se sentait investie alors qu'elle n'était même pas certaine de vouloir se marier et avoir un enfant.

David quitta le domicile conjugal pour s'installer chez un ami, puis il retourna chez ses parents. Avant que le divorce soit prononcé, elle abandonna le lycée et s'installa chez eux avec lui, de sorte que sa belle-mère put l'aider pendant la grossesse et l'accouchement. Il y avait une vérité qu'elle n'avait partagée avec personne et, encore aujourd'hui, elle ignorait si David s'en était rendu compte : à ce moment-là, elle ne l'aimait pas comme elle l'avait aimé par la suite. Et elle n'était pas heureuse sous le dais du mariage dressé dans le jardin où se déroulait la cérémonie. Elle enviait Marcelle qui n'avait pas de bébé dans le ventre et dont les soucis se résumaient aux interrogations écrites et à l'argent dépensé pour s'acheter de nouveaux habits. Elle avait sombré dans une sorte de dépression, parfois même tenaillée par l'envie de tout lâcher, de faire le vide, comme Danielle. Mais elle avait une force intérieure que sa fille ne possédait pas et qui lui avait permis de ne pas se briser. Sans compter qu'extérieurement elle avait toujours donné le change. Ce fut justement à la naissance de son deuxième bébé, huit ans plus tard, que tout changea : là, elle comprit à quel point elle tenait à David. Et avec l'amour qui la submergea, montèrent en elle la peur de le perdre et la certitude qu'il partirait le premier, qu'elle ne pourrait pas empêcher sa mort précoce. Que les cigarettes qu'il continuait à fumer le lui prendraient, ou bien son travail, ou bien un accident de voiture le soir tard après une journée épuisante sur un chantier. Quand il s'en allait loin et rentrait en pleine nuit, elle laissait une fenêtre ouverte pour entendre sa camionnette se garer. Et quel n'avait pas été son soulagement le jour où il lui avait annoncé, à cinquante ans, qu'il liquidait sa petite entreprise pour un emploi salarié dans une grosse boîte de BTP de la région : il en avait assez de l'angoisse liée à l'irrégularité de ses revenus et voulait être davantage avec elle et les filles.

Moins de deux ans plus tard, elle caressait son bras déchiqueté.

~

Elles rentrèrent de chez Mikhal après 17 heures. Liora rangea la maison et lessiva le plancher au cas où la journaliste demanderait à venir chez elle dès le lendemain de leur première rencontre. Les deux coups de fil, celui de Mordekhaï et celui de la bigleuse, arrivèrent le soir, l'un après l'autre. Mordekhaï l'appela après 21 heures pour la prévenir qu'on le convoquait à un nouvel interrogatoire. Liora lui assura qu'il n'avait rien à craindre : elle allait tout leur révéler le lendemain. Il répondit qu'il n'était pas inquiet, mais elle préféra l'avertir : « On te demandera si tu l'as violée, alors ne t'affole pas. Tu comprends à quel point elle a l'esprit tordu, cette fliquesse ? »

Il déclara que cela ne lui posait aucun problème, car personne ne pouvait salir celui qui avait les mains propres. Il avait passé les deux jours de fête à la synagogue, ce qui s'entendait dans sa voix, posée et douce. Elle regretta de ne pas y être allée avec les filles, parce que ça l'aurait certainement apaisée, elle aussi.

« Et toi, on ne t'a pas reconvoquée ?

— Je suis sûre que la bigleuse m'appellera dans la soirée.

— Peut-être qu'ils voudront organiser une confrontation

entre nous deux. C'est demain que tu vois aussi la fille de la télé, non ? »

Le lendemain après-midi. Au Kafé-Kafé du centre commercial de Bat-Yam.

Si la journaliste voulait rapidement avancer, eh bien, elles finiraient peut-être l'entretien en allant directement chez elle.

Elle avait choisi le lieu et le moment de la révélation, dans l'espoir que ça suffirait à les laver, elle et Danielle, une fois pour toutes.

La femme avait répondu à son mail trois heures après l'avoir reçu, malgré le jour férié : « *Liora, je serais ravie d'entendre votre histoire et de vous aider, si je peux. Merci de m'avoir contactée, voulez-vous que nous parlions d'abord par téléphone ou préférez-vous qu'on se fixe tout de suite rendez-vous ? Dites-moi ce qui vous convient. Sigal.* »

Liora lui proposa une rencontre pour le jour de la reprise. Et de préférence l'après-midi ou le soir parce que, le matin, elle travaillait dans une crèche.

Je n'ai rien fait d'autre que de veiller sur ma fille, et toutes les mères que je connais auraient agi de la même manière.

Au lieu de protéger ma gamine et de punir celui qui l'a violée, on nous interroge, elle et moi, ainsi que d'autres membres de notre famille et on nous humilie tous.

L'appel de Wahaba arriva une ou deux minutes après qu'elle eut terminé sa conversation avec Mordekhaï – à croire que son plan marchait encore mieux que prévu. Ou alors quelqu'un, là-haut, l'aidait à le mener à bien.

« Je vous attendais, Esthy, dit-elle à l'enquêtrice. Je sais ce que vous voulez, et je n'ajouterai rien aux propos de mon avocat. Je ne confirme pas et je ne démens pas, mais je vous répète que vous ne devriez pas vous acharner sur nous. Et encore moins sur Mordekhaï. Dans cette histoire, nous sommes les victimes, pas les coupables. »

Esthy Wahaba fut étonnée de la trouver aussi bien préparée. Il en fut de même le lendemain, en salle d'interrogatoire.

« Nous avons été informés que Danielle a été violée et qu'elle s'est retrouvée enceinte..., commença la bigleuse.

— Je me demande bien par qui, l'interrompit aussitôt Liora. Je pense qu'Edry mérite que vous lui donniez un salaire, vu qu'il travaille pour vous. » Puis elle continua en souriant : « Qu'en est-il de Mordekhaï ? Vous l'avez déjà interrogé aujourd'hui ou vous avez l'intention de le torturer après moi ? »

L'empathie étant de rigueur à cause du viol, Esthy Wahaba ne réagit pas à la provocation et dit calmement : « Liora, le problème, c'est que, pour avancer, nous devons comprendre ce qui s'est réellement passé. Danielle ne collabore pas. Je suppose que vous savez qu'elle a été interrogée à Paris, vous lui avez sûrement parlé. »

Liora sourit à nouveau : la policière comprenait enfin qui tenait les rênes de cette affaire.

« Danielle ne veut pas porter plainte ni même parler de ce viol. Et vous, vous refusez de m'en donner les détails, donc je fais ce que je peux. Pour l'instant, je n'ai aucune preuve concernant un tel acte, et rien sur l'identité d'un éventuel agresseur. Je vais donc procéder à un test de paternité sur

Mordekhaï et aussi peut-être sur Maxime, le mari de Mikhal, sauf si vous m'aidez en confirmant qu'il y a bien eu viol et en me donnant le nom de celui qui a fait ça. Je ne peux rien sans que vous ou votre fille m'aidiez.

— Qu'avez-vous contre Mordekhaï, vous pouvez m'expliquer ? Cherchez votre coupable ailleurs », lâcha Liora, consciente que c'était un premier aveu, quoique indirect, de la réalité du viol.

La bigleuse leva vers elle ses yeux mouillés, on aurait dit qu'elle venait de pleurer ou était sur le point de le faire, et se lança dans un nouveau discours pour la convaincre qu'elle n'était pas son ennemie. Dès les premiers mots, Liora comprit qu'elle pourrait en tirer avantage pour simuler un accablement soudain et révéler le nom du violeur – sans que ça ait l'air d'une décision mûrement réfléchie.

« Écoutez, je veux vraiment aider Danielle. Vraiment. Le viol fait partie des crimes qui sont pris très au sérieux par la police, et par moi aussi bien sûr. Mais j'ai besoin que vous me disiez ce que vous savez pour que je puisse travailler. »

Vous voyez comme je ramollis à vue d'œil ?

Dans un instant, je m'effondre et vous déballe tout.

Allez-y, continuez votre baratin.

« Bon, voilà comment on va procéder : je vais vous communiquer ce que je sais pour l'instant, OK ? Je vais partager avec vous tout ce que j'ai dans le dossier, bien que je ne sois pas censée le faire, uniquement pour vous prouver que je suis de votre côté et que je cherche à vous aider. Vous pouvez d'ailleurs demander à votre avocat, il vous confirmera que je n'ai pas le droit de vous parler du dossier, que je sors de la procédure légale. Mais je le fais parce que je crois que

Danielle a effectivement été violée et que vous avez toutes les deux essayé de le cacher, puis de cacher la grossesse, peut-être par peur d'en parler, peut-être aussi parce qu'on vous a menacées. Ça explique l'avortement clandestin, l'abandon du bébé et l'exfiltration chez votre amie Marcelle. Pour mettre votre fille hors de portée de qui lui voudrait du mal. Oui, je vous crois quand vous dites que c'était pour la protéger. Sincèrement. Mais ma conviction seule ne suffira pas. Je dois produire des preuves recevables au tribunal. C'est pour ça que j'ai besoin du nom du coupable. Je pourrai ensuite rassembler des éléments à charge et rédiger un acte d'accusation. Acceptez-vous de m'aider ? »

C'était le moment. Liora secoua la tête, la bigleuse soupira : « Bon, je ne vous comprends pas, mais c'est votre choix. Attendez-moi ici pendant que j'emmène Mordekhaï faire son test de paternité. » Et elle se leva de sa chaise.

C'est alors que Liora explosa : « Mais enfin, laissez-le tranquille ! Je vous conseillerai plutôt d'emmener un garçon nommé Amir Suwan faire ce test, d'accord ? Vérifiez donc sa paternité à lui, pas celle de Mordekhaï.

— Amir Suwan ? C'est le nom du père ?

— Testez-le. On verra bien ce que vous découvrirez. Ce n'est pas mon rôle.

— Pouvez-vous me donner son adresse ? Ou son numéro de téléphone ?

— Et aussi que j'aille à Jaffa à votre place pour lui passer les menottes ? »

~

L'après-midi au café, le ton fut totalement différent. La journaliste arriva en retard parce que Waze l'avait baladée dans tout Bat-Yam et qu'elle n'avait pas trouvé facilement le centre commercial. En l'attendant, Liora avait commandé un café au lait bien fort et un sandwich aux œufs et aux aubergines. Mordekhaï ayant été renvoyé chez lui sans test et sans interrogatoire, elle supposa que la police avait déjà débarqué chez la famille Suwan, peut-être même que le garçon avait été arrêté. Elle vit la journaliste entrer dans l'établissement, se leva et lui fit un signe pour s'identifier. La femme lui tendit une main moite, très froide, et s'excusa de son retard.

Ce qui étonna Liora fut non pas de constater qu'elle paraissait plus âgée qu'à l'écran, mais qu'elles étaient aussi petites l'une que l'autre, à un ou deux centimètres près. Et aussi de se rendre compte, dès qu'elles furent assises face à face, que même si cette Sigal était une vedette des médias elle n'avait ni plus de force ni plus d'assurance qu'elle. Simplement elle accordait plus de soin à sa personne. Quelques consommateurs du café la reconnurent et la regardèrent, mais elle n'en fit aucun cas, comme si cette attention ne la concernait pas. Elle commanda un thé au gingembre, menthe et citron, puis se tourna vers Liora : « Donc, d'après ce que vous m'avez écrit, vous avez des informations à me communiquer sur l'enquête concernant le bébé abandonné. Avant toute chose, je tiens à vous prévenir que j'ai moi-même effectué quelques recherches, je sais donc que vous avez été auditionnée plusieurs fois par la police du secteur Ayalon. À ce propos, vous rappelez-vous qui vous a entendue ? Était-ce le chef du service d'investigation, Avi Avraham ? »

La journaliste lui parlait d'égale à égale, sans condescendance – ce qui rendrait la suite des événements encore plus incompréhensible, y compris parce qu'elles se séparèrent chaleureusement, la femme la prit dans ses bras, et comme elles avaient la même taille et à peu près le même âge, un observateur extérieur aurait pu les croire sœurs. Bon, elle ne lui demanda pas de poursuivre la conversation dans son appartement, mais promit de la rappeler pour fixer un nouveau rendez-vous où elle viendrait avec son caméraman. Aucun doute que la confession de Liora l'avait touchée.

« C'est moi qui ai abandonné la petite, avait-elle dit d'entrée de jeu. Au début, j'ai nié, mais finalement j'ai avoué et je suis prête à répéter mes aveux, devant les caméras s'il le faut, et à expliquer au monde entier pourquoi je l'ai fait.

— OK. Expliquez-le-moi d'abord.

— Au début, ils ont cru que c'était mon bébé, mais c'est faux. Ce bébé est celui de ma fille Danielle. Elle a seize ans. Ça aussi, je le leur ai dit. Elle est tombée enceinte après un viol dont elle n'a parlé à personne, pas même à moi. Elle ne me l'a révélé qu'au sixième mois de sa grossesse… Non, septième. Avant, ça ne se voyait pas ou à peine, elle a bien caché son état, personne ne s'en est rendu compte. Moi non plus. On a donc décidé d'avorter, mais quelque chose a mal tourné et ça n'a pas marché. J'aurais peut-être dû emmener la prématurée à l'hôpital un peu plus tôt, sachez que nous n'avons jamais voulu la mettre en danger. D'ailleurs, c'est moi qui m'en suis occupée tout ce temps. Je lui ai sauvé la vie. C'est juste qu'on ne pouvait pas la garder avec nous et l'élever. »

La journaliste lui effleura la main exactement au moment où la serveuse s'approchait de leur table pour déposer sa tasse de thé.

« Je suis vraiment désolée d'apprendre ce qui est arrivé à votre fille, Liora. Pour vous et surtout pour Danielle. C'est dramatique de penser que, de nos jours, des femmes – en l'occurrence des adolescentes ! – ont encore honte de dire qu'elles ont été violées, comme si c'était leur faute, et qu'elles en viennent à le cacher, même à leurs propres parents. Où se trouve Danielle en ce moment ?

— En France. Elle se remet et va bientôt rentrer. Elle sera ravie de vous rencontrer. À vous, elle racontera tout.

— Avez-vous informé la police ?

— Bien sûr. Je leur ai même donné le nom du coupable. Mais je veux vous dire quelque chose de plus : le garçon niera les faits et prétendra qu'il s'agissait de relations consenties.

— C'est ce qu'ils font toujours.

— Exactement. Alors sachez que vous ne devez pas le croire. Peut-être qu'il n'a pas usé de la force contre ma fille, mais il l'a violée. Violer, ce n'est pas seulement user de force physique, je suis sûre que vous me comprenez.

— C'est clair. Tout ce que Danielle n'avait pas envie qu'on lui fasse, c'est du viol. Même sans y avoir été obligée de force. Pouvez-vous me dire quel âge a cette personne ? Parce que, s'il s'agit d'un adulte, la question du consentement, vu qu'elle est mineure, n'entre pas en ligne de compte et ce sera jugé comme un crime.

— De toute façon, elle n'était pas consentante. Elle ne voulait pas de lui. Ça, je peux vous l'affirmer. »

La journaliste posa son téléphone rose sur la table. Comme les mots étaient déjà prêts, ils sortirent avec naturel et clarté dès que le dictaphone fut enclenché. Liora vit aussi à quel point cette Sigal se sentait concernée par tout ce qu'elle disait. Elle songea qu'elle interviewerait sûrement la bigleuse. Peut-être même la filmerait-on. Liora l'imaginait facilement en train de bégayer devant les caméras, essayant de cacher ses yeux malades.

« Savez-vous ce que pense la police de la version du garçon ? demanda la journaliste.

— Non. Je ne suis même pas sûre qu'on l'interroge.

— Pourquoi ?

— Je ne sais pas. Demandez-le-leur. Ils m'interrogent moi, ils harcèlent ma famille. On a déjà été échaudés, nous, par la police. Il y a quelques années, il est arrivé quelque chose à mon mari, je ne sais pas si on vous en a informée. Si vous voulez, je peux aussi parler de cette affaire. Et ça recommence aujourd'hui, ils nous traquent, nous, au lieu de punir celui qui a fait tant de mal à ma fille. »

La serveuse était loin, plus personne ne regardait dans leur direction.

« Eh bien, allons-y. Je vous garantis que cet enregistrement n'est que pour moi, je m'engage à ne le divulguer à personne, ni dans sa totalité ni partiellement, sans votre autorisation explicite. On est d'accord ? Allez-y, ça enregistre. »

La prière qu'elle fit intérieurement fut la même que celle qu'elle s'était chuchotée en salle d'interrogatoire quand tout avait débuté.

Le Seigneur était avec lui ; et ce qu'il entreprenait, le Seigneur le faisait réussir.

Et Liora commença son récit, comme elle s'y était préparée, par le jour où Danielle était venue la trouver en larmes et lui avait annoncé qu'elle n'avait pas ses règles depuis trois mois.

TROISIÈME PARTIE

PARIS, FACE À LA SEINE

11

Le vol El-Al 323 atterrit à Paris à 6 heures du matin. Quatre heures plus tard, Avraham était assis en face d'Annette Mallot, dans un café non loin de l'appartement où avait vécu Raphaël Chouchani. Cette rencontre était pour lui la vraie raison de son voyage, mais personne n'en savait rien. Ni Marianka qui l'accompagnait, ni Benny Seban, qui avait validé ce déplacement, ni la commissaire divisionnaire Idith Guerti, qui avait envoyé son chauffeur à l'aéroport pour les conduire à leur hôtel. Après avoir déposé leurs bagages dans la chambre et pris un petit-déjeuner, Avraham avait prétexté un rendez-vous avec sa collègue à l'ambassade. En réalité, il s'était engouffré dans la bouche de métro à la station Vavin et avait pris la ligne 4 puis la 1 direction Château-de-Vincennes – un trajet dont il avait noté les détails dans son cahier noir avant de partir.

À son retour, il ne parla pas davantage de ce que lui avait appris Annette Mallot au café. Tout comme de ce qu'il avait vu au 89 du boulevard de Picpus. Et ce bien qu'après sa rencontre avec la fille de Chouchani et la fouille de l'appartement il n'ait plus douté de la légitimité de son enquête parisienne. Mais il avait compris que, s'il n'agissait pas avec intelligence et prudence, il allait le payer cher.

~

Dès que le chef avait été informé que le dossier sur l'abandon du bébé devenait une enquête pour viol et risquait de faire la une des infos à cause de l'âge des protagonistes mis en cause et de l'identité du suspect, il avait rapidement autorisé le départ de son commissaire pour Paris… D'autant qu'Ilana Assayag, qui avait déjà reçu l'appel d'une journaliste judiciaire, lui avait assuré que ce n'était qu'une question de temps avant de voir cette affaire éclater au grand jour et conseillé de tout mettre en œuvre « pour que le secteur sorte gagnant d'une telle médiatisation ». Seban avait donc vu d'un très bon œil le fait qu'Avraham prenne en charge l'interrogatoire de l'adolescente. Il autorisa son chef du service d'investigation à s'absenter deux jours de son bureau et ordonna aux ressources humaines de lui acheter un billet d'avion. Avraham s'occupa de celui de sa femme, prétextant qu'un séjour à Paris serait l'occasion pour eux deux de passer un peu de temps ensemble – « en Israël, on se voit à peine », avait-il expliqué à Seban. Il avait ajouté que Marianka en profiterait pour rencontrer ses parents qui viendraient spécialement de Bruxelles. Il ne pouvait pas donner la véritable raison pour laquelle il la voulait à ses côtés – l'autre enquête qui nécessiterait peut-être son aide : ni elle ni Seban ne le soupçonnaient de ne pas l'avoir close.

Marianka s'endormit avant même le décollage. Sa tête tomba sur l'épaule d'Avraham et lui, qui, habituellement, dormait comme un loir en avion, ne ferma pas l'œil. Il essaya de regarder le film projeté sur le petit écran devant lui, mais les écouteurs lui griffaient les oreilles. Ensuite, l'homme de grande taille assis à sa gauche sortit vainqueur de leur lutte pour l'accoudoir. C'était la première fois qu'il voyageait dans le cadre d'une enquête, mais ce n'était pas la seule chose qui lui arrivait pour la première fois : jamais, auparavant, il n'avait omis d'informer sa hiérarchie des investigations qu'il prévoyait de mener et jamais il n'avait dissimulé leur résultat. Or, en l'occurrence, il n'avait parlé à personne du mystérieux numéro de téléphone qu'il avait appelé et qui lui avait confirmé l'existence d'un certain Ben-Hayat, apparemment l'officier traitant de Chouchani. Il n'avait pas non plus expliqué que le but de son voyage à Paris était, au premier chef, d'essayer de savoir ce que le Français cherchait en Israël et pourquoi il avait été assassiné.

Chaque fois qu'il réfléchissait à ses enquêtes et à la manière dont il les dirigeait, il avait comme un regard extérieur et sentait la présence d'Ilana à ses côtés. Les mots qu'elle lui avait adressés dans sa lettre d'adieu introuvable auraient-ils pu l'aider ? Et qu'est-ce qui l'avait poussée, les derniers jours de sa vie, à rouvrir l'enveloppe qui lui était destinée et à changer la formulation de ce qu'elle avait écrit ? Il lui aurait révélé, à elle, la raison de son voyage, même si, à un certain moment, ils s'étaient un peu éloignés l'un de l'autre. Il serait monté dans son bureau – aujourd'hui occupé par Benny Seban –, aurait allumé une cigarette pour lui, une pour elle, la cheffe serait allée ouvrir la fenêtre puis elle aurait tenu à ce qu'il lui explique clairement pourquoi il gardait cette enquête secrète et pourquoi il n'avait informé aucun collègue de son intention de rencontrer Annette Mallot et d'aller fouiller l'appartement de Chouchani.

De qui et de quoi as-tu peur exactement ? l'entend-il lui demander, et il répond que le terme « peur » n'est peut-être pas adéquat.

Simplement, je ne sais pas si je suis censé poursuivre mes recherches, Ilana. Plus j'avance, plus j'ai l'impression que personne n'est censé les poursuivre. Tu crois que je me trompe ?

Avraham se souvint de l'amertume qu'il avait ressentie, des années auparavant, lorsque le parquet avait décidé de clore une enquête qui ciblait un homme d'affaires proche du maire de la ville. Ilana lui avait alors asséné la règle du jeu : « Du rez-de-chaussée, impossible de voir ce qui se passe sur le toit, Avi. Ou de saisir le tableau dans sa globalité. Toi et moi vivons et travaillons au rez-de-chaussée. Là est notre place. Alors à quoi bon se tordre le cou ? Tu n'y gagneras qu'un torticolis. Ou pire : tu seras pris de vertige. »

Derrière le hublot, l'obscurité était totale. Sans la moindre nuance.

Le steward passa dans les rangs avec un chariot pour proposer un frugal dîner nocturne, Avraham demanda un plateau pour Marianka aussi et, une heure avant l'atterrissage, il avala la crêpe froide qui s'y morfondait.

S'il voulait se détendre et espérer dormir ne serait-ce qu'un peu, il devait cesser de s'imaginer au bord d'un toit, les pieds dans le vide, à sentir approcher derrière lui les inconnus qui l'avaient devancé dans la chambre 203 et dans l'appartement du boulevard de Picpus. Il essaya ensuite de trouver le sommeil en lisant les instructions rédigées spécialement pour lui par Esthy Wahaba, puis il passa au roman de Leonardo Sciascia qu'il avait emporté, mais dès les premières lignes, ses pensées se remirent à vagabonder. La dernière fois qu'il s'était rendu à Paris, se souvint-il, il avait fait le voyage avec une fille qu'il aurait dû épouser quelques mois plus tard, mais, dès leur départ, il avait senti qu'il préférait ne pas se marier. Cette escapade n'avait fait qu'accélérer les choses. De retour en Israël, ils avaient effectivement repoussé la date de la cérémonie, et si leur liaison avait perduré plus d'un an, cela tenait surtout au fait qu'ils étaient tous les deux très attachés à leur chien, un bâtard nommé Sherlock. Seule sa mort inattendue dans un accident de voiture leur avait permis de commencer une nouvelle vie – séparément.

Le souvenir de cet énorme chien noir écrasé au milieu de la chaussée, la langue gouttant sur l'asphalte, ramena dans son esprit le cadavre de Chouchani.

Le touriste français était rentré chez lui dans un cercueil deux jours auparavant, peut-être par le même appareil que celui dans lequel je vole actuellement, se dit-il, et il ajouta à la liste qu'il avait préparée pour Annette Mallot une question sur le cimetière où avait été enterré son père. Ce fut là-dessus que ses yeux se fermèrent.

Quatre minutes plus tard, il était réveillé en sursaut par le commandant de bord qui annonçait l'imminence de l'atterrissage.

Annette Mallot l'attendait déjà dans le café. Il la reconnut grâce à sa ressemblance avec son père. Elle était relativement grande, pas autant que son père, et aussi maigre que lui. Elle semblait avoir dépassé la quarantaine alors qu'il s'attendait à voir une trentenaire, portait un jean, une fine veste en coton noir, et, lorsqu'elle lui tendit la main, il ne vit pas d'alliance sur ses longs doigts. La première pensée qui lui vint à ce contact fut qu'il ignorait son métier. Son compagnon, qu'elle lui présenta sous le nom de Frederic Gluser, était plus petit qu'elle. Un chauve à lunettes. Avraham en conclut que c'était l'homme qui parlait allemand à côté d'elle chaque fois qu'ils avaient discuté par téléphone.

Il s'était demandé, avant de venir au café, s'il devait l'informer que leur rendez-vous était hors procédure officielle. Mais dès qu'ils s'assirent, avant même d'avoir eu le temps de commander, Annette Mallot le pressa : pouvait-il lui expliquer ce qui était arrivé à son père ? Cette question balaya ses hésitations sans qu'il s'en rendît compte.

« L'enquête n'est pas encore terminée, mais la police pense que votre père a été assassiné par les trafiquants de drogue qui l'ont envoyé en Israël. Nous n'avons pas de noms, mais c'est l'axe principal de nos investigations. Cela dit, je suis venu pour m'assurer que nous n'avons pas négligé d'autres pistes importantes », répondit-il, omettant de lui préciser qu'on ne l'avait pas envoyé pour cela et utilisant la première personne du pluriel comme s'il ne représentait pas que lui-même.

Annette Mallot s'insurgea aussitôt : son père n'était impliqué dans aucun trafic criminel, elle trouvait cette version des faits totalement inacceptable.

« Vous devez tout de même avoir conscience que nous ne l'avons pas vu depuis longtemps et que nous ne savons pas grand-chose de sa vie, n'est-ce pas ? intervint Gluser. À quand remonte notre dernière rencontre ? À plus de six mois, non ? »

Lorsque Avraham leva les yeux vers Annette Mallot, il vit le visage gris de son père au moment où les policiers l'avaient sorti de l'eau.

Bien que visiblement agacée par les réserves de son compagnon, elle acquiesça. Y avait-il aussi une similitude entre les gestes et les expressions de visage de la fille et du père ? se demanda-t-il, incapable de répondre, puisqu'il n'avait pas rencontré Chouchani de son vivant. Pourtant, il avait bien l'impression que leur ressemblance ne s'arrêtait pas à la taille ou au teint, même s'ils ne s'étaient pas beaucoup fréquentés depuis qu'il avait abandonné Annette à peine âgée de six ans.

Si Avraham voulait qu'elle lui confie ce qui, à son avis, était arrivé, il devait partager avec elle les doutes que lui inspirait cette affaire... tout en évitant d'en dire trop.

« La raison pour laquelle je suis ici... », commença-t-il. Il remarqua que Gluser observait le rond-point derrière son dos, comme s'il attendait l'arrivée de quelqu'un, mais enchaîna : « ... c'est que nous ne sommes pas totalement convaincus que le meurtre soit lié au trafic de drogue. Certains indices pointent dans cette direction, mais d'autres nous orientent vers un mobile différent. J'aimerais vous poser quelques questions au sujet de la vie de votre père et ensuite aller jeter un coup œil dans son appartement, si vous n'y voyez pas d'inconvénients. Je tiens aussi à vous informer que je n'ai pas d'habilitation pour vous interroger en France et que vous n'êtes pas obligée de me répondre, de même que je ne suis pas habilité à perquisitionner l'appartement. Je crois cependant que plus il y aura de collaboration entre nous, plus l'enquête avancera vite.

— Bien sûr. C'est pour ça que nous sommes venus à Paris et que nous n'avons pas encore déclaré le cambriolage à la police française », dit-elle.

Là, Avraham ne put se retenir et embraya aussitôt sur la question qui lui brûlait les lèvres : « Vous m'avez dit que ces dernières semaines votre père ne se sentait pas en sécurité. Que quelqu'un le menaçait. Pouvez-vous me préciser ce qui vous a ainsi alertée ? »

Gluser remua sur sa chaise comme si la question l'embarrassait. Quant à Annette Mallot, elle hésita un instant, semblant évaluer la fiabilité de son interlocuteur :

« Oui. Il était inquiet, finit-elle par confirmer. Et pas seulement pour lui-même, pour Sarah aussi. Surtout pour Sarah peut-être. D'après lui, ils étaient tous les deux en danger. Et je sais que ça avait un rapport avec le Mossad. Vous ne travaillez pas avec eux, n'est-ce pas ? »

~

Durant toute leur rencontre, personne ne vint s'asseoir à une table voisine. Le café resta vide, à l'exception d'un vieil homme de plus de quatre-vingt-dix ans, vêtu d'un costume lie-de-vin, totalement édenté, attablé à l'autre bout de la salle et qu'Avraham remarqua en allant aux toilettes. Il était encadré par deux femmes blondes, la quarantaine, assises sur la banquette en velours rouge. L'une lui tripotait la main comme si elle lui faisait les ongles.

Il but trois expressos dont il augmenta l'efficacité en y

ajoutant un carré de sucre, espérant ainsi mieux surmonter la fatigue de son vol de nuit.

Il n'enregistra pas leur conversation et ne la transcrivit dans son cahier que lorsqu'il fut dans le métro sur le chemin de l'hôtel. Et c'est à ce moment-là qu'il se rendit compte que les propos d'Annette Mallot, dont il consignait l'essentiel, contenaient davantage d'hypothèses que de faits avérés. Pourtant, grâce à elle, il en savait maintenant beaucoup plus.

Raphaël Chouchani est né à Tunis.

Il était adolescent quand, à la fin des années soixante, toute la famille a quitté la Tunisie pour sauver son entreprise de tissus, vêtements et chaussures de luxe importés de France.

D'après Annette Mallot, un des frères de son père et quelques parents plus éloignés étaient restés sur place et s'occupaient partiellement des affaires. Raphaël Chouchani se rendait régulièrement à Tunis et à Djerba, elle se souvenait même vaguement d'un ou deux voyages auxquels elle avait participé gamine, mais comme ses parents s'étaient séparés quand elle avait six ans, elle n'avait plus aucun contact avec cette branche-là de la famille, à supposer qu'ils soient toujours en vie. « C'est aussi ce qui explique que je ne parle pas hébreu et que je ne suis jamais allée en Israël, avait-elle dit à Avraḥam comme pour s'excuser. De mon côté, on est athée, d'origine catholique. Ma mère, qui n'avait pas d'affinités particulières avec les Juifs ou Israël, savait que la famille de mon père ne l'acceptait pas parce qu'elle n'était pas juive. D'ailleurs, je pense que moi aussi j'ai ressenti cette réticence, par exemple venant des parents de mon père que je voyais de temps en temps à Paris. Déjà à l'époque, je les trouvais injustes, je portais leur nom, Chouchani, et mon père était leur fils. C'est peut-être à cause de ça que je ne suis jamais allée en Israël. Cela dit, la principale cause de l'échec de leur mariage, qui n'a jamais bien fonctionné, est à chercher ailleurs. Le grand problème, d'après ma mère, c'était ses nombreux voyages. En Tunisie, au Maroc, au Liban et parfois en Égypte aussi, je pense. Il annonçait qu'il partait pour deux semaines mais s'éternisait, sans explications convaincantes. Apparemment, il avait des maîtresses dans certaines villes – ce que ma mère a fini par découvrir. » Raphaël Chouchani et Hélène Mallot avaient divorcé en 1985. Deux ans plus tard, Hélène s'était remariée avec un ingénieur qui travaillait chez Kodak. Pour le suivre, Annette et sa mère avaient quitté Paris et s'étaient installées à Metz.

Après le divorce, la relation entre le père et la fille était devenue irrégulière, se résumant surtout à des appels téléphoniques et des cartes postales envoyées au gré des voyages de Raphaël. Leurs rares rencontres à Metz avaient lieu dans des bistros, parce que le nouveau mari refusait de le laisser entrer chez eux.

« On s'est vus comme ça à quatre ou cinq reprises maximum, me semble-t-il. Il me promettait toujours qu'après son prochain déplacement il me prendrait chez lui, mais ça ne s'est jamais concrétisé. » C'était à peu près à cette époque, estimait-elle, que son père avait commencé ses visites en Israël. « Il allait peut-être voir des parents éloignés, mais j'en doute car quasiment toute sa famille a fini par immigrer en France. Je pense plutôt à des liens avec le Mossad. D'ailleurs ma mère plaisantait en disant qu'il cherchait peut-être là-bas une femme à épouser et qu'il avait sûrement été engagé par le Mossad.

— Comment le savait-elle ? Pourquoi lui aurait-il fait une telle confidence alors qu'ils avaient déjà divorcé ? s'était étonné Avraham.

— Aucune idée. Peut-être lui en avait-il parlé avant leur divorce. De toute façon, après leur séparation, et bien qu'elle se soit remariée, ils ont continué à se voir. Elle l'aimait toujours et je pense que lui aussi. Je sais qu'elle n'en a jamais parlé à Hervé, son nouveau mari, et qu'elle voyait mon père en cachette. Quant à ses activités d'agent, on le savait, c'est tout. Quelqu'un a dû finir par me dire à moi aussi que ses voyages n'étaient pas de simples voyages d'affaires. C'était un fait connu, mais dont nous ne parlions pas parce que mon père ne le mentionnait jamais. »

Avraham, qui avait songé à la mettre au courant de sa conversation avec Keren réfutant toute collaboration entre Chouchani et le Mossad, décida de s'en abstenir pour l'instant. Mieux valait la laisser continuer son récit et espérer qu'elle lui apporterait des faits et pas seulement des légendes familiales.

« Donc vous n'avez jamais entendu votre père dire quoi que ce soit sur son travail pour le Mossad ? Vous ne pensez pas que c'était sa manière de cacher ses infidélités ?

— En fait, si, je l'ai entendu en parler au moins deux fois. En 2001, je me suis inscrite à la fac d'histoire et de philosophie à Paris où je m'étais réinstallée, et les liens avec lui se sont resserrés. On n'organisait pas de dîner de shabbat ensemble, mais on se voyait toutes les deux ou trois semaines.

Il venait chez moi, j'habitais dans le 18e, et il m'apportait systématiquement un truc qui, selon lui, me manquait. Un téléviseur par exemple et une autre fois, il me semble, un ventilateur. Il habitait alors dans le 14e, un petit appartement très agréable, rue de la Gaîté, j'y suis allée à deux ou trois occasions mais n'y ai jamais passé la nuit. Il y a aussi eu une femme qui s'est installée chez lui, elle s'habillait comme une dame du XIXe siècle, j'ai l'impression qu'elle s'appelait Pascale, aucune idée de la manière dont il l'avait rencontrée ni de combien de temps ils sont restés ensemble. Il était fier que je me sois inscrite à la fac et que j'aie choisi l'histoire et la philo, on en parlait beaucoup. Quand parfois je lui demandais quel était exactement son travail, il me répondait qu'il investissait dans l'immobilier, exportait des articles de mode et servait d'intermédiaire dans des transactions d'import-export. Je me souviens qu'une fois il m'a dit : "Je vends la réputation de la mode française." Et je me souviens aussi d'avoir été étonnée par ce choix, parce que, même s'il n'a pas fait d'études, il lisait beaucoup, avait toujours un magazine ou un livre à la main. De plus, il parlait français, arabe, anglais et assez bien l'hébreu que, je crois, il avait appris dans l'enfance. Je lui ai un jour demandé s'il s'épanouissait dans ses activités et il m'a répondu que oui. Que ce qu'il faisait était important, même si ça ne se voyait pas. Ç'a été sa première allusion. Oui, pour la première fois il sous-entendait qu'il n'était pas uniquement un homme d'affaires.

— À votre avis, il savait écrire en hébreu ?

— Je pense que oui. Quand j'étais petite, il m'a montré comment écrire mon nom en caractères hébraïques, mais j'ai oublié. »

Ce n'était pas la confirmation d'activités pour le Mossad qu'Avraham espérait entendre, ni les faits indiscutables qu'il était venu chercher à Paris, mais au moins il savait à présent que Chouchani avait pu inscrire le nom de *Yaacov Ben-Hayat* sur la fenêtre du Palace.

« C'est tout ?

— Non, répondit Annette Mallot après un instant d'hésitation. Une fois, il en a carrément parlé. »

Elle prit une gorgée du café auquel elle n'avait pas encore touché et il vit qu'elle cherchait du regard les yeux de Gluser.

« Vous pouvez me faire confiance, Annette. Je veux découvrir la vérité sur ce qui est arrivé à votre père. »

Sur le trajet du retour, Avraham nota les questions suivantes dans son cahier : *évocation explicite de son travail pour le Mossad ? Vers juin 2016, peut-être juillet ? Peut-on en déduire son rôle et la nature de son travail ?*

Raphaël Chouchani avait soixante ans en 2016.

Il devait avoir cessé ses activités ou presque, c'était du moins l'estimation d'Annette, ce qui expliquait qu'il se soit un peu lâché. Il voyageait de moins en moins et l'appelait, elle, plus régulièrement. À un moment, elle avait même eu l'impression qu'il avait besoin d'aide et elle était venue le voir à Paris. Étrangement, il n'avait pas voulu la recevoir chez lui – il habitait déjà boulevard de Picpus – et ils s'étaient retrouvés dans un petit restaurant portugais de son ancien quartier, un endroit qu'il appréciait. L'attitude de son père à cette occasion l'avait alertée.

Ce n'était pas un grand buveur, mais au cours de ce repas il s'était saoulé et paraissait dans un état psychologique dégradé. Il lui avait dit que ses affaires marchaient moins bien, qu'il n'avait plus la force pour les longs voyages, qu'il voulait prendre sa retraite mais n'était pas certain de pouvoir financièrement assurer sa vieillesse. Quelque chose de très douloureux se dégageait de ses propos, une grande solitude, pesante. Elle lui avait demandé d'arrêter de boire, mais il avait continué. Au bord des larmes, il lui avait aussi dit qu'Hélène, morte d'un cancer, lui manquait. Qu'elle avait été l'amour de sa vie et qu'il avait fait une erreur en la laissant partir. Que s'il pouvait tout recommencer, il choisirait de rester auprès d'elle et d'Annette, que la chose qu'il regrettait le plus c'était qu'ils se connaissaient si mal, elle et lui, qu'il en savait bien peu sur sa fille et la vie qu'elle menait, alors qu'elle serait la seule chose de lui qui resterait en ce monde après sa mort. « Qu'est-ce que tu voudrais savoir ? lui avait-elle demandé.

— Tout. Pourquoi tu as choisi de devenir prof, est-ce que tu aimes ton métier, qu'est-ce que tu penses de ton mari, pourquoi vous n'avez pas d'enfants ? Je n'étais même pas à votre mariage. J'aurais aimé pouvoir assister à tes cours, t'entendre enseigner l'histoire. Et aussi qu'on fasse des voyages ensemble, comme je te l'ai promis quand tu étais petite. Tu t'en souviens ? De quoi d'ailleurs te souviens-tu des années où nous vivions sous le même toit ? »

Avraham essaya de se représenter la fille et le père – qu'il revêtit du costume marron de son arrivée en Israël – assis face à face dans un restaurant. Chouchani ivre, prêt à éclater en sanglots. Ce qu'il avait dit à sa fille le ramena à ce qu'il avait dit au chauffeur de taxi et à la douanière de l'aéroport.

« C'est vrai, avait répondu Annette à son père. Tu ne sais pas. Moi non plus, je ne sais rien de toi. C'était ton choix. »

Et soudain, il avait déclaré : « Si tu pouvais seulement t'imaginer à quel point j'ai passé ma vie à avoir peur. »

Une telle sincérité l'avait prise au dépourvu et effrayée.

« Pourquoi tu dis ça ?

— Peu importe. La vie fait peur, tu ne trouves pas ? »

Après une nouvelle gorgée de vin, il avait prononcé des phrases dont elle se souvenait encore, mot pour mot, tout comme Avraham, qui les nota dans son cahier : *Tu ne sais pas à quel point c'est effrayant d'attendre avant un rendez-vous à Beyrouth et de ne plus te rappeler si tu es censé être un vendeur de chaussures vivant à Tunis ou un investisseur suisse qui cherche de bonnes affaires dans l'immobilier. C'est le trou de mémoire total. Tu as oublié sous quel nom tu t'es présenté à la secrétaire qui a fixé ce rendez-vous et t'a accueilli, mais ce que tu sais, c'est que la moindre erreur peut te coûter la vie.*

« Et tu fais quoi dans ce cas-là ?

— Tu pisses dans ton froc, avait-il répondu en riant. Presque. De peur. Tu t'excuses et demandes à la secrétaire où sont les toilettes, tu y entres, tu t'enfermes dans un box, tu tires la chasse d'eau, tu en profites pour sortir ton passeport de la poche de ta veste et tu découvres que, ce jour-là, tu es Jacques. Alors seulement la peur s'estompe un peu, tu te passes de l'eau froide sur le visage, tu sors des toilettes et souris. En espérant juste que tu ne t'es pas trompé le matin, que tu as pris le bon passeport et que Jacques, c'est bien celui que tu es censé être à cet endroit. »

Avraham l'interrompit en essayant de contenir son excitation :

— « Vous êtes sûre qu'il a dit Jacques ? Il vous a dit : "Que Jacques, c'est bien celui que tu es censé être" ?

— Oui, je me souviens de chaque mot de cette conversation. Ensuite, il a dit : "Pourquoi est-ce que je te raconte tout ça ? Pour me faire plaindre ?" Penser qu'il avait traversé de telles épreuves sans que personne en ait jamais eu conscience m'a fait beaucoup de peine. Mais pourquoi me questionnez-vous sur le prénom Jacques ? »

Avraham ne répondit pas.

C'est ce que tu voulais être, la nuit où tu t'es enregistré au Palace ? Jacques Bertoldi. Ce n'était donc pas la première fois.

« Et vous n'avez pas trouvé bizarre qu'un exportateur d'articles de mode ou un investisseur immobilier soit confronté à de telles situations ?

— Je vous l'ai dit. Je n'ai jamais cru qu'il se contentait de faire du commerce. »

À partir de cet instant, Avraham sut qu'il n'était pas venu à Paris pour rien. Et même si dans son cahier noir, en marge de ce qu'avait dit Chouchani à sa fille, il noterait une réserve : *ça peut correspondre à des activités avec le Mossad, mais aussi à toutes sortes de magouilles tordues, des arnaques sous fausse identité, de la contrebande et autres trafics frauduleux*, il pensait tout de même qu'Annette, comme sa mère, Hélène, ne se trompait pas sur la nature des secrets de Chouchani.

La peur décrite par le Français s'était à présent insinuée en lui et se renforça au fil de leur rencontre, mais il tint bon.

« Il y a une chose que je ne comprends pas, dit-il. Lorsque

je vous ai appelée pour vous informer de la disparition de votre père, vous avez tout de suite mentionné le Mossad comme étant lié à son voyage en Israël. Or, vous venez de me dire qu'il avait pris sa retraite il y a quelques années, non ? Alors qu'est-ce qui vous fait croire que ses anciennes activités ont un rapport avec ce qui lui est arrivé ?

— Sarah, répondit-elle aussitôt.

— Vous pouvez m'expliquer ? Je ne sais rien de cette femme.

— C'est la raison pour laquelle il se sentait menacé. Et la dernière fois qu'on a parlé, il me l'a clairement dit. »

Raphaël Chouchani a fait la connaissance de Sarah Nueima un peu plus d'un an auparavant, à Paris. Après de nombreuses années de célibat et une période de solitude et de dépression.

« Sarah a dans les vingt ans de moins que lui. Elle doit avoir mon âge. Je ne l'ai rencontrée qu'une seule fois, et elle m'a, moi aussi, fortement impressionnée. Elle est belle, un visage lumineux, un éclat dans les yeux et un merveilleux sourire. C'est aussi une personne très intelligente, qui parle un français impeccable, alors qu'elle est arrivée à Paris il y a moins de dix ans. Tenez, regardez, c'est une photo qu'il m'a envoyée d'un de leurs voyages, à Djerba, je crois. »

Elle tourna vers lui l'écran de son téléphone : on y voyait Chouchani, totalement différent des images de la vidéo de surveillance, attablé avec une femme dans un restaurant, sur la plage, sous un ciel d'un bleu limpide. Un bras autour des épaules de celle-ci, il avait l'air heureux et plein de vie. Elle posait la tête sur son épaule. Avraham demanda à Annette de lui envoyer le cliché.

« À Beyrouth, Sarah était journaliste, continua celle-ci.

Mariée, mère d'un garçon, apparemment déjà grand. Là-bas, elle a fait la connaissance d'un producteur de radio français, a abandonné son mari et son fils pour l'épouser et l'a suivi en France, mais ils ont rapidement divorcé. Elle est restée ici tout en faisant la navette entre Paris et Beyrouth. Je ne sais pas comment elle gagne sa vie, j'ai l'impression qu'elle est la correspondante en France de plusieurs magazines libanais, et mon père m'a dit qu'elle préparait un livre. Je pense qu'il l'a aimée comme il n'avait pas aimé depuis des années. Peut-être même jamais. Son âge, sa beauté et sa vitalité, son indépendance aussi avaient de quoi le conquérir. Et puis, il l'a rencontrée après des années de solitude. D'une certaine façon, elle le ramenait à ses racines, à l'arabe, à la lecture en arabe, à un monde dont il s'était un peu coupé en quittant Tunis. Elle lui donnait à lire ce qu'elle écrivait. Quand je venais chez lui les voir, ils parlaient en arabe une partie du temps. D'après ce qu'il m'a dit, le Mossad n'approuvait pas cette liaison, n'avait pas confiance en Sarah et la soupçonnait de le mettre en danger.

— Qu'est-ce qui lui faisait penser cela ? »

Annette Mallot regarda à nouveau son mari avant de parler, comme en attente de son aval. Gluser paraissait de plus en plus tendu. À vrai dire, elle n'avait aucun moyen de savoir si Avraham ne travaillait pas pour le Mossad et n'était pas là en service commandé dans le seul but de la sonder.

« Il sentait que sa liaison avec Sarah était vue d'un très mauvais œil par l'agence et il s'en inquiétait. Surtout pour elle. Pas pour lui. Il avait peur qu'on s'en prenne à elle. Ils n'habitaient pas sous le même toit et évitaient de sortir ensemble, me semble-t-il. La fois où je l'ai vue chez lui, je leur ai proposé d'aller dîner quelque part, mais il a dit qu'ils préféraient manger à la maison.

— Peut-être avaient-ils peur de son ex-mari, le producteur ? Ou de celui qu'elle avait laissé au Liban ? »

Annette Mallot secoua la tête : « Je ne pense pas et c'est ce que je ne voulais pas vous dire par téléphone. Si je suis persuadée que son voyage en Israël avait un rapport avec elle, c'est pour un événement en particulier : notre dernière conversation remonte à un mois environ. Il m'a appelée après 22 heures pour me demander si je pouvais héberger Sarah pendant quelques jours. J'ai compris qu'il se passait quelque chose et j'ai accepté bien sûr, mais il m'a rappelée le lendemain pour me dire que finalement elle ne viendrait pas. Qu'ils s'étaient arrangés autrement. Quand je lui ai demandé ce qui leur arrivait, il m'a répondu : "Il y a des gens qui n'approuvent pas notre relation, mais ça va aller. On a trouvé le moyen de mettre Sarah à l'abri." Quand j'ai voulu savoir qui les menaçait, il a été plus précis : "Des anciens collègues qui ont du mal à accepter de ne pas tout contrôler et ont oublié que je ne travaillais plus pour eux. »

Les deux conversations qu'elle venait de mentionner apparaissaient sur les fadettes que Jules avait envoyées à Avraham, ce qui ajoutait à la crédibilité de sa parole.

« Pouvez-vous me dire quand Sarah a disparu ?

— Je ne suis même pas certaine qu'elle ait disparu. C'est juste que je n'arrive pas à la joindre, ni au numéro de téléphone que j'ai ni à un autre numéro qu'on m'a donné. Son ex-mari français non plus ne sait pas où elle est, il n'a pas eu de ses nouvelles depuis des semaines. J'ai retrouvé ce monsieur et je l'ai contacté quand vous m'avez annoncé la mort de mon père. Je lui ai demandé les coordonnées de la famille libanaise de Sarah, mais il ne les a pas, et je ne sais pas comment me les procurer. »

Sur les fadettes, on voyait que Chouchani avait essayé de joindre le numéro de Sarah un nombre incalculable de fois. Quant au numéro libanais qui apparaissait aussi, était-ce celui de la famille Nueima à Beyrouth ? Avraham eut soudain la sensation que la liste donnée par Jules recelait une histoire qu'il n'avait pas encore réussi à élucider et qu'il devait y reprendre pour la lire différemment.

« Vous dites qu'ils n'habitaient pas ensemble, n'est-ce pas ?

— Elle vivait entre Paris et Beyrouth, comme je vous l'ai expliqué, je ne connais même pas son adresse ici.

— Savez-vous peut-être à quand remonte leur dernière conversation téléphonique ? »

Elle l'ignorait. Avraham lui posa alors une question qu'il avait prévu de garder pour lui, car il s'était promis de rester prudent et de ne pas mentionner l'homme que Chouchani avait contacté avant de partir et dont il avait écrit le nom sur la fenêtre de l'hôtel avant de se rendre à un rendez-vous d'où il ne reviendrait pas : « Le nom Yaacov Ben-Hayat vous dit-il quelque chose ? L'avez-vous entendu dans la bouche de votre père à un moment quelconque ? »

Annette essaya de se souvenir, en vain.

~

Frederic Gluser accompagna le commissaire jusqu'à l'appartement de Chouchani, car sa femme ne voulait pas y retourner. Lui-même attendit sur le seuil, comme s'il appréhendait de découvrir quelque chose s'il allait plus avant.

À l'intérieur, le désordre était total. L'armoire de la chambre à coucher avait été vidée, les vêtements jetés sur le lit en face, les livres de la petite bibliothèque du salon répandus sur le sol, et tous les tiroirs, dans toutes les pièces – de la cuisine à la salle de bains –, étaient ouverts et leur contenu renversé. Avraham fit le tour des lieux sans rien toucher avec les mains, déplaça ici et là des objets de la pointe de sa chaussure ou de son stylo bleu. Certains manteaux et des vestes de costume béaient, doublure déchirée, comme si on avait fouillé non seulement leurs poches intérieures mais aussi leurs entrailles. La plupart des livres étaient ouverts et retournés, ce qui semblait indiquer qu'on les avait secoués avant de les balancer. Avraham revint à l'entrée de l'appartement et demanda à Gluser si lui ou sa femme avait pris quelque chose et s'ils avaient verrouillé en sortant.

« Nous n'avons bien sûr touché à rien », répondit l'Allemand.

Dans l'appartement, il n'y a aucun objet ayant pu appartenir à Sarah Nueima.

Pas de chemise de nuit, ni de soutien-gorge, ni de brosse à dents. Comme si elle n'avait jamais mis le pied à cet endroit.

Et nulle part il ne vit de documents personnels. Pas un seul. Ni dans le salon rectangulaire qui donnait sur une cour intérieure ni dans la petite chambre à coucher attenante. Un bureau occupait le coin du salon surplombé par une fenêtre de taille moyenne. Dans le contenu de ses tiroirs vidés en tas sur le sol, on voyait de vieilles clés, des modes d'emploi, des piles, des stylos et une lampe de poche, mais rien qui ressemblât à la paperasse qu'on est censé trouver chez tout homme de soixante-deux ans : livres de comptes, dossiers avec des diplômes, vieux cahiers. Il n'y avait pas non plus d'ordinateur, mais le rectangle de poussière sur le bureau indiquait que le propriétaire en possédait bien un qui n'était plus là.

Tandis qu'ils redescendaient par la sombre cage d'escalier, Avraham demanda à Gluser si Chouchani avait aussi un ordinateur portable.

« Je ne sais pas, répondit celui-ci, insistant : Il faut que vous compreniez que je n'avais aucune relation avec lui. »

Annette, en revanche, confirma que son père avait un ordinateur portable, mais elle ne savait pas s'il utilisait un box ou un garde-meuble dans lequel il aurait pu conserver ses archives personnelles. Elle ignorait aussi pourquoi, avant son voyage, il avait appelé maître François-Marie Aubert, spécialisé dans les successions, de même qu'elle ignorait s'il avait un autre conseiller juridique pour ses affaires.

Ce fut la première chose dont Avraham parla avec Jules, qu'il appela d'un téléphone public déniché au sous-sol du café dans lequel il déjeuna : il fallait procéder à une perquisition en règle de l'appartement de Chouchani pour relever des empreintes digitales – même s'il ne se faisait pas trop d'illusions – et surtout pour confirmer que tous les papiers lui ayant appartenu avaient bien été subtilisés.

Le policier français, qui avait immédiatement reconnu sa voix, sembla très content de l'entendre.

Avraham lui indiqua qu'Annette Mallot venait d'appeler la police pour signaler l'intrusion dans l'appartement de son père et demanda si Jules pourrait récupérer pour lui le rapport de la scientifique, y compris les indices relevés sur place.

« Je ne sais pas. Ce n'est pas…, commença le Français après un instant de silence. Vous cherchez quelque chose en particulier ? »

Il faut que je découvre si quelqu'un a fait disparaître tous les documents qui reliaient Chouchani au Mossad, songea Avraham, mais il dit : « Non. Je cherche simplement des informations qui pourraient faire avancer notre enquête… et aussi, pourriez-vous obtenir pour moi des renseignements sur une certaine Sarah Nueima, ressortissante libanaise mais apparemment aussi en possession d'un passeport français ? » Au bout du fil, il y eut un nouveau silence, qui se termina par la question redoutée : ces requêtes émanaient-elles officiellement de la police israélienne et, si tel était le cas, ne devrait-il pas les transmettre via un autre canal ? Pour ne pas avoir à lui répondre, Avraham lui révéla qu'il se trouvait à Paris.

« C'est un voyage officiel ? Pour l'enquête ? » demanda Jules sans cacher sa surprise.

Avraham lâcha un tout petit « oui », parce que la vérité était plus compliquée et qu'il n'avait aucune intention de tromper le jeune policier. C'est pourquoi il lui proposa une vraie rencontre.

« Quelque part où personne ne nous verra ni ne nous entendra », ajouta-t-il.

12

Leur deuxième journée parisienne commença au Luxembourg.

Par un jogging. Marianka boucla quatre tours de jardin, Avraham se contenta d'un seul puis alla s'asseoir sur un banc. Bien à l'abri sous le feuillage d'un vieux marronnier, il fit défiler sur son téléphone le rapport d'enquête d'Esthy Wahaba afin de se préparer à l'interrogatoire qu'il devrait mener dans le courant de la journée.

Le jour tardait à se lever et le froid était inattendu en ce tout début d'automne.

Raphaël Chouchani avait quitté son hôtel à peu près à la même heure et, depuis, plus personne n'avait eu de ses nouvelles. Il l'imagina longeant la promenade du bord de mer à Bat-Yam, mais, un instant plus tard, le vit passer devant lui et emprunter un des chemins sablonneux du Luxembourg. Il était toujours vêtu de son costume marron et fouillait le parc des yeux, inspectait de loin les joggeurs, les parents qui accompagnaient leurs enfants à l'école, les gens qui se rendaient au travail ou ceux qui rentraient chez eux peut-être après une nuit torride, espérant trouver Sarah Nueima parmi eux.

Si seulement il avait pu, Avraham l'aurait suivi ce jour-là aussi. Il aurait lui-même cherché Sarah Nueima pour la questionner sur ce qui effrayait tant son compagnon, notamment pourquoi il craignait qu'on s'en prenne à elle. Il aurait continué à interroger Annette Mallot et Frederic Gluser, aurait essayé de joindre les avocats et les comptables chargés des affaires de Chouchani et aurait demandé à Jules des informations sur ses comptes en banque pour comprendre quelles étaient ses sources de revenus. Peut-être même qu'il aurait trouvé, avec l'aide du policier français, un garde-meuble ou un bureau en location dans lequel étaient entreposés ses papiers, dans le cas où ils n'auraient pas tous été volés lors du cambriolage. Avraham ne savait pas ce qu'il espérait dénicher comme documents, mais supposait que si la victime avait été un agent du Mossad, il en trouverait quelque part la confirmation écrite. Impossible de croire que l'homme, celui-là même qui avait inscrit sur la fenêtre de la chambre du Palace le nom de Yaacov Ben-Hayat afin de laisser une trace expliquant sa présence en Israël, ne prenait pas de notes sur son travail ou même sur sa vie.

Stop. Ce n'était pas l'enquête pour laquelle on l'avait envoyé à Paris, et il n'était pas censé travailler dessus ce jour-là. Pour cesser d'y penser, il se concentra sur son téléphone et lut avec plus d'attention les indications que lui avait écrites Wahaba afin de le préparer au mieux à l'interrogatoire de Danielle Talias.

Le lundi 25 août, un signalement a été fait par les urgences de l'hôpital Wolfson concernant la découverte d'un bébé de sexe féminin...

Avraham connaissait très bien les éléments consignés au début du rapport, il le fit donc défiler rapidement.

… au cours des interrogatoires, la suspecte a changé plusieurs fois de version. À un certain stade, elle a avoué avoir abandonné le bébé et prétendu en être la mère. Un test ADN a prouvé non pas un lien de parenté au premier degré, mais au deuxième degré.

Durant son audition en vue d'une mise en examen, le médecin qui a pratiqué l'accouchement a confirmé que Danielle Talias, âgée de seize ans, était bien la mère du bébé. Le père – qui a lui aussi subi un test ADN – est Amir Suwan, un adolescent de quinze ans et demi, domicilié à Jaffa. Les deux jeunes se sont rencontrés au McDo de la rue Yoseftal à Bat-Yam. Amir avait commencé à y travailler un mois avant Danielle et a démissionné deux semaines après qu'elle a été embauchée. Mais là où ça se complique – et l'abandon de toute formulation officielle par Wahaba attira enfin l'attention d'Avraham –, *c'est que Liora Talias a dit à son avocat, lequel a de bons rapports avec Seban, que Danielle avait été violée. Sauf qu'aucune plainte n'a été déposée et que la mère ne m'en a pas du tout parlé. Ma première hypothèse a été qu'elle ne voulait pas porter plainte par crainte de représailles de la part des Suwan et que c'était la raison pour laquelle la gamine avait été envoyée en France. Mais Liora ne valide pas et, d'après mes premières constatations, la famille du garçon ne fréquente pas les milieux criminels. Le père est un entrepreneur de BTP assez important, spécialisé dans les infrastructures, et la mère est directrice de lycée. Amir, lui, affirme que les relations sexuelles étaient consenties, il m'a d'ailleurs montré des textos envoyés par Danielle Talias qui confirment une véritable liaison (voir le doc. joint : je vous ai transféré des passages de sa déposition et de leurs échanges écrits). Je n'ai trouvé personne parmi les amies ou les proches de Danielle à qui elle aurait parlé d'un viol, mais pas non plus de relations consenties. En fait, personne, dans son entourage, n'était au courant qu'elle sortait avec ce garçon. Donc pour l'instant, c'est parole contre parole, mais étant donné que la demoiselle est muette comme une carpe, c'est, de fait, la parole du garçon contre celle de Liora Talias, et elle, je ne la crois pas. C'est pour ça qu'on doit absolument faire parler la fille.*

Les dernières lignes du rapport d'Esthy se concentraient sur l'adolescente qu'il interrogerait après son petit-déjeuner.

L'interrogatoire de Danielle Talias mené par la commissaire Idith Guerti n'a rien donné. Et si c'est telle mère, telle fille, ça va être compliqué pour vous, parce que Liora est fermée et manipulatrice. Peut-être que la meilleure approche serait de lui mettre la pression, mais ce sera à vous de décider sur place, non ? Mes hypothèses sont les suivantes : soit elle a été violée et a peur de ce qui se passera si elle en parle, soit elle avait peur d'une réaction violente de sa mère et a inventé ce viol – une possibilité que je n'écarterais pas, donc si vous pouvez, tâtez le terrain aussi dans ce sens.

Dans le deuxième fichier joint, en plus d'un résumé

des principales dépositions que j'ai recueillies auprès des différents témoins, je vous ai mis des photos du bébé afin que vous puissiez les montrer à sa mère. Je ne sais pas si ça aidera, mais on ne perd rien à essayer.

~

Deux couples étaient attablés à côté d'eux, dans la salle à manger, petite mais élégante, de l'hôtel, l'un assez vieux et l'autre à peu près de leur âge. Il y avait aussi de jeunes parents qui parlaient à quatre enfants blonds en chuchotant dans une langue à consonance norvégienne. Atmosphère paisible, tout imprégnée de ce calme européen et cultivé que soulignait encore le tintement des petites cuillères contre les tasses en porcelaine. Avraham étala du beurre et de la confiture de fraises sur un morceau de baguette, mais n'y toucha quasiment pas. Marianka paraissait heureuse, non seulement revigorée par la fraîcheur de l'air et l'adrénaline due à son jogging matinal, mais aussi parce que, dans deux heures environ, ses parents arriveraient de Bruxelles à la gare du Nord. Elle avait entassé sur son plateau d'épaisses tranches de pain au levain, avec noix et graines de pavot, ainsi que quelques viennoiseries tièdes, et rempli un bol entier de fruits des bois – elle n'en avait pas vu depuis qu'elle vivait avec lui en Israël. Lorsqu'elle demanda à Avraham pourquoi il ne mangeait pas, il répondit qu'il n'avait pas faim. Elle sentait bien qu'il n'était pas dans son assiette, mais ne pouvait en deviner la raison, puisqu'il ne lui avait toujours rien dit de sa rencontre avec le couple Mallot, de son incursion dans l'appartement cambriolé, et surtout de ce qu'il pensait maintenant connaître du dossier

Chouchani. Elle proposa de l'accompagner pour l'interrogatoire de Danielle Talias, il refusa, elle lui demanda s'il se sentait prêt, il répondit qu'il n'en savait rien.

« À propos, Esthy Wahaba est allée voir le bébé ce matin et elle m'a envoyé un message sur WhatsApp pour me donner des nouvelles fraîches : son état s'est amélioré au point que les médecins estiment pouvoir bientôt lui retirer l'assistance respiratoire. » Puis elle enchaîna, dans l'espoir d'encourager Avraham : « Tout ce que tu dois faire, c'est montrer à Danielle que tu veux l'écouter, Avi. Ça, tu connais, non ? »

Et si, cette fois, il n'y arrivait pas, parce que ses pensées étaient vampirisées par autre chose ?

« Aucun doute qu'elle aura envie de parler à quelqu'un qui essaiera vraiment de comprendre ce qu'elle a enduré, reprit-elle. Ce n'est qu'une gamine, traumatisée, peut-être même plus d'une fois, et là, elle se trouve dans un pays étranger, loin de sa famille... Tu es sûr que tu ne veux pas que je vienne avec toi ? Mes parents iront faire un tour en ville et je les rejoindrai après. »

Il refusa à nouveau.

Elle se permit alors de lui dire qu'elle aussi pensait que ce serait une bonne idée de montrer à Danielle Talias des photos du bébé qu'elle avait mis au monde : « Tu veux qu'Esthy envoie celle prise hier ? Elle m'a écrit que la petite avait souri. »

Il but un deuxième expresso et quitta la salle à manger avant Marianka. Arrivé à leur étage, il vit, du bout du couloir, que la porte de leur chambre était ouverte. Il s'approcha sur la pointe des pieds et réussit à effrayer une jeune femme qui faisait le ménage, s'excusa et proposa immédiatement de sortir. Il la rassura, lui-même rassuré parce que son sac était posé à l'endroit où il l'avait laissé, sous la table.

L'Audi noire d'Idith Guerti l'attendait devant l'hôtel. Un chauffeur moustachu de petite taille en sortit pour lui ouvrir la portière. Confortablement installée sur la banquette arrière en cuir blanc, la commissaire l'accueillit chaleureusement. Au bout de quelques minutes cependant, tandis qu'ils roulaient en direction du commissariat de Neuilly-sur-Seine, ils entamèrent une conversation qui ne lui laissa que peu de doute sur les intentions de cette femme. Cela commença par la banale question de savoir s'il était déjà venu à Paris et, comme il répondit que sa seule et unique visite remontait à des années auparavant, elle baissa la vitre teintée de la voiture officielle et lui présenta la ville. Elle était un peu plus âgée que lui, très soignée et très élégante.

« Donc, vous savez déjà tout de cette gamine ? Avec moi, son interrogatoire n'a duré qu'une demi-heure, lui expliqua-t-elle ensuite, pour aussitôt dévier sur un tout autre sujet : Que s'est-il exactement passé avec le Français retrouvé en Israël ? Vous enquêtez toujours ? »

Il répondit que non. Que les recherches se concentraient à présent sur les commanditaires et que la police essayait de remonter la filière.

« Qui travaille dessus à la brigade des stups ?

— Je ne sais pas », dit-il.

Ils traversaient l'immense place de la Concorde, Avraham n'avait pas souvenir de l'avoir vue lors de sa précédente visite à Paris.

« Mais son rôle de mule est maintenant prouvé, n'est-ce

pas ? D'ailleurs, c'est vous qui avez trouvé la cocaïne dans sa chambre d'hôtel, si je ne m'abuse ? Vous n'avez pas idée du nombre de cas de ce genre que nous avons à traiter. Pas seulement en France, mais en Espagne, au Portugal, en Hollande, parfois aussi en Belgique. Ça m'occupe beaucoup, je n'arrête pas d'être sollicitée par des passeurs israéliens qui se font attraper, partout en Europe, et appellent nos ambassades à la rescousse. »

Il ne réagit pas, mais lorsqu'elle lui demanda s'il savait que l'appartement de ce Chouchani avait été cambriolé, il n'arriva plus à masquer sa stupéfaction.

Selon les sources policières qu'elle avait à Paris, ajouta-t-elle, ce cambriolage n'avait rien à voir avec ce qui était arrivé en Israël. Dans ce quartier du 12e arrondissement, il y avait eu une vague d'effractions similaires.

« Qui vous a dit que l'appartement de Raphaël Chouchani avait été cambriolé ? »

Idith Guerti le regarda droit dans les yeux avant de répondre : « J'ai de très bonnes relations avec la police française, vous avez oublié ? Et je dois savoir tout ce qui se passe ici nous concernant. C'est d'ailleurs pour ça que je suis à ce poste. »

Avraham traduisit aussitôt cette phrase comme un avertissement non fortuit.

Officiellement, Idith Guerti était la représentante de la police israélienne à Paris, mais son bureau se trouvait dans les locaux de l'ambassade. Elle pouvait donc travailler pour le Mossad aussi, ou du moins partager avec l'agence les informations qu'elle récoltait. Et si effectivement on l'avait mandatée pour transmettre ce message à Avraham, il se pouvait que « tout ce qui se passe ici nous concernant » incluait sa conversation avec le couple Mallot au café, ainsi que sa visite de l'appartement. Peut-être même ses contacts avec Jules. Cela pouvait expliquer le stress de Frederic Gluser la veille. Le mari d'Annette aurait-il remarqué que quelqu'un les observait ou écoutait leur conversation ?

L'Audi noire stoppa dans une rue étroite au bout de laquelle on pouvait voir la Seine.

Le chauffeur moustachu et court sur pattes ouvrit la portière à Avraham, et Idith Guerti en profita pour ajouter une dernière recommandation : « Je n'entre pas, car de toute façon, il y aura une policière française avec vous, telle est la procédure. Si vous avez besoin de quoi que ce soit, vous pouvez me contacter. Mais surtout, n'oubliez pas d'appeler Albert quelques minutes avant la fin de l'interrogatoire pour qu'il vienne vous chercher, d'accord ? C'est très important. Il est hors de question qu'on vous laisse vous balader tout seul dans cette ville, vous risqueriez de vous perdre. »

Lorsque Avraham entra dans le bureau où aurait lieu l'interrogatoire de Danielle Talias, la dernière phrase de la commissaire le tracassait encore.

L'adolescente portait un jogging Adidas blanc et un sweat rouge dont la capuche lui couvrait une partie du visage, masquant son regard. S'il avait dû deviner son âge, il ne lui aurait pas donné plus de treize ou quatorze ans. Comment imaginer un bébé dans ce corps si menu, si juvénile ? Impossible. Juste avant d'entrer dans la pièce, il avait appelé Esthy Wahaba pour s'assurer qu'elle était en train d'interroger la mère. Ils avaient bâti là-dessus une stratégie commune, son rôle à lui étant de jouer la dureté, de mettre Danielle sous pression à l'aide d'avertissements, voire de menaces. Cependant, en la découvrant là, assise devant lui, il douta d'avoir fait le bon choix. Ce qui ne l'empêcha pas de commencer sur un ton sec et sans la regarder : « On va attendre quelques minutes parce que je dois recevoir des informations. Et je tiens aussi à te prévenir qu'il se peut que cet interrogatoire soit très bref, étant donné qu'il a vocation à se poursuivre en Israël, peut-être dès demain ou après-demain. Nous avons présenté à la police française une demande d'extradition. » Avant même d'avoir fini sa phrase, la colère et la honte le submergèrent. Il déplora aussi l'absence de Marianka, et s'en voulut de ne pas avoir accepté qu'elle l'accompagne.

Esthy et lui étaient convenus d'un angle d'attaque : tout d'abord laisser croire à Danielle que le matin même, sa mère avait été confrontée aux déclarations d'Amir Suwan relatives à une relation consentie, et que les nombreux textos rapportés comme preuve par le garçon l'avaient convaincue qu'il ne mentait pas. Ensuite, lui dire que celle-ci, face à l'évidence, avait donné une nouvelle version des faits et estimé possible que sa fille, par crainte, ait inventé cette histoire de viol. Et pour terminer, proposer à Danielle, si elle en doutait, d'appeler en Israël pour confirmation... sauf que Liora serait injoignable car, au même moment, interrogée par Wahaba. Ce qu'Avraham suggérerait alors serait logique : à cause de toutes ces révélations, sa mère ne voulait plus lui parler. Cette tactique avait pour seul but d'exercer une pression maximale sur l'adolescente. De son côté, l'inspectrice laisserait croire à Liora que Danielle avait confirmé une relation consentie avec Amir Suwan.

Leur espoir était que l'une ou l'autre craquerait, se mettrait enfin à collaborer et donnerait des détails sur ce viol qu'elles avaient jusqu'à présent gardé secret.

Si Avraham regrettait tant que Marianka ne soit pas à ses côtés, voire à sa place, c'était parce qu'il savait qu'elle ne ressentait pas les choses de la même manière que lui. Elle n'aurait sans doute pas cherché à effrayer cette gamine ni à la pousser dans ses retranchements, mais aurait plutôt tenté de comprendre ce qui s'était passé et pourquoi elle avait renoncé au bébé qu'elle avait porté dans son ventre, ce bébé sans nom qu'elle-même était allée voir à l'hôpital avec son amie Esthy parce que c'était un être humain seul au monde.

Oui, Avraham s'en voulait. Il avait aussi honte d'être là, assis en face de cette toute jeune fille, à jouer les grands inquisiteurs, alors que dans l'affaire qui l'avait amené à Paris, il se comportait en mauviette : n'avait-il pas peur de convoquer pour interrogatoire ce Yaacov Ben-Hayat, l'homme que Chouchani était venu voir en Israël, alors qu'il connaissait son numéro de téléphone depuis plusieurs jours ? N'avait-il pas aussi eu peur d'avouer le réel motif de son voyage à la commissaire Idith Guerti – informée de « tout ce qui se passe ici nous concernant » – qui l'avait averti de ne pas se balader seul à Paris parce qu'il risquait de se perdre ?

Ce n'était que face à cette gamine tétanisée, complètement paumée, qu'il se montrait dur et déterminé comme devait l'être n'importe quel policier en quête de vérité.

Assis l'un en face de l'autre, ils se taisaient. Avraham vérifiait de temps en temps son téléphone, et une fois il lâcha : « On va commencer dans quelques minutes. »

Ilana Liss l'avait bien cerné le jour où elle lui avait conseillé d'accepter sa place au rez-de-chaussée, le prévenant que s'il s'entêtait à essayer de comprendre ce qui se passait dans les étages supérieurs, ça se terminerait dans la douleur et le vertige. Peut-être était-ce aussi ce qu'elle lui avait écrit dans sa lettre d'adieu ?

« Toi et moi vivons et travaillons au rez-de-chaussée. Là est notre place. »

Face à Danielle Talias, il revenait à la case départ.

Il baissa les yeux vers son téléphone, fit semblant de lire un message puis déclara : « OK, c'est bon, on peut enfin commencer. Nous nous trouvons dans le commissariat de Neuilly-sur-Seine. Conformément à la procédure en vigueur, l'interrogatoire est enregistré, filmé et se déroule en présence d'une policière française. Je suis le commissaire Avraham, chef du service d'investigation et de renseignement du secteur Ayalon, mandaté pour recueillir ton témoignage au sujet d'un viol présumé qui a abouti à une grossesse et à la naissance d'une petite fille. Je viens de recevoir un élément nouveau que je vais te communiquer, mais avant cela, je voudrais savoir si tu as changé d'avis depuis ta précédente audition et si tu es prête à témoigner sur ta relation avec Amir Suwan, ta grossesse et ta décision d'empêcher ton bébé d'avoir accès à des soins médicaux.

— Non, répondit-elle tout bas, mais sans hésitation.

— Pourquoi ?

— Ma mère vous dira tout ce que vous avez besoin de savoir, murmura-t-elle d'une voix à peine audible.

— Voilà qui tombe bien, ta mère a été interrogée en Israël ce matin. Et elle nous a effectivement dit ce que nous voulions savoir. C'est le message que j'attendais. Je voudrais juste confirmer ses déclarations avec toi. »

L'adolescente leva les yeux vers lui : « Je confirme ce qu'a dit ma mère. J'ai rien à ajouter et je préfère m'en aller. Je peux ? »

~

Au fil de l'interrogatoire, Avraham eut l'impression de saisir quelque chose de cette étrange adolescente. Son regard dissimulé par la capuche, sa voix faible, ses réponses laconiques – rien de tout cela n'était inspiré par la peur. Il ne réussit pas à l'effrayer. Pas même lorsqu'il lui annonça qu'elle était responsable de l'abandon du bébé ou insinua que sa mère ne croyait plus à la thèse du viol.

Tout, dans son attitude, exprimait l'apathie. Elle ne se taisait pas par peur, pas non plus parce qu'elle était manipulatrice ou endurcie, mais parce qu'elle n'avait ni la volonté ni la force de parler. Quand il lui demanda d'enlever sa capuche parce qu'il n'arrivait pas à l'entendre, elle le fit sans discuter, d'un geste lent. Elle avait de longs cheveux, noirs et raides.

« Avant de te laisser partir, je veux tout de même te dire ce que je comprends de la déposition faite par ta mère ce matin. Celle qui vient de m'être envoyée. Elle admet maintenant qu'il n'y a peut-être pas eu de viol. On va tout de suite entrer ensemble dans les détails, mais avant, je te rappelle, puisque tu le sais sans doute, qu'Amir Suwan nie t'avoir forcée. Il nous a présenté des textos et des messages vocaux que tu lui as adressés. Nous avons vérifié leur authenticité et ils viennent tous de toi. Donc, sur ce point-là, il ne ment pas. Quand on les a montrés à ta mère, elle a eu un choc. Elle ne savait rien de ces échanges, n'est-ce pas ? Du coup, j'en déduis qu'elle a été obligée de reconsidérer tout ce que tu lui as raconté au sujet du viol et sans doute en a-t-elle conclu que tu lui avais menti. Parce que tu avais peur d'elle. Est-ce que j'ai raison, Danielle ? »

Il s'attendait à ce qu'elle se révolte, mais n'obtint aucune réaction.

« Tu veux l'entendre de sa bouche ? Je t'en prie, appelle-la, proposa-t-il en lui tendant son téléphone.

— Ce qu'elle vous a dit, ça me convient, chuchota la jeune fille, qui ajouta alors la seule phrase prononcée de son fait et non en réponse à une question : Je serais ravie de rentrer avec vous en Israël. »

A posteriori, Avraham se demanderait si ces paroles n'étaient pas un appel à l'aide.

Il attrapa la bouteille d'eau posée devant lui et en prit une gorgée avant de poursuivre : « Je ne suis pas certain que tu aies conscience de ce qui t'attend à ton retour. Vraiment. Ce que tu as fait est considéré par la loi comme un crime. Ça, tu le comprends ? Ton bébé avait besoin de soins médicaux dont tu l'as intentionnellement privé. Même quand son état s'est dégradé, tu as continué à l'empêcher d'être pris en charge, et ce pendant plusieurs jours, au péril de sa vie. D'ailleurs, on ne sait toujours pas si cette prématurée va s'en sortir. S'il arrive un malheur – ce que je ne souhaite pas – ton cas sera reclassé en homicide. J'avoue que je préfère ne pas y penser. Je sais que toi et ta mère avez tout manigancé ensemble, mais, si maintenant elle croit que tu l'as trompée avec cette histoire de viol, elle va peut-être cesser de te protéger. Tu as deux petites sœurs, si elle va en prison à cause de toi, il n'y aura personne pour s'occuper d'elles. Je suis certain qu'elle prendra ça en compte. »

Aucun de ses arguments n'eut d'effet sur Danielle Talias. S'il continua, ce fut uniquement pour ne pas stopper au bout de vingt minutes un interrogatoire qui lui avait valu son billet pour Paris.

« Que tu aies seize ans ne fait aucune différence, tu ne le comprends donc pas ? insista Avraham en se penchant vers elle et, pendant une seconde, il arriva à piéger son regard. Tu es responsable parce que tu aurais dû prévenir l'hôpital dès l'accouchement. Pour ce qui est des circonstances de cette grossesse, même si elles ne changent pas le fond du dossier, elles peuvent avoir une influence sur nos décisions. Dans la manière dont nous allons instruire ton cas. Si tu n'as pas menti à ta mère, si Amir Suwan t'a vraiment violée et que tu arrives à nous le prouver – ça aura évidemment une incidence sur notre jugement. Sans compter que nous le poursuivrons pour ce crime et te protégerons au cas où tu aurais peur de représailles. Je te le promets. Mais si tu as menti à ta mère, et si vos relations étaient consenties, eh bien, tu te rends aussi coupable de dénonciation calomnieuse, voire de faux témoignage. »

On aurait dit qu'il n'avait pas parlé.

Rien que le silence et la respiration de la policière française.

L'appel téléphonique d'Esthy Wahaba le sauva, parce qu'à ce stade il séchait.

« Avi, on peut se parler une seconde ? » lui demanda son inspectrice.

Il se leva et fit signe à sa collègue qu'il sortait. Au bout du couloir, il aperçut une porte-fenêtre qui donnait sur un petit balcon pour fumeurs. C'est là qu'il prit la communication.

« Je pense que ça a marché, Avi. Bien qu'avec cette femme, difficile de savoir. Bref, elle vient de changer de nouveau complètement de version, mais cette fois elle m'a fait un récit assez détaillé. Sauf qu'elle a balancé un truc que je ne comprends pas bien et j'aurais besoin que vous me disiez si la fille vous a raconté la même chose. »

Danielle Talias n'avait rien raconté.

« Elle admet que la relation était sans doute consentie, comme l'affirme Amir Suwan, et c'est l'explication qu'elle donne aux messages entre les deux jeunes, mais elle prétend que le garçon ne lui a jamais avoué qu'il était arabe. »

Avraham ne comprit pas l'importance de ce détail.

« Elle soutient qu'il a caché son origine. Qu'il s'est fait passer pour un autre, en quelque sorte. Et c'est une imposture, ce qui constituerait le motif du viol. Parce que si sa fille avait su qu'il n'était pas juif, elle n'aurait jamais accepté de coucher avec lui. De plus, elle affirme qu'il avait des motivations politiques, vous comprenez ? Il voulait coucher avec elle parce qu'elle était juive. Il voulait engrosser une Juive, ou quelque chose dans le genre. Quelques semaines après qu'il l'a quittée, Danielle a découvert qu'il était arabe et elle a eu tellement honte qu'elle n'a raconté son histoire à personne, pas même à sa mère. De plus – vous m'entendez, Avi, il y a des parasites sur la ligne… De plus, Liora Talias a contacté une journaliste de télévision. Elle m'assure qu'il va y avoir un reportage sur la manière dont sa fille a été abusée et elle ne se privera pas pour expliquer comment nous les harcelons, elle et Danielle, au lieu d'arrêter le coupable. Est-ce que je dois avertir Seban ou notre nouvelle porte-parole ? »

Avraham sentit Esthy désorientée et stressée. Il essaya de la rassurer et prit sur lui d'avertir leur chef.

« Tu la crois ? demanda-t-il.

— Je ne sais pas. J'espérais que la gamine vous en aurait parlé, elle aussi.

— Pas pour l'instant.

— Qu'est-ce que vous en pensez ?

— D'abord, essaie de lui extorquer le maximum de détails sur ce qu'elle qualifie d'imposture, dit-il dans le but de la guider pour la suite des opérations. Tu lui demandes qu'elle te fournisse des preuves matérielles de ce qu'elle avance, des motivations qu'elle prétend politiques, des mensonges qu'il aurait faits à sa fille. Qu'elle te dise d'où elle tient ses informations. S'il en a parlé à quelqu'un, qu'elle te donne le nom de ce quelqu'un et qu'elle nous explique comment elle est arrivée à une telle conclusion. Ensuite, tu le convoques, tu le confrontes à ces accusations et tu lui demandes de te prouver qu'il n'est pas un imposteur, par exemple en te montrant un message où il lui aurait dit qu'il était arabe. D'accord ? Et il faut voir si on peut invoquer le secret de l'instruction pour bloquer la diffusion du reportage. J'en parlerai aussi à Seban. »

Wahaba le remercia puis ajouta : « Avi, je pense aussi qu'on doit vérifier si dans ce genre de cas la qualification de viol peut être retenue… en supposant bien sûr qu'elle ait dit vrai. Je me souviens du dossier d'un type qui se faisait passer pour un pilote d'El-Al ou un truc comme ça dans le but de séduire des femmes… bref, je trouve qu'on a besoin de l'avis d'un expert, non ? Il faut voir si ça tombe sous le coup de la loi. Vous connaissez quelqu'un au parquet qui pourrait me renseigner ? »

Lorsqu'il regagna la salle d'interrogatoire, étrangement, Danielle Talias lui parut avoir grandi. Elle leva la tête vers lui, le regard à nouveau masqué par sa capuche qu'elle avait remise.

« Excuse-moi. Reprenons là où nous nous sommes arrêtés », dit-il. En se rasseyant face à elle, il arriva cette fois à imaginer que ce petit corps avait contenu le bébé au visage rouge et aux yeux fermés dont Esthy lui avait envoyé la photo pour qu'il la lui montre.

Il devait à présent comparer la version de la fille avec les nouvelles déclarations de la mère, traquer d'éventuelles contradictions entre ce qu'elle décrirait et la manière dont Liora Talias détaillait ce qu'elle qualifiait d'imposture, mais il savait déjà que l'adolescente ne parlerait pas. Il lui posa tout de même quelques questions sur sa relation avec Amir Suwan – où l'avait-elle rencontré, combien de fois s'étaient-ils vus et comment cela avait fini –, mais elle ne fit que répéter : « Ma mère vous a tout dit, non ? Demandez-lui. »

Il lui proposa de voir des photos du bébé prises la veille à l'hôpital.

« Si vous voulez », répondit-elle.

Et vers la fin de l'interrogatoire, lorsqu'il lui aurait révélé que Liora invoquait à présent la tromperie comme motif de viol en accusant Suwan d'avoir caché qu'il était arabe, Danielle dirait juste : « C'est vrai. »

13

Avraham comptait ne plus avoir à parler de cette affaire de bébé ce jour-là, mais ce fut le principal sujet de conversation du dîner partagé avec ses beaux-parents. Lorsqu'il les rejoignit dans un restaurant du boulevard Saint-Germain, il les trouva déjà attablés avec leur fille devant de grandes chopes de bière, en train de déguster des moules et des frites qu'ils piquaient d'un plat commun. Ils avaient passé la journée ensemble et Avraham eut l'impression qu'ils s'étaient ressoudés, étaient redevenus ce bloc uni, construit bien des années auparavant dans une petite ville de la mer Noire, et qui avait volé en éclats par sa faute. Marianka l'accueillit en le serrant dans ses bras, mais son étreinte était molle, un peu retenue, comme toujours en présence de ses parents. Les grandes mains de Bojan, en revanche, faillirent lui briser les doigts.

C'était irréparable. Avraham les avait privés de leur unique enfant, jamais ils ne le lui pardonneraient.

La première phrase d'Annika à son intention fut : « Vous avez l'air en pleine forme, Avi. Vous n'auriez pas un peu forci ? Ça vous va très bien. »

Avraham la remercia chaleureusement.

Le serveur s'approcha d'eux et Bojan lui dit quelque chose en français en indiquant l'assiette vide de son gendre. Cependant, au cours de la soirée, personne n'apporta quoi que ce soit à leur table. Par chance, dans le plateau commun, il restait un tas de frites grasses et tièdes qu'il fut le seul à manger faute de mieux – il n'avait rien avalé depuis le petit-déjeuner. Quant à la bière, de toute façon, il n'aimait pas ça. Marianka lui raconta que, de la gare, ils avaient pris le métro jusqu'à Montmartre, avaient traversé à pied le jardin qui montait au Sacré-Cœur, qu'après un déjeuner sous un soleil automnal ils avaient repris le métro pour le musée d'Orsay qu'ils appréciaient particulièrement tous les trois et avaient – pour la énième fois – longuement discuté sans arriver à déterminer si *L'Origine du monde* de Courbet était une grande œuvre d'art ou de la pornographie. Il ne connaissait pas le tableau, mais sourit quand même. Ce ne fut pas lui qui mentionna Danielle Talias en premier mais Marianka. Elle lui demanda comment s'était passé l'interrogatoire et lorsqu'il avoua que ç'avait été un horrible moment, elle n'en fut que plus curieuse : « Pourquoi ? Tu n'as pas réussi à la faire parler ? »

Il confirma, même si ce n'était pas la seule chose qui lui avait rendu cette séquence pénible. Le pire avait été sa honte et sa colère. Sa perplexité aussi, lorsqu'il avait mesuré le gouffre qui séparait sa dureté face à l'adolescente de sa lâcheté dans l'enquête pour retrouver les assassins de Raphaël Chouchani.

Il avait aussi conscience que son échec de l'après-midi venait de ce qu'il ne prenait pas cette affaire au sérieux.

Il n'était pas allé voir le bébé à l'hôpital, n'avait quasiment pas participé aux auditions de Liora Talias, ne l'avait pas entendue parler de sa fille et ne l'avait pas réellement observée. Quant au rapport préparé par Wahaba en vue de l'interrogatoire à Paris, il l'avait lu en diagonale. Comment aurait-il pu comprendre le silence de Danielle Talias et la convaincre de le rompre ? Absorbé par son autre enquête, il avait laissé son inspectrice se dépatouiller seule dans un dossier qui, apparemment, allait se retrouver aux infos. Alors qu'il était en route pour le restaurant, il avait reçu un appel de Seban : « Avi, vous avez conscience de ce que vient de m'annoncer Wahaba ? Qu'on va devoir gérer un reportage sur la manière dont, au lieu d'enquêter sur un viol à connotation terroriste, nous harcelons une grand-mère qui a sauvé un petit bébé ? J'espère que c'est là-dessus que vous travaillez ! Et j'imagine que vous avez déjà recueilli le témoignage de la gamine, je me trompe ? »

Il y travaillait à cent pour cent, avait-il assuré, mais pour l'instant Danielle Talias ne lui avait rien dit. En revanche, il avait donné des instructions à Esthy pour qu'elle convoque d'urgence Amir Suwan.

Dès qu'il eut raccroché, il appela son inspectrice pour lui demander de prendre Eliyahou Maaloul en renfort et de l'envoyer parler avec les parents et les amis du garçon. L'idée était de voir s'il pouvait trouver des preuves montrant Amir en train de mentir à d'autres filles sur son identité, via les réseaux sociaux ou ailleurs. Une vérification préalable de Maaloul leur permit déjà de prendre la mesure de ce qu'impliquaient les nouvelles accusations. Il avait déniché un précédent : un Arabe jugé pour « viol par surprise », parce qu'il avait eu des rapports sexuels avec une femme auprès de qui il s'était fait passer pour juif. Les allégations de Liora Talias méritaient donc la plus grande attention de leur part.

La nouvelle version de la mère et les investigations qu'Avraham venait d'ordonner firent bondir Marianka : « Mais comment peut-elle parler de viol ? Uniquement parce qu'il n'a pas crié sur tous les toits qu'il n'était pas juif ? Vous allez faire quoi ? Vérifier que, chaque fois qu'il a rencontré une fille, il a bien montré sa carte d'identité ? »

Le problème, c'était qu'il ne s'agissait pas uniquement, de la part du garçon, d'omission ou de non-présentation de carte d'identité. Dans le résumé de l'interrogatoire de la mère, Wahaba avait noté :

Elle prétend que l'imposture est caractérisée par le fait que Suwan parlait le plus souvent en anglais avec sa fille sous prétexte qu'il avait vécu en Écosse, qu'il ne l'a jamais invitée chez lui et a effacé des réseaux sociaux tout ce qui pouvait témoigner de son origine (arabe). Les deux adolescents se sont rencontrés au McDo où ils ont travaillé et là-bas non plus, il n'a pas dit qu'il était arabe. Ensuite, ils ont commencé à chatter en hébreu et surtout en anglais. Ils se retrouvaient sur la plage de Bat-Yam et chez Danielle, quand sa mère n'était pas là. Au cours de leur liaison, ils ont eu deux fois des rapports sexuels, à la demande du garçon, alors que la fille ignorait qu'il n'était pas juif. Après ces deux fois, il lui a dit qu'il ne voulait plus sortir avec elle.

Pas de quoi convaincre Marianka.

« Il lui parlait anglais et ne l'a pas invitée chez ses parents, et alors ? s'insurgea-t-elle. Si elle a couché avec lui de son plein gré, sans qu'il la force, je ne vois pas comment ça peut être qualifié de viol. Et je suis sûre qu'elle avait compris à qui elle avait affaire, même s'il le cachait.

— Tu as tort, Marianka. Bien sûr que c'est du viol », intervint Bojan.

À cet instant, Avraham comprit que la conversation allait durer et se transformerait en confrontation entre elle et son père – les relations d'Amir Suwan et de Danielle Talias n'étant que le prétexte de leur joute.

La chope de bière de Bojan était presque vide, mais la manière dont il faisait durer le plaisir à petites gorgées montrait à quel point il appréciait chacun des instants où lui et sa fille s'égratignaient verbalement. En était-il de même pour Marianka, qui, elle, avait terminé son verre ? Sans doute, même si Avraham ne pouvait pas en être certain.

« Un viol par surprise est aussi horrible qu'un viol par la force, dit le père de son ton de professeur de théologie. Et moralement, on ne peut pas parler de consentement sans qu'il y ait volonté. Si la fille ignorait qui il était en vrai, elle ne peut pas vouloir aller avec lui. Donc, elle ne peut pas consentir.

— Ils se sont fréquentés, ils ont discuté et travaillé ensemble. Je suis sûre qu'elle a compris qu'il était arabe, mais apparemment, il lui plaisait quand même. Pourquoi crois-tu qu'une religion qu'il n'a pas choisie définirait sa nature profonde ? Il peut d'ailleurs ne pas être pratiquant, voire pas croyant du tout. »

Bojan sourit à Marianka comme si elle était une gamine qui n'avait pas eu le temps d'apprendre ce qu'il avait eu, lui, le temps d'oublier, et Avraham sut que ça allait lui coûter cher. Un instant, il put imaginer une scène qu'il n'avait jamais vue : le père, avec vingt ans de moins, mince, la barbe courte et à peine grisonnante, qui entraînait sa fille au karaté dans la cour de leur maison de Koper ; Marianka qui essayait de le déséquilibrer avec les prises qu'il lui avait enseignées ; le père qui trouvait facilement la parade puis projetait sa fille à terre grâce à un jeu de jambes qu'elle n'avait pas anticipé ; elle qui se relevait et retentait un assaut. Annika et Avraham auraient pu sortir du restaurant que les deux lutteurs ne s'en seraient pas rendu compte.

« Je n'ai pas dit que sa religion était toute sa vérité, mais c'est une partie de ce qui le constitue. Tu trouves ça certainement raciste, mais si pour l'adolescente et ses parents la religion du garçon compte et qu'il l'a cachée en connaissance de cause, eh bien, on ne peut pas dire qu'elle ait agi en sachant vraiment avec qui elle s'engageait. Peu importe si elle croyait le connaître parce qu'ils cuisaient des hamburgers ensemble au McDo. C'est très simple.

— Tu penses que j'ai demandé à Avi s'il était juif, musulman ou catholique avant qu'on couche ensemble ? Et qu'il m'a posé la question ? »

La voilà, la vengeance. Du moins un avant-goût.

Bojan soupira puis dit tout bas : « Peut-être que vous n'avez pas posé cette question, mais c'était clair pour l'un comme pour l'autre. Ne fais pas l'innocente. Et c'est dommage que tu minimises l'importance que prennent la religion et la foi chez certaines personnes. Pour un croyant, suivre le dogme fait partie de son identité et de sa vérité. Et si ce garçon – je préfère parler de lui et non de toi et des hommes avec lesquels tu as couché – a sciemment amené la fille à enfreindre les lois de sa foi ou de celle de ses parents sans qu'elle s'en doute, eh bien, à l'évidence, il y a tromperie. Et je suis certain que c'est ce qui s'est passé. Que la transgression faisait partie de ses motivations. Peut-être voulait-il lui infliger ce dont il pensait souffrir, lui ? Et dans ce cas de figure, on peut même parler de préméditation.

— Que sais-tu des motivations qui poussent les gens à coucher ensemble ? Peut-être que c'était d'ailleurs ce qu'Avi recherchait avec moi ? Ou bien ce qui m'a attirée en lui au début ? Justement le fait qu'il soit juif ? Comment peut-on le savoir et franchement, pourquoi ce serait répréhensible ? »

L'évocation si abrupte des relations sexuelles de sa fille avec l'homme un peu rond assis à côté d'eux fit monter le rouge aux joues de Bojan. Annika posa une main sur celle de son mari tout en implorant Marianka du regard.

« Ce n'est pas pareil, parce que tu ne l'as pas induit en erreur. Et lui non plus, pour autant que je sache. Sans compter que tous les deux ou au moins l'un de vous deux, n'est-ce pas, était adulte quand c'est arrivé. Alors c'est votre droit d'en retirer le plus de plaisir possible. Même si j'imagine que vous n'avez pas réfléchi aux conséquences de vos actes sur les enfants que vous aurez peut-être un jour, lâcha-t-il encore, sans les regarder ni l'un ni l'autre.

— C'est vrai, la première fois qu'on a couché ensemble, on n'y a pas pensé. Tu voudrais vraiment qu'on vive dans un monde où on serait tous légalement tenus d'annoncer notre religion avant de se toucher et de se déshabiller ? »

Là, le père s'étrangla, quelque chose était resté coincé dans sa gorge, il se leva et disparut dans l'escalier qui menait aux toilettes.

~

La nuit, après avoir raccompagné ses parents au train qui les ramenait à Bruxelles, Marianka se replia sur elle-même, gagnée par une sorte de tristesse silencieuse, un état dans lequel ces adieux-là la mettaient toujours. Ils allèrent marcher sur les quais pavés de la Seine, s'arrêtèrent à la hauteur du Louvre qui brillait de mille feux sur la rive d'en face et s'assirent sur un banc. Avraham voulut lui toucher la main, elle esquiva.

« Je peux te demander quelque chose ? Mais c'est un peu comme un reproche, alors, s'il te plaît, ne le prends pas mal et ne te referme pas.

— Vas-y.

— Pourquoi est-ce que tu n'interviens jamais dans ce genre de discussion ? »

Ce n'était pas la première fois qu'une rencontre avec Bojan et Annika générait une tension entre eux. Pourtant, la question le surprit.

« Pardon ? Que j'intervienne comment ?

— Que tu prennes ma défense. Tu la joues neutre alors qu'il s'agit de nous deux. De toi et de moi. De notre vie et des choix que nous avons faits ensemble.

— C'est que j'ai toujours l'impression que tu t'en tires très bien.

— Je ne parle pas de ça. Je n'ai pas besoin de ton aide.

Mais tu ne dis jamais ce que tu penses. » Puis, après avoir hésité, elle ajouta tout bas : « On dirait que tu as peur de lui.

— De ton père ? demanda-t-il aussitôt.

— Oui. Tu lui caches ce que tu penses ou ce que tu me dis quand on est seuls. Ne te vexe pas, s'il te plaît. Essaie juste de répondre. »

En fait, s'il fut surpris par la question de Marianka, c'est peut-être parce que, quelques heures plus tôt, en salle d'interrogatoire, la même pensée lui avait traversé l'esprit : il cachait ce qu'il croyait avoir découvert au sujet de Raphaël Chouchani et n'osait pas téléphoner à Yaacov Ben-Hayat pour lui demander directement si c'était lui que le Français était venu voir en Israël, lui qu'il avait retrouvé le matin de sa disparition. Tout ça parce qu'il avait peur de la réaction de l'homme qui était sans doute un agent du Mossad et apparemment l'officier traitant du défunt.

Êtes-vous aussi responsable de la disparition de Sarah Nueima ? Chouchani est-il venu en Israël parce que vous l'avez menacé de vous occuper d'elle ou pour clarifier ce qui lui était arrivé parce que vous vous étiez déjà occupé d'elle ?

« Tu as raison, dit-il à Marianka, j'aurais dû intervenir. Mais j'ai toujours l'impression que ça se passe entre vous deux et qu'au fond je ne suis pas concerné. »

Il sentit que ses arguments étaient fuyants et rectifia : « Mais tu as raison, j'ai peur.

— De quoi ? »

Il ne répondit pas.

Est-ce le vertige dont Ilana m'a parlé ? Suis-je par erreur monté trop haut et, maintenant que je me trouve au bord du toit, j'ai peur de regarder en bas ? À moins que ma peur ne soit justifiée, que quelqu'un soit vraiment en train de se faufiler derrière moi sans bruit parce que j'ai découvert quelque chose qui le met en danger...

« Viens, continuons la discussion en remontant vers l'hôtel, d'accord ? La nuit est déjà bien avancée, proposa-t-il.

— Non, restons ici. »

Quelques heures plus tard, lorsque apparaîtraient les premières lueurs de l'aube qui allumeraient une flamme orangée dans les nuages au-dessus du fleuve, Avraham comprendrait enfin ce qu'il devait faire à son retour en Israël. Surtout, il ne douterait plus de ses capacités à aller jusqu'au bout.

À l'évidence, Marianka avait raison. Et cette nuit-là, il partagea, pour la première fois avec quelqu'un d'autre, ce que lui inspirait le sort qui avait été réservé à Chouchani. Il lui révéla aussi ce qui motivait réellement sa présence à Paris et lui parla des rendez-vous secrets qu'il avait eus. À quelques mètres d'eux, deux hommes étaient assis sur le quai – peut-être des touristes –, l'un avait passé son bras autour des épaules de l'autre ; plus loin, il y avait une bande d'ados bruyants et, plus loin encore, un monsieur d'une cinquantaine d'années qui promenait son teckel et s'attarda trop longtemps dans les parages en fumant cigarette sur cigarette. Avraham, qui n'avait cessé de vérifier que les yeux brillants de l'Audi ne trouaient pas l'obscurité, eut l'impression de les voir à un certain moment, avec, derrière le volant, le moustachu de petite taille que la commissaire Idith Guerti avait appelé « Albert, notre chauffeur ». Cette même Guerti qui lui avait dit sans détour : « Je dois savoir tout ce qui se passe ici nous concernant. C'est d'ailleurs pour ça que je suis à ce poste. »

Une expression de plus en plus stupéfaite se peignit sur les traits de Marianka tandis qu'il progressait dans son récit.

« Mais comment le Mossad est-il lié à son assassinat et à la disparition de la Libanaise ? demanda-t-elle.

— Je n'ai pour l'instant aucune certitude, uniquement des présomptions. Je suis sûr d'une chose : ce que j'ai, moi, découvert au cours de l'enquête officielle ne peut pas être la vérité.

— Mais tu étais toi-même dans la chambre d'hôtel quand la drogue a été trouvée. Tu l'as vue, dit-elle, et Avraham crut discerner une lueur inquiète dans ses yeux.

— Bien sûr, mais elle n'y était pas lors de ma première visite dans la chambre. Quelqu'un l'y a placée entre-temps. Et c'est ce qui se passe depuis le début de cette affaire : quelqu'un me précède et m'indique la voie à suivre, sème des miettes sur mon chemin pour me pousser dans une direction précise. »

Après un instant de silence, elle lui posa la question à laquelle il s'attendait et dont il avait déjà la réponse : « Et si tu ne voulais simplement pas admettre que tu l'as loupée lors de ta première perquisition ? Après tout, ce n'est pas ton rôle. Tu ne travailles pas aux stups et tu ne connais pas les cachettes dont se servent les trafiquants pour planquer leur marchandise. En plus, à ce moment-là, tu ne savais pas quoi chercher dans la pièce. Tu as pu passer à côté, non ? »

La réponse, c'était l'inscription sur la vitre. Celle qu'il avait remarquée et qui avait été effacée. *Yaacov Ben-Hayat.*

Le nom tracé sur la poussière de la fenêtre lors de sa première visite et qui n'y était plus lors de son second passage. Le nom qui prouvait sans aucun doute possible que quelqu'un était entré dans cette chambre entre ses deux visites.

« Alors quelles sont tes hypothèses ? Tu peux expliquer ce qui reliait Chouchani au Mossad ? »

L'homme et son chien en laisse se trouvaient juste derrière eux. Avraham attendit qu'ils s'éloignent le long du quai.

En recoupant ce qu'Annette Mallot lui avait raconté avec ce qu'il savait des affaires d'export et des investissements immobiliers de Chouchani, Avraham avait déduit que ce dernier avait pu travailler pour le Mossad au Liban, en Tunisie et peut-être dans d'autres pays, sous la couverture d'un entrepreneur français et sous au moins une autre identité, suisse, celle-là.

« Mais il faisait quoi ? insista Marianka.

— Je n'ai pas encore de certitudes, mais si je me fie à ce repas au cours duquel, après avoir exagéré sur le vin rouge, il a évoqué ses anciennes activités, je peux entrevoir la vérité : sans doute achetait-il des biens dans des pays ennemis – surtout des appartements dont il assurait la location et la maintenance. »

Tu ne sais pas à quel point c'est effrayant d'attendre avant un rendez-vous à Beyrouth et de ne plus te rappeler si tu es censé être un vendeur de chaussures vivant à Tunis ou un investisseur suisse qui cherche de bonnes affaires dans l'immobilier. C'est le trou de mémoire total. Tu as oublié sous quel nom tu t'es présenté à la secrétaire qui a fixé ce rendez-vous et t'a accueilli, mais ce que tu sais, c'est que la moindre erreur peut te coûter la vie.

« Il est probable que ces appartements servaient de planques au Mossad, des endroits sûrs pour ses agents qui, de là, pouvaient partir en opération. Je suppose que c'était sa mission principale, mais je pense aussi que, grâce à ses nombreux déplacements justifiés par son activité professionnelle de façade, il pouvait transporter clandestinement ce que l'organisation voulait faire passer discrètement d'un pays à un autre. »

Tous les marqueurs pointaient en effet dans cette direction. Y compris le fait que Chouchani avait perdu en un laps de temps très court le patrimoine qu'il avait faussement amassé. Avraham avait noté dans son cahier : *pas de faillite comme le prétend Guerti. Ces acquis ne lui appartenaient en fait pas, il ne les avait pas payés de sa poche, donc, lorsqu'il a pris sa retraite et les a revendus, l'argent obtenu n'est pas non plus rentré dans sa poche.*

« Et Sarah Nueima ? »

À son sujet aussi, il avait plus d'hypothèses que de faits avérés, pourtant, il était certain de ne pas se tromper.

La tragédie de Chouchani était liée à la disparition de la femme qu'il aimait.

« Voilà ce que je suppose : quelqu'un du Mossad n'appréciait pas cette liaison. Annette Mallot m'a dit que son père le lui avait plus ou moins fait comprendre. Que dans son ancien travail, "on" lui ordonnait d'éviter Sarah, car "on" la soupçonnait de travailler pour le compte de quelqu'un. Ce qui est peut-être vrai. J'imagine qu'à l'agence ils trouvaient dangereux qu'un ancien membre, qui en savait long sur leurs adresses à travers le monde, les opérations organisées à partir de ces planques et les agents qui y avaient participé, tombe amoureux d'une ex-journaliste libanaise. »

Il attendit un instant avant de poursuivre, parce qu'un des deux hommes enlacés s'était tourné vers eux et leur demandait quelque chose. Marianka le rassura : il voulait du feu pour allumer une cigarette.

Le Français était venu en Israël pour rencontrer Yaacov Ben-Hayat, sans doute son officier traitant. C'était la seule manière d'expliquer pourquoi il avait inscrit sur la fenêtre de sa chambre d'hôtel le nom de l'homme qu'il avait appelé de Paris avant de réserver son billet d'avion. Et aussi pourquoi le numéro de téléphone de ce Ben-Hayat n'apparaissait sur aucun registre officiel.

L'histoire racontée par les fadettes que lui avait envoyées Jules était évidente.

Chouchani avait téléphoné plusieurs fois à Sarah Nueima, sans réussir à la joindre. Le 20 août, il avait appelé un numéro libanais, peut-être quelqu'un de la famille de cette femme, sans plus de succès. Le 21 août à 10 h 44, il avait fait une avant-dernière tentative infructueuse pour la joindre puis avait recontacté Yaacov Ben-Hayat en Israël. Ensuite, il avait ressayé de joindre Sarah et aussitôt après avait réservé son billet pour Tel-Aviv. Sur ce qui s'était dit au cours de cette conversation téléphonique entre Chouchani et Ben-Hayat, Avraham avait moins de certitudes, mais il envisageait plusieurs scénarios : l'un était que l'officier traitant ne savait rien de Sarah Nueima, n'était pas impliqué dans sa disparition mais avait promis que le Mossad l'aiderait à la retrouver et avait demandé à son ancien agent de venir en Israël pour participer aux recherches ; un autre était que Ben-Hayat savait exactement où se trouvait Sarah, s'en était servi pour attirer Chouchani en Israël, sans quoi, l'avait-il menacé, elle risquait sa vie.

« Ce dont je suis sûr, c'est qu'il est venu le plus vite possible parce qu'il pensait pouvoir la retrouver, dit Avraham. Peut-être même la croyait-il retenue ici de force et espérait-il la sauver.

— Et il n'en aurait parlé à personne ? Ni à sa fille ni à personne d'autre ?

— Évidemment. Le secret était son mode de vie et le code de l'organisation pour laquelle il a travaillé. En plus, tu crois qu'il aurait pris le risque de mettre Sarah en danger ?

— Et qu'est-ce qui est arrivé après, à ton avis ? Parce qu'il a été assassiné, ce n'est pas une noyade accidentelle. »

À cette question, il n'avait pas de réponse.

Peut-être vaudrait-il mieux en rester là ?

Cesser de se torturer l'esprit, oublier sa conversation avec Annette Mallot, rentrer en Israël et reprendre l'enquête concernant Liora Talias et l'imposture d'Amir Suwan.

Quant à la suite des événements, il n'avait noté dans son cahier qu'une série de points d'interrogation : *est-ce que quelque chose a mal tourné ou au contraire était-ce là l'exact plan de Ben-Hayat – faire venir Chouchani en Israël pour s'en débarrasser ici ? Chouchani avait-il pris cela en compte – d'où ce comportement évoquant quelqu'un qui avance vers sa mort – et avait-il décidé de venir quand même dans l'espoir de faire la lumière sur le sort de Sarah ?* Un point le préoccupait plus que tout : *était-ce uniquement parce que le directeur de l'hôtel avait déclaré sa disparition, avertissant ainsi le commissariat du secteur de sa présence en Israël, qu'on l'avait tabassé à mort ?*

Était-il possible que, si la police ne s'en était pas mêlée, on l'aurait simplement gardé dans un endroit tenu secret et rien n'aurait jamais filtré sur sa présence en Israël ?

Marianka pensait que l'homme avait obligatoirement laissé d'autres indications expliquant les raisons qui l'avaient poussé à faire ce voyage.

« Peut-être a-t-il dissimulé des indices chez lui comme il l'a fait à l'hôtel, dit Avraham, mais je n'ai rien trouvé, puisque l'appartement a été cambriolé avant ma visite : son ordinateur a été volé ainsi que tous les papiers et les documents qu'il gardait sans doute à portée de main. Tu comprends ? Les seules preuves existantes sont celles que mon enquête a révélées, celles qui ont permis à quelqu'un de tisser – ou plutôt à quelqu'un de me faire tisser – une belle couverture dans le seul but de masquer la vérité. C'est moi qui trouve la cocaïne au Palace, continua-t-il, moi qui écris le rapport sur l'argent que devait Chouchani au marché gris, moi qui explique pourquoi il a accepté de servir de mule. C'est encore moi qui identifie son corps et transmets le rapport d'autopsie indiquant qu'il y a eu torture ou passage à tabac – ce qui ressemble soit à une vengeance des trafiquants qu'il a voulu doubler, soit à une tentative de lui faire avouer où il avait caché le reste de la poudre. Bref, ils me manipulent sans vergogne, ce sont les mêmes pratiques que celles des organisations criminelles, tu comprends ? Je suis celui qui, en toute bonne foi, leur sert à masquer leurs agissements, et je n'y peux rien ! »

Il se remémora soudain le jeune orang-outan qui s'était enfui du zoo de Rishon-leZion l'été précédent, mais n'avait pas poussé bien loin son escapade. En fait, ce singe, c'est moi, songea-t-il en revoyant la manière dont l'animal s'était rendu aux services vétérinaires, dans un silence total, sans protester ni tenter de résister, lui qui, juste avant, avait été suffisamment déterminé pour s'échapper de sa prison.

« Je suis sûre que tu y peux quelque chose, Avi, dit Marianka. En plus, tu n'es pas tout seul. »

C'est vrai. Je t'ai, toi, pensa-t-il, et je t'aime. J'ai aussi Eliyahou Maaloul, Esthy Wahaba et peut-être Jules. Beau quatuor pour se dresser contre les services spéciaux : un commissaire manipulé, une inspectrice bientôt aveugle et un inspecteur bientôt à la retraite, accompagnés d'une ex-agente de la circulation belge reconvertie en détective privée spécialisée dans les divorces à l'israélienne. Et je pourrai peut-être aussi compter sur mon interlocuteur français, même si je ne l'ai pas encore rencontré.

Effectivement, les jeux n'étaient pas faits.

« Qui est Jules ? demanda Marianka.

— Un membre de leur service de communication. C'est lui qui m'a rencardé de manière informelle et que je devrais normalement voir demain matin. »

Dans le regard qu'elle lui lança, il lui sembla enfin détecter que l'estime avait remplacé la stupéfaction.

« Tu ne dois pas avoir peur, Avi. Franchement. Si ce que tu as découvert est vrai, si quelqu'un du Mossad est derrière ce crime et la disparition de Sarah Nueima, il faut le démasquer et je vais t'aider. Je viendrai demain avec toi rencontrer Jules et aussi, si tu veux, ce Ben-Hayat. Parce que tu dois l'appeler et lui parler. Mets Benny Seban dans la confidence et convoque officiellement l'officier traitant pour interrogatoire. Il ne t'arrivera rien. Le Mossad n'est certainement pas au-dessus de la loi. »

Il en doutait un peu mais la prit dans ses bras.

« On verra bien ce qui se passera à notre retour en Israël, dit-il.

— Cela dit, si tu veux que je t'aide sur le dossier Chouchani, j'ai une condition. »

Il pensa qu'elle lui demanderait de l'embrasser, parce qu'ils ne l'avaient pas fait une seule fois depuis leur arrivée à Paris. Et avec le jour qui se levait sur le fleuve en un dégradé de roses et d'orangés, le décor était parfait.

« Je veux que tu retournes interroger Danielle Talias. Que tu ne laisses pas sa mère parler à sa place. C'est elle que vous devez écouter. Demande-lui, à elle, si le garçon a menti. Promets-moi de le faire », insista-t-elle et, bien qu'il ait du mal à comprendre pourquoi elle y tenait tant, il s'y engagea.

De retour à l'hôtel, il convoqua Danielle pour un nouvel interrogatoire l'après-midi même, au commissariat de Neuilly.

L'appel téléphonique de Benny Seban, il ne le recevrait qu'à la fin de l'audition de l'adolescente. Il comprendrait alors que c'était définitivement perdu, que son combat pour découvrir la vérité sur Chouchani n'aboutirait pas. Pourtant, sa conversation nocturne avec Marianka puis sa rencontre avec Jules, sur un banc non loin de l'ancien bâtiment de la PJ au 36, quai des Orfèvres, lui avaient redonné du courage. D'autant que le très beau policier français lui avait communiqué de nouvelles informations concernant la manière dont Sarah Nueima avait quitté la France.

Seban avait appelé trois fois, il insistait. Et quand Avraham se résolut à sortir du bureau et à lui répondre, ce fut tout d'abord pour s'entendre reprocher de ne pas avoir pris la communication plus tôt.

« Écoutez-moi bien, Avi : on a démantelé le réseau de trafiquants que vous avez découvert et on a retrouvé la personne qui a tabassé votre passeur. Vous avez certainement entendu parler des frères Bassissi ? Ils sont trois. L'aîné est écroué pour trafic de stupéfiants, mais, de sa cellule, il continue à diriger les affaires familiales. Hier, il a reconnu être le commanditaire de la marchandise et avoir envoyé un de ses hommes de main rosser Chouchani. Vous m'entendez, Avi ? Vous êtes encore à Paris, n'est-ce pas ? »

Il avait entendu chaque mot. N'en avait pas cru un seul.

« Quoi qu'il en soit, la petite frappe de Bassissi n'a pas tué Chouchani, il lui a juste infligé une bonne correction. C'est la conclusion des enquêteurs. Apparemment, votre homme s'est senti tellement menacé qu'il a décidé de se suicider. »

Avraham resta encore quelques minutes sur le balcon du commissariat de cette banlieue chic et suivit du regard la rue, en bas, qui menait au fleuve. Ce même fleuve qu'il contemplait à l'aube avec Marianka, encore persuadé qu'ils avaient une chance.

Regagner le bureau où l'attendait Danielle Talias lui prit du temps, parce qu'il essaya de se représenter Raphaël Chouchani entrer dans la mer. De son plein gré. L'eau atteint sa taille, puis ses épaules, puis finalement sa tête, jusqu'à ce qu'il disparaisse.

Cela ne s'était pas passé ainsi.

S'il avait eu le choix, il n'aurait pas repris l'interrogatoire de l'adolescente, mais il avait promis à Marianka de la faire parler et d'obtenir de sa bouche la vérité sur sa relation avec Amir Suwan.

Et ce soir-là, il arriva à ses fins.

QUATRIÈME PARTIE

LA TRAHISON

14

Au bout de deux semaines sans nouvelles d'Esthy Wahaba, Liora commença à se demander si son plan avait déraillé. D'autant qu'avec la journaliste c'était pareil : disparue comme si la terre l'avait avalée. Et ce n'était pas faute d'avoir essayé de la joindre par téléphone. Elle n'eut pas plus de succès en lui envoyant un message WhatsApp :

> Sigal, que se passe-t-il ? Avez-vous avancé sur notre affaire ? Merci de me rappeler, Liora Talias.

Elle alluma la télévision, tout en sachant qu'il y avait peu de chance pour qu'un reportage sur elle soit diffusé sans qu'on l'ait avertie. Effectivement, au lieu de parler de son cas, Sigal avait enquêté cette semaine-là sur la femme d'un rabbin qui avait détourné des milliers de shekels en vendant de soi-disant bénédictions censées guérir des enfants malades du cancer.

Et personne ne lui fournissait la moindre explication.

Depuis qu'elle avait donné à la bigleuse une version détaillée des événements – silence radio. Était-ce parce que la policière, convaincue par son récit, avait décidé d'abandonner les poursuites contre elle et de se concentrer sur le viol ?

Edry lui aussi trouvait étrange que depuis son dernier interrogatoire la police ne les ait pas contactés pour les informer de l'avancée du dossier. Il promit de se renseigner, mais voulut savoir quand Danielle rentrerait. Elle répondit que ça ne saurait tarder, bien que, de cela aussi, elle ne soit plus très sûre. Sa fille aurait déjà dû être là pour témoigner sur son viol et participer au reportage – Liora s'y était engagée auprès de la journaliste –, mais apparemment la gamine avait demandé à rester encore quelques jours à Paris. Sous prétexte qu'elle n'était pas tout à fait remise. La policière et la journaliste s'étant volatilisées, il n'y avait pas d'urgence et Marcelle, qui ne lui avait pas passé sa fille lors de leur dernier coup de fil, avait vraiment insisté : « Laisse-lui plus de temps. Elle n'ose pas t'en parler, mais elle veut profiter encore un peu. Et nous, ça ne nous dérange pas, au contraire. On est contents qu'elle soit là. Qu'est-ce que ça peut te faire ? »

Or cette femme était la seule personne au monde sur laquelle Liora pouvait compter les yeux fermés.

~

Le lendemain matin, Edry l'appela : il avait l'impression que quelque chose se tramait vu que personne ne communiquait avec lui. Même les sources qui d'habitude lui refilaient des tuyaux. Et comme il ne pensait pas que les charges contre elle avaient été abandonnées – il craignait même le contraire –, il lui recommanda de se préparer au pire et surtout de le prévenir dès que quelqu'un la contacterait. Et effectivement, la bigleuse l'appela dans l'après-midi pour lui demander, sur un ton qu'elle essayait de rendre le plus anodin possible, de passer au commissariat le lendemain matin.

« Pourquoi ? voulut savoir Liora.

— Pour combler quelques trous. Nous nous préparons à rédiger nos dernières recommandations avant de transmettre le dossier au parquet et il y a encore certains petits détails que je voudrais clarifier avec vous. »

Liora chercha aussitôt à joindre Edry, mais il ne répondit pas. A posteriori, elle comprendrait que cela faisait partie de son double jeu, qu'il l'avait trahie pendant toute la procédure, comme la fois précédente, lorsqu'il avait collaboré avec les assassins.

Il savait, ou du moins se doutait, qu'elle s'était fait piéger mais il ne l'avait pas prévenue, apparemment sur ordre de ses amis policiers.

Ce jour-là, elle aurait pu demander un report d'audition, invoquant le fait qu'elle n'avait pas eu le temps de parler à son avocat, mais de toute façon il ne l'aurait pas aidée et, en vérité, elle était très loin d'imaginer que ce serait la fin.

Son dernier interrogatoire.

Étrange : Danielle était toujours en France, or elles devraient faire une déposition conjointe et, à un certain moment, la police procéderait obligatoirement à une confrontation entre elles et l'imposteur. Alors comment Esthy Wahaba pouvait-elle affirmer qu'il n'y avait plus que « quelques trous à combler » ? Comment exactement entendait-elle rédiger ses « dernières recommandations » alors que son principal témoin avait encore tellement de choses à dire ?

Alice rechigna quand elle lui demanda à ne pas travailler

le lendemain : c'était la « journée de la générosité » à la crèche et elle avait particulièrement besoin de son assistante maternelle. Chaque enfant mettait tout son cœur à fabriquer une œuvre d'art qu'il offrirait à un de ses copains ou une de ses copines. Ça faisait beaucoup de saleté, il fallait ensuite racler le sol et les murs.

Liora essaya aussi de joindre Mikhal pour voir si elle pourrait récupérer Eden et Ofrith à l'école et les ramener chez elle, mais sa fille ne répondit pas pendant plus d'une heure puis lui dit qu'elle la rappellerait, et quand enfin elle le fit, ce fut pour lui annoncer que ce n'était pas possible parce que Maxime avait un truc de prévu et qu'il avait besoin de la voiture. Elle parlait d'une drôle de voix, un ton officiel ou trop sérieux, mais comme son gendre lui faisait la tête depuis un certain temps déjà, ça avait peut-être déteint sur son aînée.

Du coup, elle se rabattit sur Mordekhaï, qui accepta de s'occuper des petites le lendemain après l'école et lui proposa même de passer dans la soirée. Elle accepta. Il lui dit de ne rien préparer à manger, arriva à 19 heures avec une casserole de *sofrito* au poulet et un gâteau de semoule. Ils dînèrent tous les quatre ensemble puis regardèrent la télévision dans le salon. À 22 h 30, il demanda s'il pouvait rester dormir. Liora comprit que ce serait dans le même lit qu'elle et, pour une fois, lui dit oui. De toute façon, elle savait qu'elle ne le toucherait pas.

Edry rejetait ses appels, Marcelle et Rony ne répondaient pas non plus, elle leur laissa un message pour exiger de parler à Danielle.

Le lendemain matin, Mordekhaï, qui avait sans doute

senti combien elle était tendue, lui proposa de lire des psaumes. Effectivement, quoi de mieux pour la préparer aux épreuves qu'elle risquait d'affronter ?

Quand il partit pour la synagogue, elle alla se doucher. Elle but son deuxième café toute seule, sur la terrasse, puis réveilla Eden et la prévint que ce serait lui qui resterait avec elle et Ofrith parce que « cet après-midi, maman ne sera peut-être pas rentrée à l'heure ».

À la différence des fois précédentes, Esthy Wahaba ne la laissa pas mariner dans le couloir. Elle l'introduisit rapidement dans la salle – Liora ne comprendrait pourquoi que quelques heures plus tard. C'était leur quatrième ou cinquième rencontre et, même si elle se savait la plus forte des deux, elle était stressée – trop de flou autour d'elle, une sensation d'être plongée dans le brouillard. Elle se rendrait malheureusement compte qu'elle avait raison. Et pourtant, même lorsque l'enquêtrice la prit de court, elle ne se départit pas totalement de son assurance et continua à contrôler ce qui se passait autour d'elle. D'ailleurs, quand elle quitta les lieux, bien stable sur ses deux jambes, elle le fit au moment où elle, et elle seule, l'avait décidé.

« Comme je vous l'ai expliqué, commença la bigleuse, nous sommes sur le point de boucler cette affaire. Peut-être y arriverons-nous avant la fin de la semaine. Je voulais donc revenir avec vous sur certains points et entendre votre dernière version des faits avant de prendre des décisions définitives. »

Sur la table, il y avait des bouteilles d'eau et un dossier en carton vert, d'où la policière tira une feuille qu'elle se mit à lire sans relever les yeux. Liora songea que si elle l'avait rencontrée ailleurs – si elle avait été la mère d'un des enfants de la crèche, par exemple – cette femme n'aurait pas fait partie des parents qu'elle détestait.

« Lors de votre première audition, mardi 26 août, un jour après la découverte du bébé, vous avez nié tout lien avec lui. J'ai ici votre déposition signée, vous pouvez la relire, continua-t-elle. Quelques jours plus tard, après le test ADN auquel nous avons procédé et qui prouvait une parenté avec cette enfant, mais pas au premier degré, vous avez tout de même affirmé être sa mère, et vous avez expliqué que, pour des raisons financières, vous ne pouviez pas la garder. Vous vous souvenez ? Cette déposition aussi, vous l'avez signée. Il y a deux semaines, quand vous avez compris que nous savions que votre fille était en réalité la mère du bébé et que nous allions l'interroger à Paris, vous avez donné une nouvelle version. Vous avez déclaré que Danielle avait été victime d'un viol commis par un garçon du nom d'Amir Suwan, qui lui avait caché son identité et s'était fait passer pour juif afin d'avoir des relations sexuelles avec elle. Pour ma part, je considère toutes ces versions comme des tentatives pour retarder et entraver l'enquête afin que la justice ne puisse pas sanctionner la seule réelle coupable. Vous, en l'occurrence. Et c'est uniquement contre vous que nous avons l'intention de rédiger un acte d'accusation. Je ne vois, pour l'instant, aucune autre explication à vos retournements successifs, sauf si vous arrivez maintenant à me les justifier. »

Comme au cours de ses précédents interrogatoires, elle n'avait pas l'intention de réagir.

Mordekhaï lui avait conseillé de se répéter intérieurement un psaume pendant l'audition. Elle essaya de retrouver les premières lignes du troisième verset qu'il lui avait lu tôt le matin, sur la terrasse, exactement au moment où l'obscurité commençait à s'estomper.

« Dommage que vous gardiez à nouveau le silence. Je vous donne la possibilité de vous expliquer. C'est l'ultime occasion, la prévint Esthy Wahaba qui essaya de prendre un air menaçant.

— Vous êtes la dernière personne au monde dont j'attends une occasion. Vous vous prenez pour qui ? rétorqua Liora. Et si c'est tout ce que vous avez à me dire, je pense que je ferais mieux de partir et de commencer ma journée. »

Elle ne pouvait pas affirmer comprendre, jusqu'au dernier détail, le plan qu'elle avait elle-même conçu, mais tout n'avait été imaginé que pour le bien de Danielle.

L'accouchement dont personne n'était censé avoir connaissance. L'espoir que le bébé cesse de respirer après l'avortement raté. La décision d'attendre le départ de Danielle pour le déposer devant l'hôpital de sorte que, si on les retrouvait, Liora endosse toute la responsabilité, qu'elle avoue avoir laissé le sac et soit la seule condamnée. Elle n'avait pas pensé, au cas où elle serait arrêtée, que quelqu'un prendrait la peine de vérifier ses dires si elle se présentait comme la mère et d'ailleurs peut-être que personne ne l'aurait fait si elle n'était pas tombée sur cette policière-là, une entêtée qui n'avait pas lâché l'affaire, comme si ce bébé était le sien. Bon, peut-être que tel était son rôle en ce bas monde, recueillir une petite prématurée que quelqu'un, en haut, protégeait, et s'en occuper, comme la fille de Pharaon s'était occupée de Moïse.

Et si elle avait finalement parlé d'Amir Suwan, c'était parce qu'il ne lui restait plus qu'un seul moyen pour sauver Danielle : dire toute la vérité.

L'enquêtrice sourit puis reprit : « Je veux savoir si vous maintenez votre dernière version, selon laquelle Danielle vous a dit avoir été violée, ce qui vous a décidée à organiser un avortement illégal et à empêcher une prématurée de recevoir des soins. Je vais vous lire des passages de votre précédente audition et vous me direz s'il y a des choses que vous souhaitez retirer, d'accord ? Voilà ce que vous avez déclaré : *le samedi 9 août, ma fille Danielle qui souffrait de maux de ventre et de fatigue m'a dit qu'elle pensait être enceinte parce que cela faisait trois ou quatre mois qu'elle n'avait plus ses règles. Quand je lui ai demandé pourquoi elle ne m'en avait pas parlé plus tôt, elle m'a expliqué qu'elle avait honte et ne l'avait dit à personne, car cette grossesse était le résultat d'un viol dont elle avait été victime. Le responsable s'appelle Amir Suwan, elle l'a rencontré à son travail. Danielle m'a raconté qu'il ne l'avait pas forcée à avoir une relation sexuelle, mais qu'il lui avait menti sur son identité en prétendant qu'il était juif. Qu'ils avaient couché ensemble deux fois et qu'ensuite il avait décidé de la quitter. Nous avons fait un test de grossesse qui est sorti positif et avons pensé porter plainte pour viol, mais ma fille était psychologiquement trop fragile et ne voulait pas. Nous avons donc décidé de garder le secret et de la faire avorter pour que toute cette affaire reste entre nous deux et n'ait aucune incidence sur son avenir.* Vous m'avez alors expliqué qu'après l'échec de cette tentative d'avortement vous vous êtes occupée avec dévouement du bébé, puis l'avez déposé devant l'hôpital Wolfson pour qu'on le sauve, etc., bon, ça, c'est moins important. Confirmez-vous le passage que je vous ai lu? C'est-à-dire que votre fille a déclaré qu'Amir Suwan l'avait violée en mentant sur son identité et que c'est elle qui vous a demandé de cacher ce viol et d'agir ensuite comme vous l'avez fait?

— Pourquoi, avec vous, il faut tout répéter deux fois, franchement? Parce que vous voyez double? Je n'ai pas dit que ma fille m'avait demandé de faire tout ça, j'ai dit que j'avais fait tout ça pour elle. Que c'était ce qu'elle voulait. Je vous ai proposé d'aller interroger le coupable au lieu de nous harceler, nous, pas vrai? Alors, vous l'avez fait? Vous vous êtes renseignée pour savoir s'il a récidivé avec d'autres filles? Vous n'avez pas honte de me traiter de criminelle alors que nous sommes les victimes dans cette histoire? Et je vous ai prévenue, rappelez-vous, que votre attitude vous exploserait à la figure. Vous ne perdez rien pour attendre.»

Liora était moins sûre de sa dernière affirmation, et elle espéra que cela ne s'était pas entendu dans sa voix. La policière la regarda avec le même demi-sourire qu'elle arborait depuis le début de leur conversation. Aurait-elle été en contact avec la journaliste, ce qui expliquerait pourquoi Sigal l'évitait?

«On verra ce qui explosera à la figure de qui», dit Esthy Wahaba avant de tourner vers elle l'écran de l'ordinateur qui était sur la table.

Dans un premier temps, Liora crut se voir, elle, sur l'image arrêtée, mais avec des habits qu'elle n'avait jamais mis.

Elle avait pris du poids et sa poitrine semblait plus pleine, presque féminine, mais la vraie raison pour laquelle Liora eut besoin de temps pour reconnaître Danielle était leur très grande ressemblance. Sa fille portait un jean clair qu'elle n'avait pas avant son voyage et son sweat blanc préféré, le large avec la grande poche sur le devant, que Liora avait lavé des dizaines de fois depuis qu'elle le lui avait acheté au début de l'hiver.

« Ce que vous allez visionner a été filmé à Paris il y a dix jours. Depuis, nous avons continué à enquêter et tout ce que Danielle dit là a été vérifié et confirmé. Je vous ai imprimé une retranscription, parce qu'on n'entend pas clairement ce qui est dit. Nous allons visionner ensemble les passages importants, d'accord ? Comme vous allez le constater, le commissaire Avi Avraham, chef de notre service d'investigation, s'est rendu spécialement sur place et c'est lui qui a réussi à convaincre votre fille de parler. Sa version diffère de la vôtre. Selon elle, vous êtes la seule responsable de l'abandon du bébé, de sa privation de soins médicaux puis des tentatives d'entraver le cours de l'enquête. Vous avez même fait pression sur elle pour obtenir un faux témoignage. »

Le policier assis en face de sa fille était celui que Liora avait vu une fois, en salle d'interrogatoire.

« Vous pouvez arrêter, votre film ne m'intéresse pas, vous essayez juste de me piéger. »

Afin de dissimuler son tremblement, elle posa les mains sur ses genoux, sous la table. Il y avait une partie des accusations de la bigleuse qu'elle n'avait pas comprise, celle relative à la pression qu'elle aurait exercée sur Danielle pour qu'elle mente.

Le policier portait une parka bleu marine sur une chemise blanche. Ses propos indiquaient que ce n'était pas la première fois qu'il voyait Danielle. Comment expliquer que Marcelle ne lui ait rien dit de ces convocations ?

« Dans ta déposition d'hier, commençait-il, tu as confirmé qu'Amir Suwan t'avait caché qu'il était arabe, et que c'est ce que tu entendais par viol. Il s'agit donc de ce qu'on appelle un viol par surprise. » Danielle acquiesça. « D'un autre côté, tu as refusé de donner des détails sur ce qui s'est passé entre vous deux, et tu as dit que ta mère nous en parlerait. Alors je vais t'expliquer mon problème et pourquoi il me faut tout de même ton témoignage. J'ai rencontré ta mère, c'est quelqu'un qui sait bien s'exprimer, mais elle fait un peu peur, non ? Le problème, c'est qu'elle n'était pas avec toi et Amir dans la chambre. Son témoignage est indirect. Tu connais ce terme ? C'est le témoignage de quelqu'un qui rapporte ce qu'on lui a raconté mais ne l'a pas vécu lui-même, ne l'a pas non plus vu de ses propres yeux. Il a moins de poids au tribunal. Or justement parce que je te crois, Danielle, je veux qu'Amir soit jugé pour ce viol. Je veux aussi chercher s'il a piégé d'autres filles. Et pour ça, j'ai besoin que tu fasses une déposition. Toi, pas ta mère. Et que tu me donnes tous les détails sur la manière dont il a menti et s'est fait passer pour ce qu'il n'est pas. Ta mère ne suffira pas en l'occurrence. J'ai besoin de toi, et elle, ce n'est pas toi, même si tu as l'impression que si. »

Comme à son habitude, Danielle cachait son regard sous sa capuche mais chaque fois que le commissaire la mentionnait, elle, Liora – par exemple quand il avait dit qu'elle faisait peur –, sa gamine relevait la tête vers lui. À l'évidence, par désespoir. Des heures plus tard, elle comprendrait que ce n'était qu'une comédie.

La policière passa plus vite la suite de la vidéo parce qu'il fallut du temps à sa fille pour finir par lâcher ce que le commissaire voulait entendre. Stratégie basique : plus l'interrogatoire avançait, plus il se penchait vers elle. D'un côté, il faisait semblant de croire leur version en assurant que le coupable irait en prison, de l'autre, il essayait de semer la zizanie entre elles deux.

« Je comprends que ta mère t'ait promis de tout nous raconter et de ne penser qu'à ton bien, disait-il. Mais elle se trompe. Elle n'est pas avocate, elle ne connaît pas la loi et, au lieu de nous aider à punir ton violeur, elle aggrave les choses. Pour nous – mais surtout pour toi. Et excuse-moi de te le dire, Danielle, mais tu n'as plus l'âge de lui obéir aveuglément. Même si tu as peur d'elle. Tu me sembles être suffisamment adulte pour décider par toi-même. »

Le tremblement des mains se propagea jusque dans les bras que Liora posa sur la table. Le policier à l'écran continuait son travail de sape : « As-tu envisagé que ta mère ait pensé aussi à elle, pas seulement à toi ? » Danielle essaya de fuir son emprise et regarda vers le haut, vers la caméra, comme si elle savait que Liora visionnerait l'enregistrement. Elle ne répondit pas, alors il reprit : « Peut-être qu'elle se sert de toi pour qu'on lui accorde des circonstances atténuantes ? Parce qu'elle s'est rendue coupable de choses très graves, quoi qu'elle en dise : elle n'avait pas le droit de priver une prématurée de soins médicaux, peu importent les conditions dans lesquelles elle est née. Elle pense peut-être qu'en prétendant avoir agi à ta demande, ou à cause de ce qui t'est arrivé, le juge sera plus clément ? Est-ce la raison pour laquelle elle t'interdit de nous parler ? »

La déposition de Danielle, Liora fut incapable de la regarder.

« Pourquoi as-tu peur d'elle ? » insistait lourdement le policier. Et c'est là que sa fille déclara : « J'ai pas peur d'elle. » Alors il la pressa encore plus : « Si. Tu ne lui tiens pas tête. Tu la laisses parler en ton nom et tu te tais. Tu n'oses rien faire sans sa permission. »

Danielle tira sur les cordons de sa capuche blanche qui se resserra encore davantage autour de son visage, comme si elle cherchait à disparaître dedans.

« Je comprends que tu aies peur. Tu ne veux pas te dresser contre ta mère. Sauf que parfois il faut se prendre en main et dire ce qu'on a à dire. »

Danielle marmonna quelque chose qu'il n'entendit pas, puis le répéta en haussant la voix : « J'ai pas peur d'elle. Elle me fait pitié. »

Lorsque Liora se tourna vers Esthy Wahaba, elle ne discerna pas, dans les yeux de la bigleuse, la lueur de triomphe qu'elle pensait y trouver. Il y avait quelque chose d'autre qu'elle préféra ne pas voir.

Le commissaire interrogea sa fille sur ce qu'elle entendait par là.

« Sa vie me fait pitié, ce qu'elle a enduré et qui l'a poussée à me faire ça. Tout lui échappe, alors elle essaie de me contrôler moi, de décider pour moi. Mais c'est pas vrai que je lui obéis, la preuve, je suis sortie avec Amir alors que je savais très bien ce qu'elle en penserait. »

Liora demanda d'arrêter la vidéo et, à sa grande surprise, l'enquêtrice fit pivoter l'écran de cent quatre-vingts degrés.

« D'accord, dit-elle. Je comprends que ce soit pénible. Voici la suite, lisez-la. Il le faut. Vous voulez que je vous laisse seule ? »

Elle déposa les feuillets sur la table, prit le reste du dossier et sortit de la pièce. Liora parcourut rapidement la transcription, car elle se doutait déjà de ce qu'elle y trouverait.

L'interrogateur : *Qu'est-ce que ça veut dire, que tu savais très bien ce qu'elle penserait ?*

Talias : *(Pas de réaction.)*

L'interrogateur : *Tu veux dire que, quand tu sortais avec lui, tu savais que ta mère serait contre ?*

Talias : *(Confirme de la tête.)*

L'interrogateur : *Si tu pensais qu'Amir Suwan était juif, pourquoi ta mère aurait-elle été contre ?*

Talias : *(Ne répond pas.)*

L'interrogateur : *Explique-moi, Danielle. Pourquoi s'y serait-elle opposée ?*

Talias : *Parce que je le savais, je crois.*

L'interrogateur : *C'est-à-dire ?*

Talias : *Elle aurait été contre n'importe quel garçon avec qui je serais sortie. Rien à voir avec lui en particulier. Elle s'était aussi opposée à un autre mec que j'ai eu. Elle veut avoir le contrôle sur ma vie.*

L'interrogateur : *Un instant, revenons d'abord sur ce que tu as dit. C'est important. Tu as dit : « Je le savais, je crois. » Qu'est-ce que je dois comprendre ? Il t'a caché sa vraie identité, oui ou non ?*

Talias : *J'ai l'impression qu'il a essayé de me la cacher, mais j'avais capté. En plus, j'ai vu ses messages sur WhatsApp.*

L'interrogateur : *Arrêtons-nous un instant sur les détails. Tu dis qu'il a essayé de te cacher son identité. Par quels moyens?*

Talias : *(Réponse incompréhensible – à compléter. Trois ou quatre mots.)*

L'interrogateur : *Mais en pratique? Donne-moi un exemple de ce que tu appelles « cacher ».*

Talias : *Il voulait toujours qu'on se retrouve chez moi et il m'a jamais invitée chez lui, il parlait jamais de ses amis ou de sa famille. Au McDo, je pense pas qu'ils savaient. Il parlait hébreu sans accent mais disait qu'il était plus à l'aise en anglais parce qu'il avait vécu avec sa famille en Irlande ou en Australie jusqu'à ses dix ans. Il disait aussi qu'il voulait y retourner après le lycée pour travailler. Y avait rien en arabe dans son téléphone à part les messages WhatsApp que j'ai vus, comme je vous ai dit. C'est tout.*

L'interrogateur : *Alors comment est-ce que tu as tout de même compris? D'après quoi? Seulement WhatsApp?*

Talias : *Parce que je sentais qu'il avait quelque chose à cacher. Comme moi, des fois. Ça se sent, quand quelqu'un est pas net.*

L'interrogateur : *Oui. Et qu'est-ce que ça t'a fait?*

Talias : *Je sais pas.*

L'interrogateur : *Est-ce que ça t'a dérangée pendant que vous aviez des rapports sexuels?*

Talias : *Après.*

L'interrogateur : *Mais pendant? Tu as couché avec lui deux fois, c'est bien ça? À ce moment-là, est-ce que ça te dérangeait?*

Talias : *Quoi ?*
L'interrogateur : *Qu'il t'ait caché son identité.*
Talias : *Ça m'a dérangée après, comme je viens de dire. Mais à cause de ça, j'ai raconté à personne qu'on sortait ensemble.*
L'interrogateur : *À cause de quoi ?*
Talias : *Parce que je l'avais grillé. Et aussi parce que je savais pas s'il était sérieux.*
[...]
L'interrogateur : *Alors quand est-ce que ça t'a dérangée qu'il se fasse passer pour un Juif ?*
Talias : *Je l'ai aussi vu avec sa famille à Jaffa après, il m'avait déjà larguée.*
L'interrogateur : *Et c'est là que ça t'a dérangée ?*
Talias : *Quoi ?*
L'interrogateur : *Qu'il ne t'ait pas dit la vérité.*
Talias : *Ce qui m'a dérangée, c'est qu'il a cassé sans me donner d'explications.*
L'interrogateur : *Pourquoi ?*
Talias : *(Secoue négativement la tête.)*
L'interrogateur : *J'essaie toujours de comprendre à partir de quand ça t'a dérangée.*
Talias : *Quand j'ai pensé être enceinte, je savais plus quoi faire. Ça m'a stressée, je voulais pas en parler à mes copines parce que j'avais peur qu'elles disent quelque chose au lycée et que je sois virée. C'était juste avant la fin de l'année. En plus, depuis un moment, y a des filles qui sont moins sympas avec moi. Et ma mère, je voulais pas la mêler à ça parce que je savais comment elle réagirait, alors j'ai pensé aller le voir, lui. Amir. Je lui ai envoyé des tas de messages. Je l'ai même*

appelé. Il m'a jamais répondu, et après il m'a bloquée sur WhatsApp.

L'interrogateur : *Pourquoi il ne répondait pas ?*

Talias : *Peut-être qu'il avait la trouille que je découvre qui il était. Il travaillait déjà plus au McDo et on était plus en contact.*

L'interrogateur : *Et c'est là que tu en as parlé à ta mère ?*

Talias : *Pas tout de suite. Du coup, j'ai dépassé la limite. Je suis allée voir ma mère quand je pouvais plus le cacher à cause de mon ventre. Mais avant, j'avais trop honte.*

L'interrogateur : *Et elle a réagi comment ?*

Talias : *(Ne répond pas.)*

L'interrogateur : *Tu as du mal à en parler ?*

Talias : *Ça a été dur pour elle.*

L'interrogateur : *Quoi ?*

Talias : *Tout. Même pire que je pensais.*

L'interrogateur : *Elle t'a demandé de qui était le bébé ? Comment tu étais tombée enceinte ?*

Talias : *(Hoche la tête.)*

L'interrogateur : *Et tu lui as dit quoi ? Tu lui as parlé de ta relation avec Amir ?*

Talias : *Je lui ai dit qu'il m'avait mise enceinte.*

L'interrogateur : *Et tu lui as aussi dit qu'Amir t'avait caché qu'il était arabe ?*

Talias : *Je lui ai dit qu'au début j'étais pas sûre. Parce que c'est vrai, au début, je savais pas trop, comme je vous l'ai expliqué. Elle a d'abord pensé aller trouver ses parents, mais après, elle a changé d'avis.*

L'interrogateur : *Et à lui, tu lui as posé la question ? Je ne comprends pas, si tu t'en doutais, comment se fait-il que tu ne lui aies pas demandé ?*

Talias : *C'est gênant de demander un truc pareil. Je pensais qu'il finirait par me le dire si on restait ensemble, et en plus, avant qu'il casse, ça me dérangeait pas trop.*

L'interrogateur : *Bon, et après, que s'est-il passé ?*

Talias : *Après quelques jours, ma mère a dit qu'on pouvait arranger un avortement et elle m'a emmenée chez un docteur.*

L'interrogateur : *Et tu étais opposée à cet avortement ou, au contraire, tu le voulais ?*

Talias : *Je voulais avorter. Arrêter cette grossesse.*

(Elle s'interrompt, l'interrogateur lui donne de l'eau.)

L'interrogateur : *Ça va ? Tu veux qu'on fasse une pause ?*

Talias : *Non.*

L'interrogateur : *Donc ta mère t'a emmenée voir un médecin.*

Talias : *Oui.*

L'interrogateur : *Et ?*

Talias : *Le bébé est pas mort. Je sais pas pourquoi.*

L'interrogateur : *Et qu'as-tu ressenti à ce moment-là ?*

Talias : *Comment ça ?*

L'interrogateur : *Quand tu as compris que cette petite fille n'était pas morte, qu'est-ce que tu as pensé faire avec elle ?*

Talias : *Je savais pas. Ma mère a dit qu'elle allait s'en occuper. Je lui ai fait confiance.*

L'interrogateur : *Ce qui signifie que c'est ta mère qui a décidé toute seule comment agir ?*

Talias : *Oui.*

L'interrogateur : *C'est elle qui a décidé de la garder à la maison et ensuite de la déposer dans un sac devant l'hôpital ?*

Talias : *(Hoche la tête.)*
L'interrogateur : *Toutes ces décisions étaient celles de ta mère et non les tiennes ?*
Talias : *Oui.*
L'interrogateur : *Et toi, tu voulais quoi ?*
Talias : *Que le bébé meure.*

~

Lorsque la bigleuse revint dans la salle d'interrogatoire, le tremblement dans les bras de Liora s'était calmé parce que, maintenant qu'on jouait cartes sur table, elle n'avait plus aucune raison d'avoir peur. La seule chose qu'elle n'arrivait pas à comprendre, c'était pourquoi Danielle avait dit au policier que le mensonge de Suwan ne l'avait pas gênée et qu'elle se doutait de ce qu'il lui cachait. Avait-elle essayé de l'amadouer parce qu'il lui faisait peur ? Ultérieurement, elle découvrirait qu'il ne s'agissait pas du tout de peur, mais d'une chose dont jamais elle n'aurait cru sa fille capable : de duplicité. Comme si, dans son corps, s'était développée, en même temps que le fœtus, une force cruelle qu'elle retournait à présent contre sa propre mère pour la détruire.

Elle songea aussi que le psaume qu'elle avait lu le matin avec Mordekhaï était en fait un signal d'alarme qu'elle n'avait pas su voir.

Psaume de David, quand il prit la fuite devant son fils Absalon[*].

---

* Psaumes, III, 1.

Soudain, elle fut écrasée par une terrible fatigue. Pour essayer de la masquer, elle dit : « J'ai lu. Bon, et maintenant quoi ? Vous allez me faire une interro surprise ? Une dictée ?

— Qu'avez-vous à dire là-dessus ?

— Rien. Ma fille est tombée dans un piège et a dit à votre imbécile de flic ce qu'il voulait entendre. C'est tout. Est-ce que je peux à mon tour vous poser une question, après toutes celles que vous m'avez posées ? »

La bigleuse la dévisagea, étonnée.

« Est-ce que vous vous préoccupez tant du sort de ce bébé parce que vous-même n'avez pas d'enfants ? Vous n'en avez pas, c'est ça ? »

Esthy Wahaba essaya de la fixer droit dans les yeux, mais à nouveau ne put accommoder correctement, à moins que le regard de Liora, malgré son épuisement et sa faiblesse, ne soit si puissant qu'elle n'arrivait pas à le soutenir.

« Je m'en préoccupe parce que c'est mon rôle. Et aussi parce que je me fais du souci pour elle, pour votre fille et même pour vous, Liora. Tant pis si, d'après votre comportement, vous ne vous en rendez pas compte. »

C'était d'une limpidité ! Pour la faire craquer, on testait maintenant la douceur au lieu des menaces. Eh bien, justement, voilà qui lui redonna des forces.

« Remballez votre bonté ! Non mais, vous vous prenez pour qui à prétendre vous préoccuper de moi ?

— Pour personne. Mais j'ai mal au cœur en pensant à tout ce que vous vous êtes infligé. Vous auriez pu vous éviter, à vous et à votre fille, beaucoup de souffrance si seulement...

— Personne n'a souffert, l'interrompit-elle parce qu'elle

ne voulait pas en entendre davantage. Croyez-moi, ma fille ne savait pas qui était ce Suwan ! Il lui a menti, et comment qu'il lui a menti ! C'est exactement ce qu'elle m'a raconté quand elle est venue m'avouer sa grossesse et me demander de lui organiser un avortement clandestin. Et c'est exactement ce qu'elle dira au juge quand elle rentrera en Israël et ne sera plus sous votre influence illégale. Si vous avez cru que votre imbécile de flic avait réussi à nous briser, vous vous mettez le doigt dans l'œil. Aucun tribunal ne nous condamnera après avoir entendu ma fille. »

Esthy Wahaba essaya à nouveau de la fixer du regard, puis elle articula, presque dans un murmure : « Votre fille est déjà en Israël, Liora. Elle est ici et c'est moi qui l'ai auditionnée. Elle a témoigné devant moi et devant des experts psychologues qui l'ont prise en charge. »

Liora sourit, son jeu était tellement transparent.

Danielle ne serait pas rentrée sans le lui dire, et Marcelle aussi l'aurait prévenue qu'on la rapatriait. Même si la police lui avait imposé le silence.

« Eh bien, allez-y, amenez-la-moi. Qu'est-ce que vous attendez ?

— Je ne le ferai pas, parce qu'elle ne veut pas vous voir. Et j'ai ici un rapport qui préconise de ne vous autoriser à la voir que dans le cadre des services de l'aide sociale à l'enfance et seulement si elle y consent. Vous ne pourrez plus lui faire de mal, Liora. »

Impossible.

« Moi, je lui fais du mal ? Vous êtes tombée sur la tête ou quoi ? »

En admettant que Danielle soit rentrée en Israël sans

qu'elle en ait été avertie, en admettant aussi que, dans ses déclarations, elle ait répété avoir senti que Suwan n'était pas ce qu'il prétendait être mais que cela ne la dérangeait pas, la question était : est-ce qu'elle l'avait fait en sachant que toute la responsabilité retomberait sur sa mère ou par bêtise ?

« Je vous informe que Danielle est arrivée ici vendredi dernier dans l'après-midi. Rony et Marcelle Nizri l'ont déposée à l'aéroport, où la représentante de la police israélienne à Paris l'a prise en charge et a fait le voyage avec elle jusqu'à Tel-Aviv. Quant à moi, je l'ai récupérée à l'aéroport Ben-Gourion. J'étais accompagnée du commissaire Avi Avraham et de Mikhal, votre fille aînée. C'est elle qui l'héberge sur mandat de la juge, et, pour l'instant, vous n'avez pas de droit de visite. Je vous invite à déposer une requête si vous voulez modifier cette disposition. »

Ce n'est qu'en entendant l'enquêtrice dire que Rony et Marcelle avaient accompagné Danielle à l'aéroport que Liora commença à comprendre à quel point tout le monde l'avait lâchée.

Elle serait donc leur bouc émissaire.

Depuis trois jours, Marcelle la menait en bateau chaque fois qu'elle appelait. Et Mikhal, qu'elle avait eue la veille au téléphone, ne lui en avait pas parlé.

« Vous pensez pouvoir me la prendre ? Rentrée ou pas, vous ne me la prendrez pas. »

La trahison de Marcelle – elles étaient amies depuis l'âge de six ans – était plus douloureuse encore que celle de Mikhal, dont Liora n'avait jamais rien attendu, ou de Danielle, qui était venue la trouver en larmes et l'avait suppliée de lui sauver la vie. Sans elle, sa fille serait en ce moment en train de s'occuper d'un bébé dont elle avait souhaité explicitement la mort.

Je vais être leur bouc émissaire, David.

C'est sur mon dos qu'ils accumuleront leurs péchés afin de ressortir blancs comme neige.

Ils savaient tous ce que la police manigançait et aucun n'a pensé à me tendre ne serait-ce qu'une main.

Voilà ce que disait le deuxième verset du psaume qu'ils avaient lu le matin : *Seigneur, que mes ennemis sont nombreux ! Beaucoup se dressent contre moi**.

À croire que Mordekhaï aussi savait.

« Nous n'avons pas l'intention de vous la prendre. En revanche, j'ai bien l'intention de la protéger, et j'y arriverai. Ça, vous pouvez me faire confiance.

— La protéger contre moi ? Parce que vous, bien sûr, vous vous faites réellement du souci pour elle, hein ? Tout ce que vous cherchez, c'est à lui extorquer des mensonges au sujet de Suwan. À lui faire dire qu'il ne l'a pas trompée sur son identité ou qu'elle savait qu'il était arabe. C'est tout ce que vous voulez. »

Et le quatrième verset : *Mais toi, ô Éternel, Tu es un bouclier qui me protège. Tu es mon honneur et me fais porter la tête haute***.

Rien qu'en se répétant ces mots intérieurement, elle sentit qu'elle avait encore des réserves, que ses forces pouvaient revenir. Et elles revinrent.

« Nous voulions connaître la vérité, Liora, et maintenant

* Psaumes, III, 2.

** Psaumes, III, 4.

nous savons. Votre fille vous a dit qu'elle avait compris l'identité de son petit copain et c'est vous qui l'avez incitée à affirmer le contraire au cas où vous seriez prises. Car si elle ignorait qui il était réellement, alors il s'agirait bien d'un viol et j'imagine que vous avez cru pouvoir justifier par là tout ce que vous avez fait, même si je n'arrive pas à comprendre votre logique. J'avoue que je ne saisis toujours pas comment ça fonctionne dans votre tête. Parce qu'il s'agit d'un petit bébé – peu importent ses géniteurs, juifs ou arabes – qui a failli mourir à cause de vous. Et de la vie de votre fille aussi, qui a vécu un traumatisme dont il aurait fallu s'occuper. Moi, justement, je m'inquiète beaucoup, ce qui n'est pas votre cas. Je m'inquiète pour le bébé et pour Danielle. Sachez que je ne vous laisserai plus lui causer le moindre préjudice. L'acte d'accusation que nous allons déposer vous chargera le plus sévèrement possible, et votre fille sera notre principal témoin. »

Liora se leva de son siège et l'interrompit : « Vous pouvez déposer ce que vous voudrez. Quoi, vous pensez vraiment que vous valez mieux que moi ? »

La réaction de la policière fut la seule raison pour laquelle elle se rassit et en dit plus que prévu.

« Je ne sais pas si je vaux mieux que vous, rétorqua Esthy Wahaba, mais je vous prie de vous rasseoir, je ne vous ai pas encore libérée. Allez, rasseyez-vous. Ce qui est sûr, c'est que je n'ai pas commis les mêmes délits que vous. J'ai vu votre fille et je peux affirmer qu'elle est en état de choc. Qu'elle avait besoin d'assistance et non qu'on s'en débarrasse en l'envoyant en France. Il aurait fallu que quelqu'un la rassure, lui parle et la soutienne. Elle va enfin recevoir l'aide dont elle a besoin.

— Vous vous croyez plus sensible que moi ? »

Si Danielle avait été là, Liora lui aurait crié dessus : Tu ne m'as jamais dit que tu avais compris qu'il mentait. Tu ne me l'as jamais dit. Alors pourquoi avoir raconté ça au policier ?

Lorsqu'elle reprit la parole, elle vit que la portée de ses mots effrayait la bigleuse, qui restait silencieuse. Et, bien qu'il n'y ait personne d'autre dans la pièce, ce ne fut pas uniquement à cette femme qu'elle s'adressa : « C'est ce que vous pensez ? Que tout ça, c'est parce qu'il était arabe ? Eh bien, franchement, vous êtes mille fois plus raciste que moi. Mille fois, au moins. Moi, je m'en fichais de qui l'avait mise enceinte. Parce que moi – à la différence des gens comme vous –, j'ai vécu toute ma vie dans un quartier où on était mélangés. Vous savez qui a été assassiné en même temps que David ? Allez donc vérifier l'identité de l'ouvrier qui est mort avec lui sur le chantier. Demandez à Danielle qu'elle vous en parle. Pendant dix ans, ils ont travaillé ensemble comme des frères. Et moi, sachez que tous les matins je lis l'histoire de Moïse et je sais qui l'a élevé. Ce qui ne doit pas être votre cas.

— Je ne vois pas le rapport avec Moïse. Bon, cela dit et sans vouloir vous brusquer, pourquoi avez-vous fait ça ?

— Fait quoi ?

— Tout.

— Pourquoi je l'ai fait avorter ?

— Pourquoi un avortement clandestin, pourquoi ne pas avoir immédiatement emmené la prématurée à l'hôpital et pourquoi ensuite avoir poussé Danielle à prétendre qu'elle ne savait pas qui était vraiment Amir Suwan ? »

Elle aurait pu lui répondre qu'elle n'avait jamais demandé à sa fille de mentir, mais la bigleuse ne l'aurait pas crue et, de toute façon, à quoi bon ?

« Vous pensez que ma réaction vient de ce que je suis raciste ? C'est ce que vous pensez ? En vrai, je l'ai fait uniquement à cause de vous tous. C'est de votre faute, pas de la mienne, parce que je sais très bien ce que vous auriez pensé d'une adolescente de seize ans, issue d'un quartier comme le nôtre à Bat-Yam, mise enceinte par un garçon de Jaffa. Je sais très bien comment vous l'auriez considérée. Vous tous, pas moi. Pour moi, elle reste une gamine qui s'est fait avoir par un profiteur uniquement parce qu'elle a perdu son père trop tôt. Ça vous met mal à l'aise, ce que je vous dis ? Mais c'est la vérité. C'est vous qui l'auriez méprisée. Vous tous. D'ailleurs, elle va encore bouffer beaucoup de merde, et avec ce bébé vous lui auriez rendu la vie encore plus merdique.

— Je ne sais pas pourquoi vous m'incluez dans un "vous" collectif. Vous me connaissez ? Et sachez encore une chose : si vous aviez vraiment aidé Danielle, elle aurait certainement eu à bouffer moins de merde, comme vous dites.

— Parce que quoi ? Vous, là, du haut de votre chaise, savez mieux que moi qui elle est ? Vous vous prenez pour sa seule planche de salut ? Vous l'avez vue deux fois et vous savez déjà comment l'aider ? » répliqua Liora, qui ne releva pas la remarque sur son usage du « vous » collectif. Le silence de la policière lui redonna toutes ses forces : « Ma fille souffre depuis qu'elle est toute petite, ça n'a rien à voir avec ce que je lui ai fait ou pas. Je le sais, parce que j'étais exactement comme elle. Pareille. Elle n'a jamais été une gamine acceptée en société. Les filles, les autres gosses, personne ne voulait être son ami et elle s'en rendait compte, parce qu'elle est intelligente. Elle a toujours été mal dans sa peau. L'enfance, vous en faites tout un plat, mais qu'est-ce que ça a de bon ? Rien. Et ma Danielle, elle n'avait que dix ans quand elle a compris qu'être une femme, même si ce n'était pas facile non plus, c'était mieux que d'être une petite fille. Elle en voulait à la terre entière. Oui, comme moi. Mais ce n'est pas une raison pour qu'on l'engrosse et qu'on lui impose d'être mère. Comme moi, au même âge… Bon, au moins, ne plus être une enfant vous donne du pouvoir par moments. Si elle a la même chance que moi, elle pourra aussi connaître l'amour. Vous comprenez maintenant ce que je voulais ? Pas tuer ce bébé, croyez-moi, j'ai même demandé au Tout-Puissant de me pardonner l'avortement que nous allions pratiquer, mais je voulais assurer à ma fille la possibilité de commencer sa vie de femme sans l'étiquette que vous lui auriez collée sur le front. En plus, il lui a menti, oui ou non ? Il s'est vraiment fait passer pour quelqu'un d'autre ! Je parle maintenant de son comportement à lui, pas de ce que Danielle prétend avoir compris. Lui a-t-il menti, oui ou non ? Seulement vous tous, là, vous vous fichez de la vérité. Vous ne vous y intéressez que quand elle vous arrange, ce qui n'est pas nouveau pour moi. Quand mon mari a été assassiné, vous vous fichiez aussi de découvrir la vérité. Ce qui vous arrangeait, c'était de fermer les yeux et de passer un marché avec les assassins. »

Comme la bigleuse ne pouvait pas répondre à ça, la seule chose qui lui restait, c'était de marmonner en boucle : « Je ne comprends pas pourquoi vous me renvoyez tout le temps ce "vous"au pluriel. Qui sont ces "vous" ? Je n'ai pas enquêté sur la mort de votre mari et je n'aurais jamais collé d'étiquette sur le front de Danielle.

— "Vous tous", c'est vous tous, tous les hypocrites qui se prennent pour je ne sais pas quoi. Vous tous qui me jugez et me regardez de haut alors que vous avez piétiné ma vie, le cadavre de mon mari, et que, ensuite, vous nous avez fait les poches, à croire qu'en plus, vous manquez de fric. »

De quoi lui clouer le bec, à cette Esthy Wahaba.

Voilà, bien fait. Elle avait aussi parlé de David tant qu'elle y était, de toute façon, elle en avait déjà dit plus que prévu. À ce moment-là, elle s'adressait à la bigleuse non pas comme si elles se trouvaient dans une salle d'interrogatoire, mais comme si la terre entière pouvait entendre son témoignage dans un reportage diffusé aux infos.

Tu as vu comment je leur rentre dedans, David ? C'est peut-être notre dernière occasion pour que tout le monde m'entende.

« Il y a une autre raison qui m'a poussée à la faire avorter, mais vous ne risquez pas de comprendre. »

Les phrases qui suivirent furent les plus vraies, les plus sincères de tout ce qu'elle avait dit dans cette pièce depuis le jour où on l'y avait emmenée pour la première fois.

« Je voulais que le premier enfant de ma Danielle soit le fruit d'un aussi grand amour que celui qui existait entre moi et son père. Pas l'enfant de quelqu'un qu'elle connaissait à peine et qui l'avait plaquée. Je ne sais pas si elle aura droit à un tel amour. Pour ce qui vous concerne, je vous prédis que non, je sais que vous passerez votre vie toute seule, comme une pestiférée, sans enfants, parce que vous ne méritez pas d'en avoir. Peut-être que ma fille non plus ne connaîtra pas l'amour, ce n'est pas donné à tout le monde, et puis il faut de la force pour aimer vraiment. Pour aimer comme j'ai aimé mon David, il faut des ressources que Danielle n'a pas encore, c'est d'ailleurs peut-être pour ça que ce garçon, Amir, l'a quittée. Mais au moins, je voulais lui laisser une chance. »

La policière soupira, rassembla les feuilles de transcription, les rangea dans son dossier et déclara : « Si vous le dites. On informera votre avocat du contenu de l'acte d'accusation qui sera rédigé contre vous. Je vous préviens aussi que nous allons demander un mandat d'interdiction de sortie du territoire national, et je vous rappelle que vous avez interdiction de vous approcher de Danielle. Edry vous expliquera tout. »

Liora sourit à nouveau : « Vous pensez que vous arriverez à m'enlever ma fille ? Vous croyez vraiment qu'elle vous a dit la vérité ? Eh bien, vous nous comprenez autant l'une que l'autre, lança-t-elle encore, puis elle ajouta, avant de quitter la pièce pour la dernière fois : Quant à votre mandat, il est inutile, parce que je ne vais nulle part. Vous m'avez pris tout mon argent. En plus, je ne suis pas de celles qui fuient. »

15

Fidèle à la promesse qu'il s'était faite à Paris, Avraham se résolut à appeler Yaacov Ben-Hayat. En retard sur ce qu'il s'était promis. Mais ça n'avait rien à voir avec de la peur, cette fois. À son retour de France, il dut d'abord s'atteler au dossier Talias et aider Wahaba à le boucler. Ils organisèrent ensemble le rapatriement de Danielle, la manière dont elle serait accueillie et la dernière audition de la mère. S'il prenait ainsi son temps, c'était aussi pour bien se préparer à l'interrogatoire de quelqu'un qui appartenait sans doute au Mossad.

« Si, comme tu le supputes, c'était un officier traitant, il est sans doute plus retors que n'importe quel criminel que tu as croisé, déclara Maaloul le jour où Avraham lui expliqua qu'il avait l'intention de confronter Ben-Hayat aux informations qu'il détenait. Et si tu veux mon avis, la probabilité pour que tu arrives à lui extorquer quelque chose est nulle. En plus, il est clair que tu n'auras qu'une seule chance, tu l'as bien compris ? Dès que tu lui auras montré tes cartes, il te les embrouillera. Et en fera disparaître quelques-unes au passage. »

Benny Seban pensait exactement la même chose : « Je ne comprends pas à quoi ça va servir, dit-il à son commissaire. Le dossier a été élucidé, non ? Les individus que Chouchani a doublés ont avoué leur crime. Personne ne va relancer l'enquête parce que la fille de la victime s'entête à croire que son père n'était pas un passeur mais un agent secret, et parce que vous, qui rêvez de tomber sur du lourd, vous vous êtes laissé contaminer par ses élucubrations. Car c'est de ça qu'il s'agit. Interroger maintenant un certain Ben-Hayat que vous prenez pour un espion, c'est totalement inutile. »

Oui, peut-être était-ce la voix de la raison.

Le coup de fil tant retardé, il le passa de son bureau au commissariat lorsqu'il se sentit prêt, même si de nombreuses zones d'ombre persistaient encore.

Il n'avait pas la preuve formelle que Ben-Hayat travaillait pour le Mossad et, si c'était le cas, il ignorait quel rôle et quel grade il avait. Comme il voulait que ce premier contact prenne l'homme au dépourvu, il renonça à se renseigner, se contentant des ordinateurs de la police, où il ne trouva aucune trace d'un quelconque individu de ce nom-là, à croire qu'il n'existait pas.

Il se demanda si la femme qui décrocha reconnut la voix du soi-disant livreur qui l'avait appelée quelque temps auparavant.

« Bonjour, je voudrais parler à Yaacov Ben-Hayat », commença-t-il.

Au bout du fil, son interlocutrice ne lui répondit pas et

ce n'est qu'après un petit moment qu'une voix d'homme se fit entendre. Avraham se présenta et sollicita un rendez-vous.

« À quel sujet ?

— J'ai besoin d'un conseil pour une enquête dont je suis chargé. Une enquête de police.

— Je ne vois pas en quoi je pourrais vous aider, répondit Ben-Hayat, mais pas de problème, rencontrons-nous. Pouvez-vous venir en fin de matinée ? Disons, après 11 h 30 ? »

Avraham accepta immédiatement, nota le nom de la rue et le numéro de l'immeuble, puis alla emprunter un véhicule de fonction parce que, le matin, sa Hyundai n'avait pas démarré... Ce fut une des deux fois de la journée où il prit ses distances avec la vérité.

Maaloul l'accompagna jusqu'au parking : « À mon avis, tu risques d'en savoir encore moins après lui avoir parlé. »

Peut-être... mais cette fois le vieux policier se trompait.

Que Ben-Hayat l'ait invité à venir à son domicile, dans le nord de Tel-Aviv, en fin de matinée, un jour de semaine, aurait pu lui fournir une indication sur son âge. Pourtant, Avraham fut étonné en le voyant. L'homme ne ressemblait pas du tout à ce qu'il s'était imaginé. Surtout, il lui rappelait terriblement son père.

Une femme, très grande, vint ouvrir le portail de l'enceinte en pierre qui masquait le pavillon. Elle tenait fermement par le collier deux chiens – un chien de berger malingre, à l'allure douteuse, et une femelle pitbull au poil blond qui aboyaient très fort –, ce qui évita à Avraham d'être réduit en bouillie. Durant leur rencontre, la pitbull somnola aux pieds de Ben-Hayat et ne leva son cou épais pour le regarder que de temps en temps, lorsque la voix étrangère s'immisçait dans son sommeil. L'autre molosse resta attaché dans le jardin et gémit pendant un très long moment, comme s'il était devenu fou.

Âgé de soixante-dix à soixante-quinze ans, Ben-Hayat était râblé, avait une tête de moins que le commissaire et quelque chose de félin dans les gestes. Vêtu d'un jean bleu et d'un polo, chaussé de vieilles charentaises, comme le père d'Avraham, il l'accueillit dans un salon de taille moyenne et assez sombre malgré une large baie vitrée qui donnait sur le jardin.

« En quoi puis-je vous aider ? De quelle enquête vous occupez-vous ? Et encore une chose : pouvez-vous me dire comment vous avez obtenu notre numéro de téléphone ? » demanda-t-il, alors que son regard signifiait qu'il connaissait les réponses à toutes ces questions.

La bâtisse qu'Avraham avait découverte derrière l'enceinte en pierre l'avait étonné, tant elle se démarquait des espèces de palais qu'il avait vus dans les rues de ce quartier de Tsahala pendant qu'il cherchait à se garer le plus près possible de l'adresse indiquée. Le grenadier et le clémentinier qui poussaient dans le petit jardin lui donnaient l'air d'une maison de campagne rustique qui aurait, par erreur, atterri au milieu de ce riche quartier de Tel-Aviv, ou encore d'une cabane de gardien, vestige d'une époque révolue. Après avoir échappé aux chiens, Avraham, qui s'était rapidement faufilé à l'intérieur à la suite de la femme de grande taille, avait eu le temps de voir un toit de tuiles qui tombait en ruine et, au fond du jardin, une brouette dans laquelle noircissaient des grenades. À l'étage, posée sur le rebord du petit balcon en bois agrippé à la façade, une couverture en laine brune s'aérait, et lorsqu'il sortit après son rendez-vous il vit la femme la nettoyer de ses bras musclés, avec brosse et tapette.

Le crâne de Ben-Hayat était totalement chauve, comme s'il suivait une chimiothérapie, pourtant il n'avait pas l'air malade. Quant à ses yeux bleus, ils ne ratèrent pas le moindre geste d'Avraham qui s'assit et tira son cahier de son sac.

« Mon enquête est close, donc il serait plus juste d'en parler au passé. J'ai travaillé sur la disparition d'un certain Raphaël Chouchani, arrivé de France fin août. Il a été établi qu'il servait de mule à des trafiquants de drogue. On a retrouvé son corps non loin de la plage de Rishon-leZion. En fait, dans l'eau. Dans la mer. Mort par noyade, mais à l'autopsie, on a découvert qu'il avait été tabassé avant de mourir, il souffrait de multiples contusions et hémorragies internes. Le dossier a donc été confié à la brigade des stups et, il y a deux semaines, un des larbins d'une des plus importantes bandes organisées d'Israël a endossé le passage à tabac, expliquant que le Français avait volé une partie de la marchandise qu'il devait leur livrer. »

Ben-Hayat souleva une des petites sculptures qui étaient disposées sur la table en verre devant eux et la garda en main comme s'il la soupesait, tout en continuant à dévisager Avraham.

« C'est bien, de sa part, d'avoir avoué, dit-il. Un dealer qui fait preuve de moralité, je ne savais pas que ça existait. Mais ça ne me dit pas en quoi je peux vous être utile.

— Un des témoins que j'ai interrogés m'a soufflé que Chouchani avait travaillé pour le Mossad. Je suis venu dans le but d'écarter cette hypothèse. Par acquit de conscience.

— Pourquoi auprès de moi, si je puis me permettre ? »

Jusque-là, Avraham avait répondu aussi honnêtement qu'il l'avait prévu, mais il estima que le moment d'abattre ses cartes n'était pas encore venu, d'autant qu'il n'oubliait pas les avertissements d'Eliyahou.

En se préparant pour cette rencontre, il avait noté dans son cahier : *Ben-Hayat sait que Chouchani a écrit son nom sur la fenêtre, aucun doute là-dessus. Mais sait-il que je l'ai, moi, remarqué avant la visite de ses deux sbires qui l'ont effacé ?* Et à la ligne suivante : *A-t-il découvert que j'avais des informations sur les échanges téléphoniques entre lui et Chouchani ?*

Son plan était de ne pas se dévoiler si vite. Il lui retourna donc une question : « Puis-je vous demander si vous travaillez ou avez travaillé pour le Mossad ?

— Oui, vous pouvez me le demander, répondit immédiatement Ben-Hayat, mais je ne vous répondrai pas.

— Pourquoi, si je puis me permettre ? »

La chienne releva la tête, peut-être parce que Ben-Hayat l'avait touchée du pied au moment où il se penchait vers Avraham : « Je veux comprendre. S'agit-il d'un interrogatoire officiel ?

— Non, répondit froidement le commissaire, pas pour l'instant. Si j'étais dans un cadre officiel, vous m'auriez répondu ?

— Pas davantage. »

L'expression de l'homme resta sévère, mais une lueur amusée passa dans ses yeux bleus.

« Donc je vous le redemande. Pourquoi ne répondriez-vous pas davantage ?

— Parce que je ne peux pas. Ni officiellement ni hors procédure. Et aussi parce que ça ne vous regarde pas.

— Alors pourquoi avoir accepté de me recevoir ici ? Vous auriez pu me dire ça par téléphone. Vous saviez pourquoi je venais.

— Je voulais vous rencontrer. J'ai pas mal entendu parler de vous ces derniers temps. Par plusieurs biais. Vous ne le savez peut-être pas, mais nous avons des amis communs. Et j'étais curieux d'entendre ce que vous aviez à me dire. »

Il s'attendait à devoir surmonter des moments de flottement.

Ben-Hayat utilisait exactement le langage codé dans lequel le principal se disait entre les mots et les lignes, sans être jamais formulé. Keren, du cabinet du Premier ministre, s'était exprimée de la même manière le jour où elle lui avait dit par téléphone qu'elle savait qu'il « avait récolté des informations sur un touriste prétendument lié au Mossad », mais sans lui préciser comment elle avait été mise au courant : en fait, ce qu'elle voulait, c'était lui indiquer que quelqu'un surveillait son enquête. Ensuite, il avait de nouveau entendu ce langage chez Idith Guerti, qui devait « savoir tout ce qui se passe ici nous concernant » et qui l'avait mis en garde contre le risque de « se perdre », lui signifiant par là que quelqu'un le suivait quand il se rendait dans des endroits où il n'était pas censé aller et voyait des gens qu'il n'était pas censé rencontrer.

Et maintenant, Ben-Hayat.

Avraham s'était préparé à des tâtonnements déstabilisants et, comme il se l'était promis, il se repassa mentalement tout ce qu'avait raconté Raphaël Chouchani à la douane de l'aéroport. Il se remémora aussi sa photo en compagnie de Sarah Nueima – afin de ne pas oublier pourquoi il était là.

Se souviendra-t-elle de moi ?

Après avoir fait de la place entre les sculptures en pierre et en métal, la femme posa sur la table basse un plateau à motifs représentant des petites cabanes au toit rouge lovées entre des montagnes enneigées. Elle devait avoir cinquante-cinq ou soixante ans, ses cheveux argentés étaient attachés en une tresse qui lui descendait jusqu'en bas du dos, et lorsqu'elle s'approcha, Avraham vit qu'elle avait de larges hanches et d'immenses plantes de pied – nues. Sur le plateau, il y avait une cruche en fer et un verre de couleur bleue qui, il le comprendrait rapidement, ne lui était pas destiné.

« Au moins, vous ne niez pas travailler ou avoir travaillé pour les services secrets, dit-il tandis qu'elle remplissait le verre d'eau et le posait devant Ben-Hayat. Si vous aviez nié, je serais parti. Mais étant donné que vous ne l'avez pas fait, je vais m'adresser à vous comme si vous étiez un agent du Mossad, d'accord ? »

L'homme regarda Avraham avec un demi-sourire amusé qui l'autorisa à continuer. Il regarda aussi la femme avec ce même demi-sourire. Celle-ci posa la cruche en fer sur le plateau, dit en allemand : « *Bitte* », puis s'éclipsa.

« Supposons donc que vous ayez travaillé pour le Mossad. Que m'auriez-vous conseillé de faire ?

— À quel sujet ?

— Au sujet de l'enquête dont je vous ai parlé.

— Je ne suis pas policier, monsieur Avraham. Mais je pense que je vous aurais conseillé de vous contenter de ce que vous avez découvert. Vous avez trouvé les coupables, non ? Ça devrait vous satisfaire. D'après ce que je lis sur nos forces de l'ordre, ça n'arrive pas tous les jours. »

Il s'attendait aussi à ce genre de déclaration. Un court instant, il se dit même qu'il aurait pu apprécier son hôte, très vif, qui lui rappelait son père d'avant l'AVC. Et qui lui mentait comme un arracheur de dents.

Tu n'es pas là pour le trouver sympathique, se secoua-t-il avant de répondre calmement : « J'ai un problème avec ce que j'ai découvert, malgré toute mon envie de m'en contenter.

— Quel problème ?

— Trop de choses me font craindre que ce ne soit pas la vérité. Par exemple ce témoignage selon lequel Chouchani travaillait pour le Mossad. Et j'ai aussi d'autres indices, mais je ne peux pas vous les révéler puisque vous maintenez ne pas avoir – ou avoir eu – de liens avec le Mossad. Bref, vous affirmez ne pas être mêlé à cette affaire, c'est bien ça ?

— Tout juste.

— À propos, pouvez-vous me dire dans quelle branche vous travaillez, monsieur Ben-Hayat ? »

Le sourire affiché sur le visage du petit homme disparut, et un quart de seconde, autre chose passa dans ses yeux, peut-être une colère qu'il essayait de contenir. Il voulut savoir si l'interrogatoire était maintenant devenu officiel, Avraham continua à lui assurer que non.

« Dans ce cas, je préférerais ne pas répondre à des questions personnelles.

— D'accord. Je vais donc continuer avec des questions théoriques, si vous me le permettez. À moins que vous ne vouliez que je m'en aille ? Parfait. On en était à ce que vous me conseilleriez de faire. Raphaël Chouchani, que vous connaissez aussi sous le nom de Jacques Bertoldi et peut-être aussi sous d'autres noms, a une fille en France. Ils ont eu une relation un peu chaotique, mais elle l'aime quand même et ne peut pas croire qu'il ait servi de passeur. Elle veut savoir ce qui lui est réellement arrivé. Or il avait une compagne, une Libanaise qui, elle aussi, a disparu de manière étrange. Le 18 août, elle a embarqué sans le prévenir, encadrée de deux individus, sur un vol Transavia de Paris à Gibraltar et depuis, elle est injoignable. Si elle est en vie, je suis certain qu'elle voudra, elle aussi, savoir ce qui est vraiment arrivé à Chouchani. »

Pas un trait du visage de son interlocuteur n'avait bougé à l'évocation du nom de Jacques Bertoldi et pas davantage lorsque Avraham mentionna les détails du vol pour Gibraltar de Sarah Nueima. Peut-être qu'effectivement c'était perdu d'avance.

« Comme je vous l'ai dit, je vous conseillerais de vous contenter de ce que vous avez découvert et de lâcher l'affaire », répéta Ben-Hayat.

Avraham avait pris en compte la possibilité d'une telle attitude, mais c'était encore trop tôt pour renoncer. Et un instant plus tard, il eut l'impression que son interlocuteur avait tout de même mordu à son premier hameçon, parce que la conversation prit brusquement une autre tournure. Le chauve se pencha pour caresser le ventre de la chienne qui roula sur le dos, les quatre fers en l'air. Il lui proposa ensuite quelque chose de frais ou un café à boire, appela la femme qui se prénommait Esther, lui dit en allemand une phrase qu'Avraham ne comprit pas sauf le mot « *Wasser* », puis reprit : « Voyez-vous, commissaire, puisque vous parlez de manière théorique, je vais faire de même. Je vous ai déjà dit que j'avais entendu parler de vous, n'est-ce pas ? Il paraît, à ce qu'on m'a raconté, que vous aimez les romans policiers.

— C'est vrai », confirma Avraham même si, depuis le début de cette enquête, il n'avait pas du tout eu le temps de lire. Sur sa table de chevet l'attendait toujours le roman que Marianka lui avait offert et qu'il n'avait pas entamé.

« Parfait, mes sources sont donc exactes. Notre bibliothèque est à l'étage, c'est pourquoi vous ne pouvez pas savoir que moi aussi j'aime les livres, bien que d'un autre genre. Et la plupart des miens sont en allemand, parce que Esther est originaire de Vienne et lit surtout dans cette langue. Mais, pour l'occasion, je suis prêt à jouer au policier de fiction avec vous, afin de mettre un peu d'ordre dans ce que vous ne comprenez pas. C'est pour ça que vous êtes venu de Holon jusqu'ici, si je ne m'abuse ? Vous venez bien de Holon, n'est-ce pas ? Je suis prêt à me mettre dans la peau d'Hercule Poirot et... comment s'appelle son ami, monsieur Avraham ? Le capitaine... Le capitaine Hastings, c'est ça ! Êtes-vous prêt à tenir le rôle du capitaine Hastings ? »

Était-ce sa manière d'essayer de plaire à Avraham ou plutôt une tentative pour découvrir ce qu'il savait ?

Pas le choix, te voilà acculé à abattre quelques cartes, songea-t-il. Mais tu vas y aller prudemment et en garder la majorité dans ta poche.

« Allons-y, jouons. Qu'est-ce qui vous empêche de croire ce que vous avez découvert, expliquez-moi », commença Ben-Hayat.

Avraham lui parla de l'appartement de Chouchani : « Le

lieu a été visité, aucun document personnel n'a été retrouvé sur place, pas non plus d'ordinateur portable. Et tout cela sans laisser la moindre empreinte digitale. J'ai du mal à croire que des trafiquants de drogue de Ramla aient cambriolé un appartement en plein Paris avec un tel professionnalisme et à seule fin de récupérer un ordinateur. Ça ne vous paraît pas étrange ?

— Je ne sais pas. Mais vous attribuez ce coup-là au Mossad uniquement pour une question de méthode, c'est ça ? Il est de notoriété publique que ses agents s'introduisent dans les appartements et y volent les ordinateurs portables. Et qu'en est-il des bijoux ? Des bijoux n'ont pas disparu ?

— Je ne suis pas le seul à le penser. »

Ce fut la première fois de la conversation qu'Avraham vit de la surprise passer dans les yeux bleus.

Est-ce que j'arrive à transférer la peur de votre côté ?

Au lieu de lui demander qui d'autre le pensait, Ben-Hayat reprit : « Je trouve ça d'un ridicule ! Vous croyez que les agents du Mossad gardent dans un tiroir une carte de membre et un contrat de travail qui détaille leur activité ? De plus, inutile de voler des ordinateurs pour effacer les données qu'ils contiennent. J'espère que vous le savez. Moi, j'ai une autre explication à vous proposer. Plus logique.

— Je suis tout ouïe.

— Que savez-vous de sa fille ? »

Avraham ne comprit pas à quoi il faisait allusion.

« Si ce vieil homme est effectivement tombé amoureux d'une jeune femme, il peut avoir modifié son testament pour lui laisser une partie de son héritage, non ? Peut-être même la totalité. En supposant que la fille soit au courant, eh bien, quand elle a appris la mort de son père, elle avait une bonne raison de vouloir mettre la main dessus et le détruire. Sans testament, elle reste sa légataire universelle. Le cambriolage a-t-il eu lieu avant ou après que la fille a été informée de la mort de son père ? »

Annette Mallot n'était allée fouiller l'appartement qu'après avoir appris la triste nouvelle – c'est Avraham qui la lui avait annoncée – et, lors de leur rencontre à Paris, elle avait refusé d'y retourner avec lui. Frederic Gluser s'était arrêté sur le seuil et n'avait pas voulu aller plus loin. Quant à l'intrusion, elle n'avait laissé aucun signe d'effraction, pas de serrure fracturée ni de vitre brisée. Certes, la fille avait affirmé ne pas posséder de clé, mais était-ce la vérité ?

Non, non, elle ne mentait pas, il en avait la certitude.

Il posa mentalement la main sur les cartes imaginaires que son interlocuteur essayait d'embrouiller et dit : « Cette explication convient aux romans policiers que j'aime le moins, d'un genre un peu vieillot, et elle n'est pas convaincante. Je n'ai pas de preuve de l'existence ou non d'un tel testament.

— De même que, répliqua Ben-Hayat en souriant, vous n'avez pas la preuve d'une quelconque appartenance au Mossad. » Puis il ajouta : « Mais je vous accorde qu'il est probable que votre homme soit mort autrement, pour une raison beaucoup plus simple. C'est évident quand on y pense.

— Je vous écoute.

— Vous m'avez dit qu'il était tombé amoureux d'une femme jeune et qu'elle aussi avait disparu, n'est-ce pas ? Qu'elle avait subitement embarqué sur un vol pour Gibraltar et qu'elle était accompagnée ? Je présume donc que vous ne l'avez pas interrogée et que vous ne savez quasiment rien sur elle. Et si elle avait piégé son amant ? Elle peut très bien lui avoir volé de l'argent ou avoir obtenu de lui qu'il mette des biens à son nom à elle – ça arrive malheureusement à un certain nombre de vieux messieurs –, et ensuite, elle aura pris la poudre d'escampette. Ce qui expliquerait pourquoi il s'est retrouvé dans le besoin, obligé de servir de mule. D'ailleurs, c'est peut-être elle qui l'aura poussé, jeté dans les pattes d'une bande organisée, peut-être fait chanter jusqu'à ce qu'il craque. Vous n'y avez pas pensé plus tôt, n'est-ce pas, capitaine Hastings ? »

~

Tandis qu'il regagnait son véhicule de police garé devant la maison, il se dit qu'il devait tout mettre en œuvre pour essayer de retrouver Sarah Nueima : si elle était toujours vivante, elle courait sans doute un grand danger.

Il avait bien sûr envisagé la possibilité d'une escroquerie, d'un engrenage orchestré par une maîtresse dont effectivement il savait trop peu de choses, mais il avait écarté cette hypothèse parce que la conversation téléphonique du Français avec Ben-Hayat racontait une autre histoire, de même que l'inscription sur la fenêtre de sa chambre d'hôtel. Mais ce fut en parlant avec le petit homme qu'il comprit : ce serait la deuxième piste qu'on essaierait de lui faire gober. Un jour, on sortirait du chapeau un pion, membre d'un réseau mafieux français, et on le ferait témoigner que Sarah Nueima avait séduit Chouchani. Ou alors, on découvrirait un bien immobilier que Chouchani aurait mis au nom de Sarah et, si elle restait introuvable, surgirait soudain une lettre prétendument écrite de sa main et qui contiendrait des aveux détaillés.

Peut-être pouvait-il encore les arrêter à temps. C'était le moment d'agir.

« Cette explication aussi vient de romans policiers que je n'aime pas trop, avait-il dit à Ben-Hayat. Désolé d'être aussi sélectif, mais on la retrouve dans les thrillers américains où une femme fatale finit toujours par être la coupable. Pas vraiment à mon goût. De plus, le carnet que Raphaël Chouchani a laissé dans la chambre d'hôtel prouve totalement autre chose. Les détectives ont besoin non seulement d'intelligence mais aussi de chance. Comme les espions, n'est-ce pas ? Et moi, cette fois, j'ai eu de la chance. Parce que les deux hommes envoyés sur place n'ont pas bien cherché et sont passés à côté d'un indice très important. »

Deuxième mensonge de la journée.

Ce fut là que les plans de Ben-Hayat changèrent. Avraham le vit à ses yeux bleus dont les pupilles se rétractèrent, bien que le vieil homme eût conservé son calme. Il eut même un grand sourire pour lui proposer de monter avec lui à l'étage.

Avraham ne savait pas ce qui se passerait là-haut et essaya de se rassurer en se disant que Benny Seban et Eliyahou Maaloul savaient où il se trouvait.

Ils montèrent et son hôte le précéda sur une moquette grise vers un petit bureau rempli de livres, où, fort heureusement, personne n'attendait en embuscade. Il tira d'un des rayonnages un recueil à couverture noire.

« Je n'ai rien contre vos romans policiers, déclara-t-il, mais voici les livres que je préfère. Avez-vous lu *Don Quichotte*, de Cervantès ?

— Est-ce un interrogatoire officiel ? Je suis obligé de vous répondre ?

— Bien joué, releva Ben-Hayat en riant. Je suis ravi que nous terminions cette rencontre sur une telle note. Je voulais vous rappeler un des célèbres passages de ce livre – vous le connaissez certainement, même si vous ne l'avez pas lu : le combat contre les moulins à vent. Ça vous dit quelque chose ? Le chevalier se bat contre des moulins à vent qu'il prend pour de monstrueux géants aux bras longs de plusieurs kilomètres. Écoutez ça : "*Voilà devant nous au moins trente démesurés géants, auxquels je pense livrer bataille et ôter la vie à tous tant qu'ils sont. Avec leurs dépouilles nous commencerons à nous enrichir ; car c'est prise de bonne guerre, et c'est grandement servir Dieu que de faire disparaître si mauvaise engeance de la face de la terre.*" Ça, c'est ce que dit le chevalier, et que lui répond Sancho, son écuyer, vous vous en souvenez ? »

Ce que Ben-Hayat choisit de lire ensuite fut articulé lentement tandis que de ses yeux bleus il ne lâchait pas son invité. À croire qu'il connaissait la phrase par cœur : « "*Ce que nous voyons là-bas ne sont pas des géants, mais des moulins à vent et ce qui paraît leurs bras, ce sont leurs ailes, lesquelles, tournées par le vent, font tourner à leur tour la meule du moulin.*" Alors, je voudrais juste vous dire, Avi – puis-je vous appeler Avi ? –, que chez nous, c'est le contraire. Souvenez-vous-en. Chez nous, c'est le contraire, les gens qui ont l'air de moulins à vent sont en fait de monstrueux géants dotés de bras, mortels et très longs. »

Lorsqu'il retraversa le jardinet pour sortir, il crut bien que le chien de berger réussirait à arracher sa chaîne à force de tirer dessus pour l'atteindre et le déchiquetterait de ses crocs jaunes.

Il entra dans son véhicule de police, s'engagea sur la voie rapide Ayalon sud, mais à cause des travaux sur la route, le trajet dura plus longtemps que prévu et il arriva au commissariat de la rue Fichman à 14 h 20. Il attendit encore quarante-cinq minutes avant de descendre dans le bureau de Maaloul et de lui demander s'il pouvait utiliser son téléphone : « Bien sûr que tu peux, répondit le vieil inspecteur. Quoi, le tien ne marche pas ? » Sans cacher sa curiosité, il enchaîna : « Alors, comment ça s'est passé, il a nié ou confirmé ? »

Cela n'avait aucune importance mais Avraham ne pouvait pas encore lui dévoiler son plan.

« Tu avais raison. Il n'a rien lâché. Pas un mot. Je n'avais effectivement aucune chance », admit-il, mais il omit d'ajouter que, cette fois, il s'était attendu à ne rien tirer de cette entrevue et s'y était préparé comme jamais auparavant.

Les mots, on pouvait les effacer des vitres sur lesquelles ils avaient été inscrits dans la poussière. On pouvait voler les ordinateurs qui les contenaient ou les feuilles sur lesquelles ils avaient été imprimés. Et surtout, on pouvait leur donner un nombre incalculable d'interprétations. Ce dont Avraham avait besoin, cette fois, c'étaient de preuves formelles, et dans quelques minutes il saurait s'il les avait obtenues. Il sortit du commissariat et s'assit sur les marches du perron, téléphone collé à l'oreille. Marianka lui répondit immédiatement.

« Où es-tu ? lui demanda-t-il.

— Je rentre à la maison.

— Quoi ? Déjà ? Je n'y crois pas !

— Si, si. Vingt minutes après ton départ, ils débarquaient, répondit-elle, et il entendit le large sourire qui s'étirait sur ses lèvres. Exactement comme nous l'avions prévu.

— Tu as réussi à les prendre en photo ? Tu es sûre que ce sont bien eux et que les clichés seront nets ? »

Oui, oui, et oui.

Depuis le début de cette enquête, Ben-Hayat et ses deux acolytes l'avaient toujours précédé. À chaque instant donné, ils avaient un coup d'avance. Cette fois, c'était l'inverse.

« Alors, ils ressemblent à quoi ? Décris-les-moi avec précision, demanda-t-il, trop impatient pour attendre qu'elle soit rentrée et visionne ses prises de vue.

— Exactement comme sur les photos que tu m'as montrées, Avi. Il y en a un petit, musclé et très blond, chemise fourrée dans le pantalon, comme sur ta vidéo. Et un autre, grand et mince. Ce sont les mêmes, impossible de se tromper. Tu verras quand on se retrouvera. »

Sans comprendre pourquoi, il sentit qu'il risquait d'éclater en sanglots, là, sur le perron du commissariat. Il se leva pour se libérer de l'étau qui lui enserrait le ventre et la gorge. Ni bonheur ni soulagement.

« Tu es sûre qu'ils ne t'ont pas vue quand ils sont entrés dans la maison ? s'inquiéta-t-il.

— Tu blagues ou quoi ? Tu sais combien de mecs en train de se faufiler dans toutes sortes d'endroits j'ai pris en photo au cours de ces derniers mois, sans me faire griller ? Je t'ai dit que c'était ma spécialité. Il s'est assuré de ton départ, et moi, j'étais en planque dans ta voiture à l'autre bout de la rue, armée du meilleur objectif qui existe sur le marché. »

C'était le K-O qu'il espérait.

La preuve que les deux hommes qui avaient récupéré les valises de Raphaël Chouchani au Palace ne travaillaient pas pour le crime organisé, mais bien pour Ben-Hayat et le Mossad.

Il avait conscience que le combat était loin d'être gagné, pourtant jamais il ne se serait imaginé, à ce stade, que tout allait encore changer avant la fin de la journée.

« On se retrouve à la maison. Roule prudemment », dit-il à Marianka.

Au volant de sa Hyundai blanche, elle se trouvait toujours dans le nord de Tel-Aviv. Ce qui signifiait qu'ils étaient séparés l'un de l'autre par au moins une heure de trajet… et peut-être aussi par quelques monstrueux géants déguisés en moulins à vent dotés de bras mortels et très longs.

~

Il était 18 h 10. Du haut de sa terrasse, Avraham observait la nuit qui commençait à tomber lorsque son téléphone sonna.

Il s'attendait à ce que ce soit Seban, peut-être même le chef du district, mais pas lui. Et pas ce jour-là. Il hésita avant de prendre l'appel et de dire : « Bonsoir Gary, comment allez-vous ? »

Au bout du fil, le mari d'Ilana lui demanda s'il était chez lui et lorsqu'il obtint confirmation, vérifia son adresse et déclara : « En fait, je suis juste en bas. Nous avons retrouvé la lettre que ma femme vous a laissée et comme j'avais un rendez-vous dans le coin, j'ai pensé vous la remettre en main propre. Je peux monter rapidement ? Vous êtes seul ? »

Avraham ne s'attendait pas non plus à la tournure que prendraient les événements.

Sur le palier, il y eut le grincement indiquant que l'ascenseur s'arrêtait à son étage, puis Gary frappa à la porte. Il tenait à la main la fameuse lettre laissée par Ilana à son intention. Une simple enveloppe blanche rectangulaire, sur laquelle était inscrit au stylo bleu en petites lettres compactes : *Pour Avi*. Fripée comme une enveloppe qui aurait dû être remise des semaines plus tôt et avait disparu. Seul le contact avec le papier, moins doux qu'il l'imaginait, le surprit.

Ils s'assirent dans le salon face au téléviseur éteint. Gary inspecta du regard les murs nus, les quelques meubles et, à cet instant, Avraham aussi considéra son appartement à travers les yeux de cet homme et de sa femme, elle qui n'était jamais venue chez lui. C'était si différent de leur villa... qu'il en fut embarrassé. D'ailleurs, pourquoi cette visite ? Passer au commissariat n'aurait-il pas été plus logique ?

« Comment l'avez-vous retrouvée ? s'enquit Avraham.

— C'est Ouri qui a mis la main dessus, pas moi. Je ne suis pas encore capable de toucher à ses affaires. Que ce soit ses vêtements ou autre chose. C'est encore trop frais pour moi. Mais elle recevait tout un tas de revues qui lui envoient maintenant des relances. De plus, elle payait certaines factures, alors notre fils a regardé dans ses tiroirs pour voir les abonnements à résilier et c'est comme ça qu'il l'a trouvée. Vous vous souvenez qu'on avait déjà l'enveloppe ? Apparemment, elle l'a écrite, mise sous pli, mais après elle a voulu ajouter ou changer quelque chose, a repris la feuille, puis a dû l'oublier ou ne pas avoir le temps de la remettre dans l'enveloppe qui d'ailleurs était ouverte, alors qu'elle l'avait d'abord fermée avec de la colle. »

Avant que Gary ne lui révèle la réelle raison de cette rencontre, Avraham songea qu'il y avait quelque chose de symbolique là-dedans : il lirait les mots d'adieu qu'Ilana Liss lui avait écrits justement le jour où il avait réussi à démentir ses prédictions sur l'impossibilité de toucher à certaines sphères haut placées.

Il était monté sur le toit et avait regardé vers le bas sans être pris de vertige ni tomber – du moins jusqu'à présent.

Sauf qu'il n'y avait là rien de symbolique. Ni de fortuit.

Avraham demanda à Gary s'il tenait le coup, maintenant qu'il se retrouvait seul.

« Je ne m'imaginais pas souffrir autant. Pendant ces mois terribles, je pensais qu'après sa mort on serait soulagés, mais ce n'est pas vrai. Je serais prêt à la garder malade pendant encore des années si c'était la condition pour qu'elle reste avec nous. Ce qu'elle n'aurait jamais accepté, bien sûr. Alors je m'abrutis de travail pour ne pas penser à autre chose, et en vérité, c'est aussi dans un cadre professionnel que je suis là. »

Avraham n'avait toujours aucune idée de ce qu'il sous-entendait.

« Ilana vous a certainement révélé que je travaille pour le Mossad », reprit Gary.

Jamais elle ne lui avait dit un mot là-dessus.

D'ailleurs, Avraham ne s'était jamais particulièrement

intéressé à l'activité professionnelle de Gary, mais il avait au moins une fois posé la question à sa cheffe, et il se souvenait qu'elle lui avait répondu que son mari travaillait au département de recherches du ministère des Affaires étrangères, ce qui expliquait pourquoi il voyageait beaucoup. Il avait senti qu'elle éludait, mais s'était trompé sur la manière d'interpréter cette réaction.

« Ça m'étonne qu'elle ne vous en ait rien dit, mais bon, Ilana, c'était Ilana, n'est-ce pas ? Secrète jusqu'à la dernière seconde, sourit Gary. Donc oui, c'est là que je travaille. Et je vais être totalement franc avec vous, Avi, parce que je ne vois aucune raison de vous cacher quoi que ce soit. Ilana vous aimait et vous estimait beaucoup, ce qui, pour moi, vaut toutes les accréditations sécuritaires. Je suis pour l'instant chef de service, je ne peux pas vous en dire plus, j'espère que vous le comprendrez, et je suis ici pour vous donner les explications que vous cherchiez à obtenir. Sachez d'abord, c'est important pour moi, que si je ne vous faisais pas entièrement confiance je ne serais pas là. Cela dit, je ne vous communiquerai aucun nom et je n'entrerai dans aucun détail, parce que, en matière de secret défense, nous avons des règles auxquelles je ne peux pas déroger. Les gens dont je vais vous parler sont donc théoriquement fictifs et si vous les recherchez, vous découvrirez qu'ils n'existent pas. »

Quand il s'était habillé pour recevoir son invité inattendu, Avraham avait laissé son téléphone sur le lit dans la chambre à coucher, mais, même s'il l'avait eu à portée de main, il n'aurait pas essayé d'enregistrer leur conversation. Cependant, après le départ de Gary, il nota dans son cahier noir tout ce dont il arrivait à se souvenir.

« Vous n'êtes pas sans savoir qu'Israël envoie des agents partout dans le monde, que ce soit dans des pays amis ou non. Ce n'est pas un secret. Ils accomplissent des tas de missions, d'importance variable. Certaines nous permettent de récolter beaucoup d'informations, d'autres pas, il y en a de toutes sortes, je ne vais pas vous ennuyer avec ça. En parallèle à ce qu'ils font pour nous, nos agents ont une vie personnelle. Une famille, des amis et, en général, ils ont aussi un emploi ou une entreprise qui leur assure des revenus. Parfois, au cours de cette vie personnelle, ils nouent des relations avec des individus qu'ils ne sont pas censés fréquenter. Des individus qui mettent en danger leur mission. Jusque-là, vous me suivez ? »

Raphaël Chouchani n'était pas censé tomber amoureux de Sarah Nueima. Exactement ce que pensait Avraham.

« Dans le cas où un de nos agents a noué une relation avec une personne nuisible, mon rôle est de la torpiller. Surtout, nous n'aimons pas les relations entre nos agents et des citoyens de pays ennemis que nous ne pouvons pas contrôler. Qui n'ont pas été volontairement initiées. Ce genre d'aventures "spontanées" peuvent non seulement mettre en danger l'agent en question, mais aussi beaucoup d'autres personnes, sans que lui-même en ait conscience. Dans de tels cas, il est parfois convoqué par son officier traitant qui le persuadera de rompre, sauf s'il peut transformer cette liaison en quelque chose dont nous pourrons aussi tirer profit, bien sûr. »

Était-ce une condition que Chouchani s'était refusé à remplir ? Devenir l'agent double de son histoire d'amour ? Avait-il rejeté la demande du Mossad et payé cela de sa vie ?

« Quand vous dites “qui le persuadera de rompre”, cela inclut aussi la torture ? » demanda Avraham.

Gary sourit : « Je pense que vous nous prenez pour des méchants que nous ne sommes pas, Avi. Il s'agit de nos agents et nous ne les torturons pas.

— Alors par quels moyens ?

— L'intéressé est rappelé en Israël par son officier traitant, une personne avec qui il a travaillé pendant de nombreuses années et sur qui il peut compter, à juste titre. C'est lui qui l'aidera à comprendre la vérité. Ce qui se passe souvent, je vous le dis parce que je l'ai vu, c'est que cette vérité brise nos hommes. Elle est très difficile à digérer pour eux. Ils ont du mal à accepter que quelqu'un qu'ils prenaient pour un véritable ami ou l'amour de leur vie ait menti et ne les ait fréquentés que pour leur soutirer des informations. Le pire étant de savoir qu'à cause de ta propre naïveté et des informations que tu as révélées, des gens ont été tués. Des gens que tu connaissais ont été torturés et exécutés, ou bien croupissent dans des prisons en territoire ennemi. Tout ça parce que tu as été naïf, que tu es tombé amoureux d'une femme et que tu l'as crue. Vous comprenez combien ça peut être douloureux, Avi ? Imaginez que je découvre qu'Ilana m'a menti toutes ces années, ou bien que vous découvriez que votre Marianka vous a épousé pour une raison secrète, afin de profiter de vous. Et que des personnes dévouées ont payé de leur vie votre crédulité. Vous comprenez à quel point c'est tragique ? De quoi en briser plus d'un. La déception – mais pas seulement : il y a aussi la honte et la culpabilité. Ces agents-là ne peuvent pas supporter d'être tombés dans un piège et se sentent responsables du mal qu'ils ont fait à d'autres. »

Après avoir obtenu les informations qu'elle était venue chercher, Sarah Nueima s'est volatilisée à Gibraltar, voilà ce que voulait lui dire Gary. Voilà pourquoi Chouchani avait débarqué en Israël. Il fallait qu'il entende Ben-Hayat lui expliquer que, pendant tout ce temps, elle était en mission pour une officine ennemie ou un pays étranger et que les informations qu'elle lui avait soutirées avaient coûté la vie à des membres du Mossad. Et comme Chouchani n'avait pas été capable de supporter le chagrin et la honte, il avait préféré se suicider.

C'est ce que Gary, tout sourire, voulait lui faire avaler.

« Mais comment expliquer le passage à tabac de Chouchani avant son suicide ? Et la drogue ? Pourquoi avoir inventé tout ça ? demanda-t-il sans détour.

— Personne n'a rien inventé du tout, Avi. Vous m'étonnez si c'est vraiment ce que vous pensez. L'Égyptien m'a effectivement dit que vous doutiez de la réalité du trafic et de l'implication de la famille Bassissi, mais là, je n'en reviens pas que vous soyez aussi binaire. Le monde dans lequel nous vivons ne l'est pas. En plus de leurs missions, nos agents font toutes sortes de choses, surtout une fois à la retraite. Et ils peuvent devenir des mules parce qu'ils sont bons pour le job et ont en général besoin d'argent. Quant à nous, je l'admets, ça nous arrange parfois de travailler avec des gens qui ont quelques petits secrets à protéger. »

« L'Égyptien » était apparemment Yaacov Ben-Hayat. Cet homme lui avait certainement envoyé Gary dans le but de lui soutirer le fameux carnet qui n'existait pas, de lui faire gober leur version des faits et surtout de s'assurer qu'il ne divulguerait rien de ce qu'il avait découvert.

En écoutant Gary dérouler son histoire, Avraham vit un autre scénario se dessiner sous ses yeux, un scénario auquel il n'avait pas pensé et qui lui parut le pire de tous : « Oui, ça vous arrange aussi parce que, du coup, les réseaux criminels et les enquêteurs de police font pour vous le sale boulot, et ils n'en ont même pas conscience ! s'exclama-t-il sans arriver à dissimuler combien il était révolté. Par exemple, les deux hommes qui travaillent pour l'Égyptien ont pu dérober à l'aéroport une partie de la drogue que transportait Chouchani et la cacher ensuite dans sa chambre d'hôtel pour le faire plonger. Quand il va livrer la marchandise, les commanditaires se croient doublés, le torturent pour le faire parler, et il a beau clamer son innocence – en toute bonne foi –, à la fin, ils l'éliminent. Ensuite, un policier comme moi – que vous manipulez aussi à son insu – trouve la drogue dans la chambre et l'affaire est pliée. N'est-ce pas plausible, Gary ? Peut-être que Chouchani ne s'est pas suicidé, mais que vous vous êtes servis de moi et d'un groupe de trafiquants pour vous débarrasser de lui sans vous salir les mains. Tout ça à cause de ce que vous pensiez qu'il avait fait, ou pour ce qu'il refusait de faire ? »

En imagination, il vit le Français au moment où il remettait la drogue.

Avait-il tout de suite compris l'identité de ceux qui lui avaient volé une partie de sa livraison et pourquoi ? Avait-il entrevu les conséquences ?

Gary sourit à nouveau, avant de dire calmement : « J'espère que vous ne croyez pas ce que vous venez de dire, Avi.

Que vous ne nous prenez pas sérieusement pour une organisation aussi cruelle et vicieuse. Parce que si c'est le cas, je trouve ça très triste. Quoi qu'il en soit, je suis venu vous dire la vérité parce que nous vous faisons confiance et que nous sommes sûrs que vous saurez quoi en faire. J'espère que vous mesurez à quel point ma visite et les révélations que je viens de vous fournir ne vont pas de soi. Ma démarche auprès de vous n'a pas obtenu une adhésion générale. Mais si je vous ai dévoilé ce que presque personne ne sait, c'est parce que vous le méritez. La manière dont vous avez mené cette enquête le prouve, mais pour continuer à appartenir à ce tout petit cercle d'initiés, on va exiger de vous encore une chose, à part votre intelligence et votre flair affûté. On va exiger la preuve de votre fidélité en vous demandant de garder cette vérité pour vous. »

~

Il était 20 heures passées lorsque Avraham, installé sur la terrasse, ouvrit l'enveloppe que lui avait apportée Gary.

Marianka était assise sur le canapé brun, à côté de lui.

Il avait d'abord partagé avec elle la version qu'on venait de lui servir, à savoir que Raphaël Chouchani était bien un agent du Mossad. Qu'il avait découvert que sa maîtresse l'avait trahi, lui avait extorqué des secrets dont la révélation avait provoqué la mort de plusieurs personnes puis s'était évaporée à Gibraltar. Convoqué en Israël par Ben-Hayat, il en avait profité pour convoyer de la drogue et doubler ses commanditaires parce qu'il avait besoin d'argent, mais ceux-ci l'avaient grillé et tabassé à mort. Autre possibilité : il était de toute façon brisé par la trahison de Sarah Nueima et le coût de sa naïveté qu'il avait décidé de se suicider.

Ce scénario pouvait expliquer pourquoi Chouchani était venu en Israël après ses nombreuses tentatives pour joindre Sarah Nueima et sa conversation avec son officier traitant. En supposant que ce soit à ce moment-là qu'il ait appris la trahison de sa maîtresse, comme Gary l'affirmait, pouvait-on y voir la raison pour laquelle il savait qu'il allait vers la mort ?

Et quand il demande à la douanière de l'aéroport : « Est-ce que vous vous souviendrez de moi ? », il pensait au suicide et non à un assassinat.

Ils étaient assis l'un contre l'autre, dans l'obscurité de la terrasse. Marianka avait posé une main sur sa jambe. Il lut la lettre à la faible lueur qui filtrait du salon puis la lui traduisit en anglais.

Et voilà ce qui était écrit sur la feuille qu'il avait tirée de l'enveloppe apportée par Gary :

> *Avi,*
>
> *Je dois t'expliquer pourquoi nous ne nous sommes pas parlé au cours de ces derniers mois, et pourquoi j'ai demandé à ce que tu ne viennes pas me voir. Je sais que tu en as souffert, et peut-être en souffres-tu encore. Mais j'espère que mes explications t'aideront à avoir moins mal. Depuis le jour où je t'ai rencontré, il y a plus de dix ans, dans mon bureau (est-ce que tu t'en souviens, d'ailleurs ?), j'ai senti que tu me considérerais comme la personne qui te délesterait de tes doutes, qui déciderait pour toi ce qui était juste et ce qui ne l'était pas. Et j'ai*

répondu à ton attente parce qu'elle me flattait et peut-être aussi parce que personne avant toi ne m'avait confié un tel rôle. Avec les années, j'ai aussi mesuré le poids que cela imposait à notre relation. Peut-être l'as-tu, toi aussi, perçu. Quand je suis tombée malade pour la première fois, tu savais que je ne voulais ni parler du boulot ni y penser, et pourtant tu es venu me voir et tu as insisté pour me raconter tes enquêtes dans l'espoir que je te dise si tu étais proche de la résolution. Tu t'en souviens ?

Je suis en train de vivre mes derniers mois. Peut-être mes dernières semaines. Je ne veux pas savoir. Tu auras sans doute du mal à comprendre, peut-être est-ce impossible à comprendre, mais je ne veux pas savoir ce qui va m'arriver. Ni combien de temps il me reste, ni combien de jours j'ouvrirai encore les yeux le matin et verrai Ouri, Naama ou Gary. Ni même si, là où je vais, notre Amir, mort depuis dix ans, viendra m'accueillir. Je ne veux pas savoir si j'ai eu une bonne vie, une vie juste, en fait, je ne veux plus rien savoir du tout. J'espère aussi que tu comprendras que tu n'as pas besoin de moi. Tu sais ce que tu as à faire. Ce n'est pas compliqué. Tu l'as toujours su. Tu es quelqu'un qui sait faire les bons choix, c'est juste qu'étrangement tu n'as pas assez confiance en toi.

On a passé de magnifiques années ensemble, et si on transporte sa mémoire à l'endroit où je vais, tu peux être sûr que je ne t'oublierai pas.

Ilana.

Avraham aurait peut-être gobé les mensonges que Gary lui avait racontés au sujet de Raphaël Chouchani et de Sarah Nueima s'il n'avait pas vu que l'écriture de cette lettre n'était pas celle, qu'il connaissait trop bien, d'Ilana Liss.

Épilogue

Les photos prises par Marianka furent stockées sur une clé USB, en même temps que le compte rendu détaillé qu'Avraham rédigea pour lui-même à la mi-octobre et qu'il ne montra à personne, comme l'avait exigé Gary. Sous l'influence d'un roman policier qu'il aimait beaucoup, il avait d'abord pensé cacher cette clé dans un endroit très exposé justement, par exemple branchée à l'ordinateur de son bureau. Personne n'aurait l'idée de chercher là des documents top secret, mais finalement il la glissa dans une paire de vieilles chaussettes qu'il rangea dans sa chambre à coucher, au fond de son tiroir à sous-vêtements. Il avait aussi envoyé une copie du dossier qui reliait le Mossad à la mort de Raphaël Chouchani dans la boîte mail de sa mère, non seulement parce qu'elle ne l'ouvrait jamais, mais aussi parce que l'idée qu'elle garderait sans le savoir une information confidentielle et dangereuse lui causait un indéniable plaisir.

Dans ce rapport qu'il ne dévoilerait jamais, Avraham formula les scénarios entre lesquels il hésitait encore – tout en ayant conscience qu'il les rédigeait d'une manière trop poétique.

De la sincérité des sentiments de Sarah Nueima dépend toute cette affaire. Si elle n'était pas amoureuse de Chouchani et l'a juste utilisé, alors Gary a peut-être raison, surtout si c'est ce que le Français a découvert en venant à Tel-Aviv. Le 18 août, elle prend un vol pour Gibraltar puis continue vers une destination inconnue avec, en sa possession, les informations soutirées à son amant. Ben-Hayat convoque son agent pour éclaircissement et interrogatoire. Il lui révèle alors la vérité, Chouchani, qui n'a plus de raison de vivre, décide de se donner la mort après avoir été tabassé par les hommes de main des Bassissi. Mais il y a une autre possibilité : que Gary ait menti. Sarah Nueima était réellement amoureuse, elle ne travaillait pour aucuns services secrets, mais cette liaison ne plaisait pas à la hiérarchie du Mossad, parce que cette femme était d'origine libanaise, journaliste de surcroît. Dans un tel cas, il y a deux scénarios possibles. Le premier : le Mossad kidnappe Sarah ou l'attire à Gibraltar (il est préférable de ne pas régler le problème à Paris). Chouchani insiste pour retrouver sa maîtresse, menace Ben-Hayat de rendre publics ses soupçons sur le sort que lui a réservé l'agence et par là devient un danger à neutraliser. Le second : c'est Chouchani qui organise l'exfiltration de Sarah pour Gibraltar afin de la protéger, puis il se rend en Israël pour discuter avec son officier traitant. Quelle que soit la version, une chose est sûre : dès que Ben-Hayat comprend que son ex-agent n'a pas l'intention de renoncer à Sarah Nueima, celui-ci devient une menace. L'Égyptien ordonne alors de le mettre en porte-à-faux avec les trafiquants qui l'emploient, c'est-à-dire de lui voler une partie de la cocaïne qu'il est censé livrer et de la planquer dans sa chambre d'hôtel pour qu'il soit soupçonné d'avoir essayé de les doubler. Du coup, ce sont les dealers qui le liquident – de facto pour le Mossad, mais sans qu'ils n'en sachent rien.

Le jour où Marianka lui demanda ce qu'il voulait faire avec ce qu'il avait découvert et les photos qu'elle avait prises, il répondit qu'il ne savait pas.

C'était la vérité.

Pour l'instant, il attendait.

Que Sarah Nueima réapparaisse tout à coup, bien vivante.

Que les gens qui n'existaient pas agissent de telle sorte qu'il saurait quoi croire et quoi faire.

Dans la lettre que lui avait remise Gary et qu'il se refusait à relire, on faisait dire à Ilana : « Tu sais ce que tu as à faire. Ce n'est pas compliqué. » Rien de plus inexact. Trop souvent, il doutait et avait même l'impression d'inventer ou d'halluciner – comme dans le passage du livre que lui avait lu à haute voix Ben-Hayat, celui où le chevalier ridicule s'imagine lutter contre des monstres. À d'autres moments cependant, ce que certains prenaient pour de la paranoïa lui apparaissait clairement être la seule manière de se méfier des évidences.

~

Les semaines passent.

Aucune nouvelle, ni de Gary, ni de Ben-Hayat, ni du chef

de district, ni de Benny Seban. Même Annette Mallot ne l'appelle pas pour savoir s'il a du nouveau sur la mort de son père. À croire que l'affaire est close. Tous les jours, en rentrant chez lui, Avraham fait un crochet par la plage de Bat-Yam. Il s'arrête devant le Palace, comme s'il espérait voir Raphaël Chouchani y entrer ou en sortir, seul ou en compagnie de celle qui lui a redonné goût à la vie.

Assis dans sa Hyundai blanche, fenêtre ouverte, il regarde les passants avec la concentration de quelqu'un qui essaie de graver chaque visage dans sa mémoire. Ensuite, le commissaire marche le long de la plage dans le jour qui décline. À le regarder du haut de la promenade, on pourrait le prendre pour un homme qui attend que quelque chose soit rejeté par les flots.

Au cours d'un week-end, il réussit enfin à commencer et à terminer dans la foulée le roman policier qui était posé à côté de son lit depuis le mois de septembre. Il y découvre des lignes qui lui donnent l'impression d'avoir été écrites pour lui : « *Votre métier, mon cher ami, est devenu ridicule. Il présuppose l'existence de l'individu et l'individu n'existe pas. Il présuppose l'existence de Dieu, le Dieu qui aveugle les uns et éclaire les autres, le Dieu qui reste caché et il est resté si longtemps caché que nous pouvons présumer qu'il est mort. Votre métier présuppose la paix et il y a la guerre. Voilà le point important, la guerre. Il y a la guerre, le déshonneur et le crime doivent être rejetés sur les corps de la masse, comme, dans les guerres militaires, sur les régiments, les divisions, les armées. Châtiés par le nombre. Jugés par le sort*[*] », dit un des personnages à l'enquêteur.

* *Le Contexte*, de Leonardo Sciascia, traduit de l'italien par Jacques de Pressac, Denoël, 1972 ; Gallimard, 1996.

Extérieurement, Avraham a repris son train-train quotidien.

Il attend que le suspect pour contrefaçon de Viagra se remette de son appendicite puis il l'auditionne. Il signe le rapport final d'Esthy Wahaba sur l'abandon du bébé : seule Liora Talias aura à répondre de graves accusations, les dossiers contre sa fille Danielle et Amir Suwan ayant été classés sans suite. Il va aussi à un rendez-vous avec une inspectrice du secteur Yftah, Orna Benhamou, qui a besoin de ses conseils au sujet d'une enquête pour meurtre qui est en train de lui filer entre les doigts : son principal suspect, un avocat responsable de la mort de deux femmes – des assassinats maquillés en suicides –, vient d'être relaxé par le parquet sous prétexte qu'après son arrestation, alors qu'il était écroué, la police avait retrouvé trois autres femmes, mortes dans les mêmes circonstances*.

Certains jours, il ne pense pas du tout à Chouchani, et d'autres, il est hanté par son visage gris. Des déductions qui n'ont plus aucune importance se fraient un chemin jusque dans son sommeil et le réveillent au petit matin. Par exemple, il comprend pourquoi le Français a farouchement refusé de prendre la carte de visite que le chauffeur de taxi lui tendait : il craignait que les agents du Mossad ne la trouvent et ne se débarrassent aussi de cet homme pour nettoyer toute trace de son passage en Israël.

L'hiver commence à s'insinuer dans le fond de l'air, ce qui, Avraham le sait, ravit Marianka.

* Cf. *Une deux trois*, Gallimard, 2020.

Un vendredi soir au début du mois de novembre, il se retrouve, avec Wahaba et Maaloul, à s'occuper d'une tentative d'homicide sur un organisateur de paris illégaux. C'est une soirée pluvieuse – la première de quatre jours de pluie drue et incessante –, le tireur a perdu le contrôle de sa moto à quelques kilomètres de la scène du crime, il est gravement blessé et hospitalisé à l'hôpital Wolfson. Deux chambres le séparent de l'homme qu'il a essayé d'abattre.

Lorsque Benny Seban convoque Avraham pour lui annoncer qu'apparemment il a obtenu la mutation qu'il désirait, aucune allusion n'est faite au dossier Chouchani, comme si les deux choses n'étaient pas liées.

« Où suis-je affecté ?

— J'avoue que je vous envie... D'ailleurs, je ne comprends pas pourquoi c'est à vous qu'on fait une telle proposition. Ou plutôt, si, je comprends, mais tout de même... »

On offrait à Avraham le poste de représentant de la police israélienne à Europol, l'agence européenne spécialisée dans la répression de la criminalité, dont le siège se trouvait aux Pays-Bas, à La Haye.

« À mon avis, c'est aussi grâce à Marianka, continue le chef, sans doute a-t-on pensé en haut lieu que ça vous conviendrait à tous les deux et qu'elle faciliterait votre intégration. Cette nomination vient avec le grade de commissaire divisionnaire, un salaire indexé à l'euro, une voiture et un chauffeur. Donc, autant vous avertir tout de suite, j'attends déjà une invitation personnelle. Ce n'est pas encore officiel, mais c'est dans les tuyaux, la confirmation devrait arriver cette semaine. Si vous l'acceptez, j'envisage de proposer Esthy pour vous remplacer. Qu'en dites-vous ? »

Était-ce un moyen de l'éloigner d'Israël ? Un remerciement pour sa fidélité ?

Il a l'intention d'appeler Marianka pour lui en parler dès qu'il aura regagné son bureau, mais n'en a pas le temps, car dans le couloir, assis devant sa porte sur une chaise en plastique blanche, vêtu d'un costume marron, quelqu'un l'attend. Au premier regard, aucun doute : il s'agit de Raphaël Chouchani.

L'homme a le visage émacié comme s'il n'avait pas mangé depuis la dernière fois qu'Avraham l'a vu, le jour où son cadavre a été hissé hors de la mer.

Lorsqu'ils se retrouvent face à face dans le bureau, le commissaire constate que son visiteur a quelques années de plus que le Français. Pourtant, il restera sous le choc de la ressemblance tout au long de leur entretien. C'est peut-être aussi ce qui dictera ses réactions face à Hassan Suwan, le grand-père du gamin qui a été accusé de viol sur Danielle Talias. Le vieux monsieur lui explique que cela fait une demi-heure qu'il attend devant le bureau.

« Si je suis venu, c'est pour vous parler du bébé.

— Mais le dossier contre votre petit-fils a été classé sans suite.

— Je suis au courant, cependant ma famille et moi-même voudrions savoir ce que vous allez faire de la petite fille quand elle sortira de l'hôpital. Vous avez cinq minutes ? »

Au début de leur conversation, Avraham pense encore à Europol. Il se demande si Marianka est déjà allée à La Haye, et, bien qu'il n'ait aucune idée de l'aspect de cette ville, il imagine déjà un appartement avec un joli balcon fleuri donnant sur un canal surplombé par un pont.

Le grand-père demande s'il peut fumer, Avraham lui dit d'abord non, puis change d'avis : « Vous savez quoi ? D'accord, allez-y. » Il pose sur sa table un gobelet en plastique avec un fond d'eau puis se lève et va ouvrir la fenêtre. Dehors, il ne pleut plus. Du ciel d'un bleu sans nuages se dégage une lumière automnale, et dans le bureau règne une chaleur qui semble émaner de son visiteur.

À ce stade, Avraham ignore encore que, durant leur entretien, il sentira que cette discussion était exactement ce qu'il attendait. Mais lorsqu'elle prendra fin, il comprendra à quel point les deux affaires étaient liées. Pas seulement parce qu'elles ont débuté le même jour et l'ont toutes les deux conduit à Paris, mais parce que l'une va l'aider à prendre une décision concernant l'autre.

Hassan Suwan paraît étonné d'apprendre que le commissaire n'a aucune idée du sort réservé au bébé. Pour autant qu'il sache, la prématurée devait rester à Wolfson encore quelques semaines. Selon son inspectrice, qui continuait à lui rendre visite, on lui avait déjà donné un prénom, Emouna, choisi par une infirmière, une jeune femme très pratiquante, qui s'était occupée d'elle depuis le jour de son arrivée à l'hôpital.

« Danielle Talias a accepté ce prénom, peut-être parce qu'il signifie "foi", et je sais qu'elle a rendu visite à sa fille en compagnie de sa grande sœur. Je vous conseille de vous adresser aux services sociaux pour obtenir de plus amples informations.

— On l'a fait. Mais on pensait que si la police s'en mêlait, ça pourrait appuyer notre démarche.

— C'est votre petit-fils qui veut voir le bébé ? C'est pour ça que vous êtes venu ? s'étonne Avraham qui ne comprend pas en quoi il peut leur être utile.

— Pas Amir. Amir ne sait rien. Ce n'est qu'un enfant. Savez-vous quel âge il a ? Tout juste seize ans. Il est même plus jeune qu'elle, que la mère.

— Alors qui veut voir Emouna ? Les parents d'Amir ?

— Oui, eux aussi, sa mère en tout cas. Et moi. Quand on est allés à Wolfson, on ne nous a pas laissés l'approcher. Je ne sais pas pourquoi. C'est tout de même la fille de mon petit-fils, non ? Il s'est peut-être mal conduit envers sa copine et n'a pas été là quand elle l'a appelé au secours, mais ce n'est pas une raison. Il a eu peur de notre colère et de la honte. Je lui en veux pour la manière dont il s'est comporté, mais ce n'est pas de sa faute. Aujourd'hui les enfants font tellement de bêtises. »

Avraham se souvient soudain de l'instant où, à Paris, il avait demandé à Danielle Talias ce qu'elle avait pensé faire du bébé et qu'elle lui avait répondu : « Je voulais qu'il meure. » C'était apparemment aussi le désir d'Amir Suwan.

« Pourquoi ne l'a-t-il pas aidée quand elle s'est adressée à lui ?

— Je pense qu'il a eu peur qu'elle ne veuille plus le voir si elle découvrait son identité. Il a préféré disparaître. Il a eu peur qu'elle le rejette, voilà ce que je crois.

— Comment ça, vous croyez ? Vous ne lui avez pas posé la question ?

— Si, mais les jeunes disent beaucoup de choses, sans

vraiment comprendre. Les adultes aussi, bien sûr, mais les jeunes, c'est pire. Il ne lui a pas dit qu'elle lui plaisait, parce qu'il n'osait pas et peut-être à cause de la famille, ce qu'elle a sans doute aussi pensé de son côté. Les enfants se plaisent et ignorent ce qui est permis et ce qui ne l'est pas dans le monde des adultes. »

Un bref instant, Avraham imagine Chouchani et Sarah Nueima attablés dans un restaurant en bord de mer. Il promet à Hassan Suwan de faire son possible pour qu'ils puissent voir la petite fille.

« Pas seulement la voir, reprend le grand-père, nous voulons aussi l'aider.

— Qu'entendez-vous par là ? »

Le vieil homme allume une autre cigarette, en propose une au commissaire, qui hésite puis refuse.

« Quel âge me donnez-vous ?

— Soixante-deux ans, peut-être ? répond Avraham sans doute à cause de sa ressemblance avec Chouchani.

— Merci, vous êtes trop gentil, dit alors le grand-père en riant. Je suis né en 1949, faites le calcul. J'ai quatre enfants et dix petits-enfants. Et vous, combien en avez-vous ?

– Aucun pour l'instant, mais ça viendra, lâche alors Avraham, étonné par sa réponse.

— *Inch'Allah*. Et quel âge a votre mère ?

— À peu près le même que vous. Elle est née en 1947.

— Est-ce que je peux vous raconter quelque chose en rapport avec ma mère, pour que vous compreniez pourquoi je suis venu ?

— Oui. »

Et pendant qu'il écoute le récit, Avraham s'imagine

peut-être entendre non seulement la voix de Chouchani, mais aussi celle de son propre père, qui aimait tant lui raconter des histoires, une voix qui s'est tue depuis longtemps. Et il se peut aussi que c'est ce qui l'aide à décider enfin de ce qu'il doit faire.

« À ma naissance, comme je vous l'ai dit, en 1949, ma mère, paix à son âme, n'avait personne autour d'elle. Toute sa famille était partie à Gaza en 1948 pour fuir la guerre, à l'exception de mon père, d'elle et de son grand frère, restés pour veiller sur les vergers qu'ils possédaient ici. Mais ensuite, personne n'a pu revenir, c'était devenu trop compliqué. Nous étions aussi propriétaires de la maison dans laquelle nous habitions et où des familles juives ont été logées. Une venait d'Irak, une autre de Bulgarie. Des nouveaux immigrants. Et les mères avaient toutes, comme la mienne, des enfants en bas âge. Des bébés. Nés la même année que moi. Ma mère se languissait des siens. Elle était tellement triste d'être restée seule à Jaffa – elle avait dix-huit ou dix-neuf ans, imaginez un peu – qu'elle n'avait pas de lait pour me nourrir. C'est terrible à admettre, mais c'était ainsi. Elle ne l'a raconté qu'à moi. Non pas qu'elle ait eu honte. Elle avait tout fait pour m'allaiter, mais sans succès. Alors qui m'a allaité ? Ses deux voisines juives, la Bulgare et l'Irakienne. Pendant des mois, elles se sont relayées, un jour l'une, un jour l'autre, pour me donner le sein en même temps qu'à leurs propres enfants, jusqu'à ce que je grandisse et n'aie plus besoin de lait maternel. C'est ce que je voulais vous raconter. Je n'ai pas oublié ce qui s'est passé, ni avant ma naissance ni après. Je n'ai rien oublié du tout. Il y a eu des horreurs, chez vous et chez nous. Mais Dieu me donne l'occasion de refermer la boucle. Vous croyez en Dieu ? Si vous vous appelez Avraham, vous n'avez pas le choix, Avraham est le premier des croyants, non ? Au point que, quand Dieu lui dit de quitter la maison de son père, il lui obéit. Donc, vous n'avez pas le choix. Et moi, je crois que Dieu, avant de me rappeler à Lui, me donne la chance de lui rendre la pareille. Pas aux Juifs – à Lui. De Le remercier pour la vie et la force qu'Il m'a données quand j'étais petit et que ma mère ne pouvait pas m'aider. Voilà pourquoi nous tenons à nous occuper de ce bébé et à lui assurer une belle vie. Je suis certain que vous avez votre mot à dire. Ce n'est pas Amir qui l'élèvera, mais nous, toute notre famille ensemble. Et bien sûr, la mère sera toujours la bienvenue. Pouvez-vous nous aider à convaincre les autorités ? Peut-être que ça dépend de l'aide sociale à l'enfance, mais les officiers de police ont le bras assez long pour les atteindre, non ? »

Et c'est ainsi que les choses s'achèvent.

Alea jacta est.

Avraham appelle Seban et, sans la moindre explication, lui annonce qu'il préfère garder son poste. Lorsque Marianka lui demande pourquoi il a changé d'avis, il lui dit qu'il a décidé de rester au rez-de-chaussée parce que du toit, on ne voit pas le visage des êtres humains.

Il va chercher la clé USB contenant les documents secrets qu'il a cachée chez lui. Il peut, bien sûr, utiliser le téléphone de Marianka ou celui de ses parents, mais décide au contraire de ne rien dissimuler et retourne au commissariat pour appeler Paris de son bureau. Avant cela, il enfile sa parka bleu marine à cause du vent qui souffle par sa fenêtre ouverte, prend à la main la pipe en bois que lui a achetée Marianka à Jérusalem et, dès qu'il entend la voix agréable et à présent familière, il dit : « Bonjour, commissaire Avraham à l'appareil, puis-je vous parler un instant ? »

Il sait que Jules n'est pas un haut gradé, uniquement le représentant du service d'information et de communication de la police française, et qu'il ne travaille pas quai des Orfèvres. Pourtant Avraham a du plaisir à l'imaginer dans le vieux bâtiment de la PJ qui donne sur la Seine, assis devant un feu de cheminée. Et si ce genre d'image l'aide aussi à faire le bon choix, pourquoi s'en priver ?

« Je voudrais vous envoyer des informations que la police française va devoir vérifier.

Effectivement, c'est au sujet de Chouchani et de sa compagne.

Non, le dossier n'est pas clos.

Ça vous étonne ?

Eh bien, mais c'est parce que les choses ne seront pas réglées tant que nous n'aurons pas décidé qu'elles l'étaient, Jules, qu'elles ne le seront pas tant que des assassins courront toujours. Et moi, j'ai l'intention de continuer à tout faire pour les traîner en justice. Je vais maintenant vous envoyer une photo par mail, ensuite, je vous expliquerai qui sont ces individus, sur les ordres de qui ils agissent et ce qu'ils ont fait à Chouchani, d'accord ? Je vous demande aussi de communiquer tous ces documents à Annette Mallot. Je tiens à ce qu'elle sache qu'elle avait raison au sujet de son père. Puis-je commencer à vous raconter cette histoire, cher ami ? Vous notez ? »

DU MÊME AUTEUR

Aux Éditions Gallimard

UNE DEUX TROIS, Série Noire, 2020 (Folio Policier n° 938)

Aux Éditions du Seuil

LES DOUTES D'AVRAHAM, Seuil Policiers, 2016 (Points Policier, n° 4644)

LA VIOLENCE EN EMBUSCADE, Seuil Policiers, 2015 (Points Policier, n° 4527)

UNE DISPARITION INQUIÉTANTE, Seuil Policiers, 2014 (Points Policier, n° 4051)

Déjà parus dans la même collection

DOA, *Rétiaire(s)*
Deon Meyer, *Cupidité*
Thomas Bronnec, *Collapsus*
Chang Kuo-li, *Le sniper, le président et la triade*
Jo Nesbø, *De la jalousie*
Horace McCoy, *Les rangers du ciel*
Sébastien Raizer, *Mécanique mort*
Jeff Lindsay, *Riley tente l'impossible*
Jørn Lier Horst, *La chambre du fils*
Audrey Gloaguen, *SEMIA*
Sébastien Gendron, *Chez Paradis*
Mike Nicol, *Infiltrée*
Chantal Pelletier, *Sens interdits*
J.P. Smith, *la médium*
Raf Vallet, *Mort d'un pourri*
Raf Vallet, *Adieu poulet !*
Jacques Moulins, *Retour à Berlin*
Jo Nesbø, *Leur domaine*
Chang Kuo-li, *Le sniper, son wok et son fusil*
Deon Meyer, *La femme au manteau bleu*
William Lindsay Gresham, *Nightmare Alley*
Jørn Lier Horst, *Le code de Katharina*
Olivier Barde-Cabuçon, *Le cercle des rêveurs éveillés*
Thomas Cantaloube, *Frakas*
Marin Ledun, *Leur âme au diable*
Jean-Bernard Pouy & Marc Villard, *La mère noire*
Parker Bilal, *Les divinités*
Pierre Pelot, *Les jardins d'Éden*

Dolorès Redondo, *La face nord du cœur*
Sébastien Raizer, *Les nuits rouges*
William R. Burnett, *Good-bye, Chicago 1928*
William R. Burnett, *Little Caesar*
Jacques Moulins, *Le réveil de la bête*
Deon Meyer, *La proie*
Jean-Patrick Manchette, *L'affaire N'Gustro*
Jørn Lier Horst, *Le disparu de Larvik*
J.-P Smith, *Noyade*
Dror Mishani, *Une Deux Trois*
Sébastien Gendron, *Fin de siècle*
Parker Bilal, *La cité des chacals*
Vlad Eisinger, *Du rififi à Wall Street*
Danü Danquigny, *Les aigles endormis*
Neely Tucker, *Seules les proies s'enfuient*
Marc Villard, *Barbès Trilogie*
Caryl Férey, *Paz*
Mike Nicol, *L'Agence*
Jo Nesbø, *Le Couteau*
Tom Piccirilli, *Dernier murmure dans le noir*
Bryan Reardon, *Le vrai Michael Swann*
Chantal Pelletier, *Nos derniers festins*
Marin Ledun, *La vie en rose*
Elsa Marpeau, *Son autre mort*
Jørn Lier Horst, *L'usurpateur*
Patrick Hoffman, *Chaque homme, une menace*
Thomas Cantaloube, *Requiem pour une république*

Composition : APS-ie
Achevé d'imprimer
sur Roto-Page
par l'Imprimerie Floch
à Mayenne, le 19 décembre 2022.
Dépôt légal : décembre 2022.
Numéro d'imprimeur : 101668.

ISBN 978-2-07-295420-7 / Imprimé en France.

398167